Chica de 15 (recién cumplidos)

¡Bésame ya!

Sue Limb

ANAYA

Título original: *Girl, 15, Flirting for England*

1.ª edición: abril de 2007

Juan Ignacio Luca de Tena, 15. 28027 Madrid
www.anayainfantilyjuvenil.com
e-mail: anayainfantilyjuvenil@anaya.es

Cubierta de Javier Serrano, Miguel Ángel Pacheco
y Patricia Gómez.

ISBN: 978-84-667-6246-5
Depósito legal: NA.1011/2007
Imprime y encuaderna RODESA
Impreso en España - Printed in Spain

Las normas ortográficas seguidas en este libro
son las establecidas por la Real Academia Española
en su última edición de la *Ortografía,* del año 1999.

Para Liliane Binnie (de soltera, Sánchez),
mi amiga francesa por correspondencia
con la que todavía conservo una excelente relación.

1

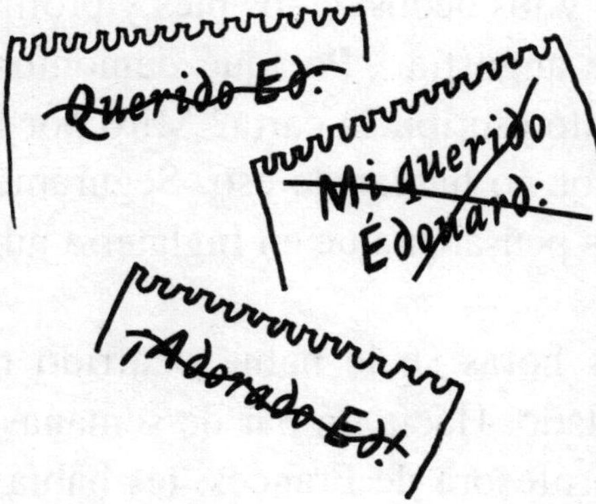

Querido Édouard:

... ¿O puedo llamarte Ed? Édouard suena tan..., suena un poquito...

¡Oh, no! ¡Ya estaba insultándole! ¡Ya estaba burlándose de su nombre! Jess arrugó el trozo de papel y lo tiró a la papelera. Falló.

Querido Édouard:

Eres mi intercambio francés...

¡No seas tarada, eso ya lo sabe! Jess arrugó el trozo de papel y lo tiró a la papelera. Falló.

Querido Édouard:

¡Hola! Soy Jess Jordan, y parece ser que vamos a hacer un intercambio...

¿Parece? ¿Como si hubiera ocurrido por casualidad y a Jess le resultara un poco engorroso? ¿Como si en realidad hubiera preferido hacer un intercambio con un mono?

Jess arrugó el trozo de papel, arrugó las cejas, apretó los puños y los dedos de los pies y profirió un grito sofocado de angustia. ¿Por qué demonios le estaba costando tanto escribir la carta? Miró por la ventana. Llovía. Mejor no hablar de eso. Seguramente, todos los franceses pensaban que en Inglaterra nunca paraba de llover.

A buenas horas se le había ocurrido meterse en aquel embolado. Hacía un par de semanas, la señora Bailey, su profesora de Francés, les había dicho que "tenía que comunicarles algo sobre el próximo programa de intercambio con estudiantes franceses". A la mujer se la veía un poco azorada.

"Este año las cosas van a ser un poco distintas", había dicho, "porque el número de chicos franceses que quieren participar es mayor que el de chicos ingleses. Así que me temo que algunas de vosotras vais a tener que hacer el intercambio con un chico. Levantad la mano a las que no os importe".

Jess había lanzado el brazo hacia arriba a tal velocidad que por poco se disloca el hombro. ¡Un chico francés! ¿Qué podía haber más sexi? Jess tuvo una deslumbrante visión de un grupo de futbolistas franceses de ojos castaños brillantes y labios fruncidos con ese mohín tan típicamente francés.

Pero en ese momento, mientras trataba de escribir su primera carta a aquel chaval, estaba muy arrepentida de haberlo hecho. Si Édouard hubiera sido una chica, no le habría costado nada presentarse y habría liquidado la carta en un par de minutos. Ahora, en cambio, se sentía cohibida. Tenía que dar la impresión de ser una persona atractiva, carismática y misteriosa, a pesar de vivir en un país en el que *no* paraba de llover.

Querido Édouard:

Soy la chica con la que vas a hacer el intercambio. Siento tener que escribirte en inglés, pero es que mi francés es desastroso. Me llamo Jess Jordan y vivo en un ático con vistas a unos centelleantes rascacielos. Mi madre desciende de la casa real de Portugal. Se llama Joanna la Medio Loca. Mi padre vive en Hollywood. Es productor de cine. Yo nací en una tormentosa noche de julio bajo una lluvia de rubíes...

Basta ya de cuentos. Jess arrugó el papel. No acertó en la papelera. Bien, solo había una manera de hacerlo. Tenía que imaginarse que Édouard era una chica, incluso ponerle un nombre de chica, luego bastaría con volver a poner Édouard, y asunto arreglado.

Querida Josephine:

¡Hola! Soy tu intercambio. Me llamo Jess Jordan. Espero que no te importe que te escriba en inglés. Si tú quieres contestarme en francés, no hay ningún problema, porque mi madre lo entiende. Es bibliotecaria. Vivimos en un vieja casa adosada cerca de un parque.

Mi padre es artista y vive muy lejos, en la costa. Mis padres se divorciaron hace ya muchos años, pero mi padre y yo hablamos mucho por teléfono y nos mandamos correos electrónicos y mensajes de texto. También le veo cuando viene a la ciudad.

No tengo hermanos ni hermanas, y no me importa, pero tampoco tengo mascota, y eso sí que es una tragedia.

Soy de estatura mediana y tengo el pelo oscuro, así que soy bastante normal, pero tengo una caspa de primera, merecedora de un Premio Nobel.

Jess tachó la parte de la caspa. Eso de tener que describir tu aspecto era un coñazo. Pero la señora Bailey les había dicho que tenían que presentarse por carta y enviar además una foto. Luego, tenían que entregar las cartas a la señora Bailey, como si fueran deberes, porque pensaba revisarlas antes de mandarlas.

Ni que estuviéramos en la Edad de Piedra, pensó Jess. *Hoy todo el mundo usa el correo electrónico*. La señora Bailey era una de esas maniáticas que lo quieren tener todo controlado.

Pero el horror de tener que escribir la carta no era nada comparado con el espanto de tener que elegir una foto. ¿Debía enviarle aquella en la que parecía una obsesa con sobrepeso? ¿O esa en la que tenía aspecto de terrorista bizca aquejada de un terrible dolor de cabeza? Ninguna de las dos, claro. De hecho, a Jess se le había ocurrido una brillante idea para la foto, pero, de momento, tenía que seguir con la dichosa carta.

Me gusta mucho la música, el rap sobre todo. También me gustan mucho las telecomedias, y cuando acabe el colegio, quiero ser humorista. ¿Y tú?

A Jess se le había quedado la mente en blanco. Su cerebro se había atascado. Había dejado de pensar en Édouard como si fuera una chica y otra vez era consciente de que era un tío.

En ese momento, sonó el teléfono. Jess tiró el bolígrafo, fue corriendo a la cocina y lo cogió.

"¿Diga?".

"¡Hola, cariño, soy yo!". Era la abuela. A Jess se le iluminó la cara y se sentó en la silla que había más cerca.

"¡Abuelita! ¿Qué tal estás? ¡Dame las últimas noticias sobre tu apasionante vida! ¿Has estado haciendo *windsurf* hoy?".

Sobre la mesa había un plato lleno de uvas. Jess se cogió unas cuantas. La abuela soltaba unas risitas. Buena señal. Desde la muerte del abuelo, les había tenido un poco preocupadas. Pero hoy parecía estar bastante animada.

"No, cariño, hoy no he hecho *windsurf*. Pensé que me apetecería más probar el *puenting*". Jess soltó una carcajada. El repertorio de deportes de riesgo que imaginariamente hacía la abuela era una vieja broma entre las dos. "¿Y tú cómo estás, cariño? ¿Deseando que llegue la Semana Santa? ¿Cuándo os dan las vacaciones?".

"Oh, no lo sé", dijo Jess. "Soy un desastre con las fechas y todos esos rollos. Pero antes de Semana Santa, está la historia esa del intercambio con un estudiante francés. Va a venir un chico, un tal Édouard".

"¿De veras, cariño? ¿Un *chico*? ¿Cómo has logrado colarle eso a tu madre?".

"Bueno, verás, le emociona tanto eso de que sea francés y tiene tantas ganas de demostrar lo bien que se defiende con el idioma, que me parece que ni siquiera se ha dado cuenta de que es un chico".

"En fin, esperemos que sea guapo".

"Todavía no he visto una foto suya", dijo Jess. "Pero con la suerte que tengo lo más seguro es que tenga unas fosas nasales gigantescas o quizás una palpitante verruga en la barbilla".

Siguieron un rato charlando sobre hombres horrendos que habían conocido. El lechero de la abuela, Geoff, era campeón del mundo en esa modalidad, aunque, lamentablemente, él no estaba al tanto de haber recibido tal distinción. Luego, tras haberse pasado un buen rato cotilleando, la abuela le pidió que le pasara a su madre.

"Lo siento, pero mamá ha salido", dijo Jess, mientras daba cuenta de las últimas uvas que quedaban. "Hoy tiene yoga".

"Ah, sí, tenía que haberme acordado", dijo la abuela. "¡Qué pena! Tengo muchas ganas de contarle algo".

"¡Eso suena muy interesante!", dijo Jess. "Cuéntamelo a mí".

"Me encantaría, cariño, pero... creo que es mejor que se lo cuente a tu madre primero", dijo la abuela.

"Bueno, me tienes enormemente intrigada", dijo Jess. ¿De qué estaría hablando la abuelita? ¿No sería que estaba saliendo con alguien? El período de duelo ya se había prolongado demasiado. A lo mejor se había ligado a un jovencito de unos cuarenta tacos. "Pero también me ofende mucho que no quieras confiármelo a mí", prosiguió Jess. La abuela soltó unas risitas.

"Lo siento, cariño", dijo. "Pero es que es una cosa un poquito...; vamos, que será mejor que hable antes con tu madre".

A Jess se le pasó por la cabeza una idea terrible. ¡Y si la abuelita estaba enferma! A lo mejor, ese tono desenfadado no era más que una pose. Jess sintió una escalofriante estremecimiento.

"No te pasa nada, ¿verdad, abuelita?", preguntó. "No estarás enferma ni nada por el estilo".

"Oh, no, cariño", dijo la abuela. "Todo lo contrario. Estoy como una rosa. En fin, me parece que volveré a llamar más tarde. Prefiero no decir nada más, no vaya a ser que me vaya de la lengua y me meta en un lío".

“Vale”, dijo Jess. “Pero si has ganado la lotería, no te olvides de que soy tu única nieta y que he heredado todas tus excelsas cualidades”.

Se despidieron, y Jess volvió a la carta. Después de su conversación con la abuela, le parecía aún más aburrida que antes, pero tuvo que obligarse a cambiar el chip y ponerse otra vez en plan amiga por correspondencia.

¿Cómo se pronuncia Édouard?

Empezaba a estar bastante desesperada, como cuando hay que ponerse a sacar tema en una fiesta.

Uno de mis amigos —Fred— dice que se pronuncia: ¡Éduuuuuuuuuuuuu-aarrgh!

Ya estaba otra vez metiéndose con su nombre. Pero, bueno, algo había avanzado. Jess tachó la frase sobre la forma de pronunciar el nombre y se apresuró a introducir un nuevo tema.

Mi mejor amiga es Flora Barclay. Es alta, rubia y muy guapa, y además es muy lista. Su padre tiene tanto dinero que suelen irse al Caribe de vacaciones...

Jess tachó lo de Flora. ¿Estaba loca? ¿Cómo se le ocurría poner a Flo por las nubes? Si ni siquiera hacía falta; en cuanto aquel chico cruzara sus castaños ojos franceses con los ojos azul celeste de Flo, se iba a enamorar de ella. Siempre ocurría lo mismo cuando los tíos posaban su mirada en la fabulosa Flo.

Era rubia, preciosa y tan *despiadadamente* encantadora que a Jess no le quedaba más remedio que ser su mejor amiga para siempre. Aunque la verdad es que hubiera resultado bastante más práctico —y más sofisticado— odiarla a distancia.

Jess añadió unas cuantas frases más describiendo su colegio, su calle y su casa. Jamás se había escrito una carta más sosa. Hasta leer la etiqueta de una botella de ketchup hubiera resultado más entretenido.

Me gusta el pescado con patatas fritas y la pizza, pero como todo el mundo dice que la comida francesa es alucinante, cuando vaya a tu país el año que viene me encantará probar vuestro sofisticado papeo.

De todos modos, lo más seguro es que a Édouard le diera exactamente igual lo aburrida que fuera la carta. En cuanto pusiera sus ojos en la foto, se quedaría hechizado. Y es que Jess tenía un plan para su foto. No podía ser una de ella tal y como era realmente. Tendría que ser una foto..., bueno, algo *mejorada* digitalmente.

Los ojos de Jess se posaron en el sofá, donde hacía no mucho se había pasado tres horas divinas con *¡BLING!*, lo último en revistas de famosos.

¿Qué foto podría utilizar?... ¿La de Britney? ¿La de Scarlett? ¿La de Beyoncé? No es que fuera a recortar de la revista una foto de una estrella y decir que era ella, lo que pensaba hacer era decirle a Fred que retocara en su PC una imagen suya y la combinara con los rasgos de algunas de las famosas que había elegido.

Envidiaba profundamente los labios de Scarlett Johansson y los maravillosos ojos de Beyoncé.

Para cuando el guapísimo Édouard llegara a Inglaterra, estaría locamente enamorado de ella. Y, con un poco de suerte, mientras se mantuviera de espaldas a la luz, nunca se daría cuenta de la diferencia entre la foto y la persona real. Jess arrinconó algunas dudas que le quedaban, firmó la carta y la metió en el sobre. Pero no lo cerró. Lo dejó abierto para la foto.

Lo de la foto aún tenía que solucionarlo. Pero, bueno, al menos iba a recibir otra a cambio. La llegada de la foto de Édouard prometía ser uno de los grandes acontecimientos de los próximos días.

2

A la mañana siguiente, en cuanto llegó al colegio, Jess cogió a Fred por banda y lo inmovilizó pegándolo contra una pared.

"¡Parsons, necesito tu ayuda!", masculló. "Tienes que hacer que este horrible espantajo que soy se convierta en una reina del celuloide esta misma noche".

Los ojos grises de Fred emitieron un destello de sorpresa. Encogió sus huesudos hombros, bajó la vista y la miró con una sonrisa maliciosa.

"¿Cómo es eso?", dijo. "Había dado por supuesto que eras la Presidenta Vitalicia del Club de la Fealdad".

Jess le propinó un ligero puñetazo en las costillas. Aquello formaba parte del rollo que había entre ellos. Fred exhaló un quejido y luego la tiró del pelo. Entonces, fue Jess quien exhaló un quejido. Ya estaban listos para retomar la conversación.

"¿Por qué necesitas darte un repaso?", inquirió Fred.

"¿Estás tonto? ¡Por el asunto del intercambio con el francés!", dijo Jess.

"Gracias a Dios, yo me he librado de eso", dijo Fred. Su intercambio, Joel, se las había ingeniado para coger una infección de garganta y no podía venir. Así que Fred no iba a tener que pasar por todo aquel sofoco.

"Tengo que seducir al guapísimo Édouard, ¿o no?", prosiguió Jess. "¡Tengo que mandarle una foto mía enseguida! Y hay que retocarla digitalmente porque mi verdadera cara puede provocar vómitos a los desconocidos".

"En eso tienes mucha razón", dijo Fred. "Incluso a tus viejos amigos a veces se nos revuelve el estómago al verte. Si me disculpas...". Se puso de lado e hizo como si estuviera vomitando discretamente en su mochila.

"Corta el rollo y escúchame", dijo Jess. "Esta noche me paso por tu casa, ¿vale? Tengo que fascinar al francés ese para poder casarme con él y luego irme a vivir a París".

"Estoy un pelín desilusionado", suspiró Fred. "Había imaginado que pillarías a un rico americano y te irías a vivir a Los Ángeles. Así podría hacerme pasar por tu chucho y dormiría en una magnífica caseta dorada rodeada de pavimento. Los perros de Los Ángeles se dan la gran vida".

"¡Ni lo sueñes!", dijo Jess en plan de broma. "Cualquier perro que yo tenga tiene que estar bien educado".

"¡Dame tiempo!", le rogó. "Ya sabes que todo es cuestión de práctica. Ya he empezado a olisquear farolas".

Sonó el timbre de las clases. Fred miró ansioso a su alrededor y empezó a agitar desgarbadamente sus largos brazos.

"VALE, VALE", dijo. "Pásate esta noche por mi casa a eso de las ocho. Pero no antes, ¿eh? Desde que tuvo lugar el incidente de la partida de póquer en casa de Jack la semana pasada, estoy en régimen de 'los deberes primero y luego los amigos'".

Jess se quedó bastante aliviada. Sabía que Fred era un genio tratando imágenes con el ordenador. Salió pitando en dirección a la clase de Francés. Iba a tener que aprender la lengua a marchas forzadas. Cuánto se arrepentía ahora de todas esas veces que había estado leyendo el *¡BLING!* que tenía metido debajo del pupitre en lugar de prestar atención a las explicaciones de la señora Bailey sobre los horribles tiempos verbales franceses. El presente era el único tiempo en el que podía hablar Jess. Pero como el presente era el tiempo que necesitaba para expresar su estado de ánimo, lo más probable es que los otros no le fueran a hacer falta.

A la hora del recreo acorraló a Flora junto a la tienda de la cafetería. Flora estaba comprando una bolsa de patatas, y, cuando vio a Jess, pareció sentirse culpable.

"¡Pillada in fraganti!", exclamó Jess.

Flora se sonrojó. Qué mona era. Resultaba tan fácil hacerla sonrojar. Y también hacerla llorar: bastaba con pronunciar la palabra, "gatitos". También se tronchaba de risa cuando Jess se descolgaba con un chiste. Los chistes de Jess no siempre eran de los mejores. De hecho, a veces eran francamente malos, así que Flora era en verdad un encanto.

"No, no importa", dijo Flora. "Me puedo tomar ahora estas patatas porque solo voy a almorzar una ensalada, y, además, llevó dieciséis días sin probar el chocolate". Tampoco es que le hiciera falta: Flora tenía una figura perfecta. Jess envidiaba sus tetas de Vigilante de la Playa (naturales, nada de silicona), y su pelo rubio, que adquiría un brillo divino cuando le daba el sol. A Flora le encantaba el sol, y siempre que estaba ella parecía brillar con más fuerza, como si a él también le gustara verla.

Jess, en cambio, prefería la luna. Le gustaba esa cara tristona y rechoncha que tenía. Jess era una noctámbula. Esperaba que también Édouard estuviera metido en el rollo de los búhos y los murciélagos. Podrían sentarse juntos al fondo de su jardín y mirar las estrellas... De pronto, sus manos se encontrarían en la oscuridad y...

Jess optó por unas fajitas de pollo y un batido de chocolate, supuestamente bajo en calorías.

"¡Vamos!", exclamó Jess, ondeando la revista *¡BLING!* "Tienes que ayudarme a elegir una nariz y unos labios para el repaso que me voy a dar esta noche".

Un cálido sol de primavera derramaba sus rayos sobre el instituto Ashcroft (debido a la presencia de Flora, sin duda), y Jess y Flora se acurrucaron en un banco en un acogedor rincón del patio del pabellón de ciencias con la revista *¡BLING!* Mientras almorzaban, se dedicaron a puntuar del uno al diez a los famosos en materia de *sex-appeal.* Nadie obtuvo una puntuación superior al siete. Resultaba extrañamente reconfortante detectar una pizca de celulitis en el muslo de alguna famosa estrella.

"Me alegro de que a mí no me venga un chico francés", dijo Flora. "Bastante malo es ya tener a una chica. Me avergüenza mi padre. Se pasa todo el tiempo gritándonos. Me da miedo que haga llorar a Marie-Louise".

"A ti todo te da miedo", dijo Jess, y, acto seguido, se acabó su batido de chocolate dando un soez y sonoro sorbo a la pajita.

"Es verdad", reconoció Flora. "Me aterroriza *casi* todo".

"¿Qué es lo que más miedo te da?", preguntó Jess.

"Bueno, las cortinas del salón de la casa de mi abuela me dan bastante acojone. Tienen una pinta muy siniestra, y siempre que me fijo en ellas me parece que hay alguien detrás", dijo Flora con un escalofrío. "... Y ya sabes que los murciélagos siempre me han dado un poco de repelús".

Flora se alisó sus cabellos dorados con un gesto nervioso, pegándoselos al cuello y mirando angustiada a su alrededor, no fuera a ser que a algún murciélago despistado le diera por caer en picado sobre ella y se le quedara enredado en el pelo. "¿Qué más? Ah, bueno, sí, también me dan miedo las entregas de premios desde que hace dos años me caí de bruces bajando del escenario. No lo he pasado peor en toda mi vida".

"¡A mí me lo vas a decir!", asintió Jess. "Mi madre se cayó por las escaleras en unos grandes almacenes. Fue en Maskell's —ya sabes, bajando a la sección de *delicatessen* —, dio un traspié y, al caer, se agarró a mí y me arrastró con ella". Jess cerró los ojos y se estremeció al recordarlo. "Aterrizamos en medio de un mar de salchichones. Había lo menos setenta personas mirándonos y deseando con todas sus ganas que nos hubiéramos matado".

Se produjo un breve silencio mientras Jess y Flora eructaban pensativamente y hacían una pelota con sus servilletas de papel.

"De todos modos, me parece que eres muy valiente por acoger a un chico francés", dijo Flora. "Hay tantas cosas que pueden salir mal...".

"¿Qué puede salir mal?", dijo Jess. "El único problema que voy a tener es que *no* tengo ni idea de francés. Tendremos que comunicarnos por señas. ¡Pero, bueno, qué más da! Será una risa".

Sin embargo, en un apartado rincón de su mente, Jess sintió un leve escalofrío de terror.

3

"He encontrado una foto tuya en mi ordenador", dijo Fred. "De la excursión que hicimos a Oxford con el colegio".

"¡Oh, no!", exclamó Jess. "¡Eso fue el año pasado! Era jovencísima. Un feto, casi. Y, además, tenía el pelo horrible. Traigo unas fotos más recientes en un CD".

"Bueno, pero antes échale un vistazo a lo que llevo hecho hasta ahora", dijo Fred, con una sonrisa misteriosa. "En Los Ángeles, un retoque como este te costaría una millonada, sabes". Acto seguido, pinchó un icono donde decía "Imagen mejorada de Jess".

Apareció un monstruo. Tenía ojos de rana, boca de tiburón y nariz de oso hormiguero.

"Había pensado ponerte culo de babuino", dijo Fred. "Sería la guinda".

Jess estuvo en un tris de darle un buen tirón al pelo de Fred. Le caía sobre los hombros, formando unas greñas lacias. Jess siempre le estaba dando la lata para que se lo cortara. Pero había que reconocer que el pelo largo venía muy bien cuando se trataba de administrar un castigo.

De todos modos, decidió no morder el anzuelo. En lugar de ello, se acercó a la pantalla, observó detenidamente la imagen y luego soltó un silbido.

"¡Guau!", dijo, exhalando un suspiro. "¿De verás que soy yo? Me parece que me voy a enamorar de mí misma".

"Sí, es mejor aceptarse a uno mismo tal como se es", dijo Fred. "Aunque, yo que tú, le pondría un pleito a tu ortodoncista".

"¿Es verdad eso de que a los tiburones constantemente les están saliendo nuevos dientes?", preguntó Jess. "Ojalá nos pasara también a nosotros. Nos ahorraríamos una fortuna en pasta de dientes".

"¿Pasta de dientes...? ¿Qué es eso?", preguntó Fred.

"Cierra la boca, Parsons, eres un zarrapastroso", dijo Jess en plan cariñoso. "¡Anda, vamos a empezar! Echémosle un vistazo a los labios de Scarlett Johansson".

Miraron lo menos cien fotos de Scarlett Johansson, Beyoncé y Angelina Jolie.

"Bueno, ¿con cuál te quedas? ¿Cuál de ellas sería tu diosa erótica secreta?".

"No creo ni en dioses ni en diosas del sexo", dijo Fred. "Soy un soltero empedernido. Las tías son tan repulsivas... y los tíos también..., *se apresuró a añadir*". A menudo, Fred añadía coletillas de ese tipo a sus frases, como si fuera el narrador de una novela antigua.

Estuvieron un rato tratando de transplantar los labios de Scarlett al rostro de Jess; pero la cosa no funcionaba. De todos modos, Fred consiguió eliminar los granos de Jess, darle más carnosidad a sus labios y añadirle un brillo maníaco a sus ojos. En la pantalla, se entiende. Imprimieron la imagen y luego la estudiaron detenidamente.

"¡Eh!", exclamó Jess. "¡No está mal! Casi parezco humana. Es como la cirugía plástica solo que sin moratones".

"Puedo añadir unos leves moratones, si quieres", dijo Fred, levantando el puño. "Y sin recargo".

"Cuando Édouard y yo estemos instalados en nuestro palaciego piso parisino, puedes venir a vernos y retocar digitalmente a los niños", dijo Jess.

"¡No, gracias!", dijo Fred. "Los franceses son la mar de celosos. Lo más probable es que me retara a un duelo o a algo así". En el piso de abajo, el reloj de la familia Parsons dio la hora.

"¡Oh, no! ¡Mira qué hora es!", dijo Jess, consciente de que su madre podía montarle un pollo monumental si llegaba tarde a casa un día de colegio". ¡Bueno, Fred, gracias! ¡Eres un genio!". Jess le dio un tirón de pelo con un leve toque de sadismo. Fred la agarró del brazo y se lo retorció ligeramente. Luego, ya fue la hora de irse.

Cuando llegó a casa, su madre estaba en su despacho del piso de arriba hablando por teléfono. Jess subió corriendo las escaleras.

"Vale, está bien", decía su madre. "Pero no te creas que me hace mucha gracia. Llámame mañana por la noche y cuéntame qué tal ha ido... Lo sé, lo sé. Cuídate. ¡Adiós, mamá!".

"¿Era la abuelita?", preguntó Jess, mientras su madre colgaba. "¿Qué es eso que no te hace mucha gracia?". Su madre se miró pensativamente las uñas y frunció el ceño.

"Ah, nada importante", dijo. "¿Has visto lo sucias que tengo las uñas? No encuentro por ninguna parte mis guantes de jardinería".

"¡Mamá! ¡No me cuentes historias! No intentes cambiar de tema. ¿Qué le pasa a la abuelita?".

"Nada", dijo su madre poniéndose de pie. "De veras que nada. No es más que otra de sus ridículas ideas".

"¿Qué ridícula idea?", dijo Jess.

"Nada", dijo su madre. "En serio. De veras".

"¿Por qué me mientes?", preguntó Jess. "¿Qué misterio se trae la abuelita?".

“No hay ningún misterio”, dijo su madre. “Es solo que tiene una nueva amistad, eso es todo”.

“¿Cómo? ¿Un novio?”, aulló Jess. “¡Genial! ¿Qué edad tiene?”.

“No, no, no se trata de eso”, dijo su madre, que tenía pinta de sentirse molesta y un tanto acorralada. “No es un hombre. Se trata de una mujer”.

“¡A ver si resulta que durante todo este tiempo la abuelita ha sido una lesbiana y ahora, por fin, ha decidido salir del armario!”, dijo Jess. “¡Guau! ¡Sería guay! ¡Una abuela gay!”.

“¡No digas sandeces!”, le espetó su madre. Jess reconoció los signos inequívocos de que se avecinaba una tormenta. Más valía que se abstuviera de seguir con las bromas gay sobre la abuela y que tratara de refrenar su curiosidad. Cuando quería, su madre podía ser muy obstinada y mostrarse muy reservada. De hecho, ya había salido de la habitación y se dirigía al piso de abajo. Jess la siguió.

“¡Vamos a tomar unas tostadas!”, propuso Jess.

“Es la primera cosa sensata que has dicho en todo el día”, dijo su madre.

“Es la primera cosa sensata que he dicho en lo que va de año”, repuso Jess. El humor de su madre mejoró notablemente tras haberse tomado una tostada. Pero después, se quedó mirando al vacío y exhaló un gran suspiro.

"A ver si paso la aspiradora", dijo. "Y creo que también deberíamos empezar a preparar el cuarto de Édouard".

"¿Dónde va a dormir?", preguntó Jess, asaltada por un súbito ataque de pánico. "No compartiremos habitación, ¿verdad?".

"No, no, dormirá en el cuartito de invitados", dijo su madre. "Pero tendremos que despejarlo de trastos. Podemos hacer un par de viajes al centro de reciclaje".

"Sí, y podemos ponerlo un poco más bonito, ¿verdad?", dijo Jess. "¡Oh, no! ¡Las cortinas tienen un estampado de flores! ¡Es demasiado femenino! ¿Qué tipo de cortinas les gustará a los chicos?".

"No tengo ni la más remota idea", dijo su madre. "Y, para serte sincera, me parece una idea un tanto sexista".

Jess hizo caso omiso de los comentarios de su madre. Se fue pitando al teléfono y llamó a Fred.

"¡Fred!", dijo. "¿Qué tipo de cortinas os gustan a los chicos?".

"¿Cortinas? ¿Qué es eso?", preguntó Fred.

Típico. Desde luego, los tíos eran seres de otro planeta. ¿Cómo sería eso de tener a uno en la casa delante de sus narices durante dos semanas enteras?

4

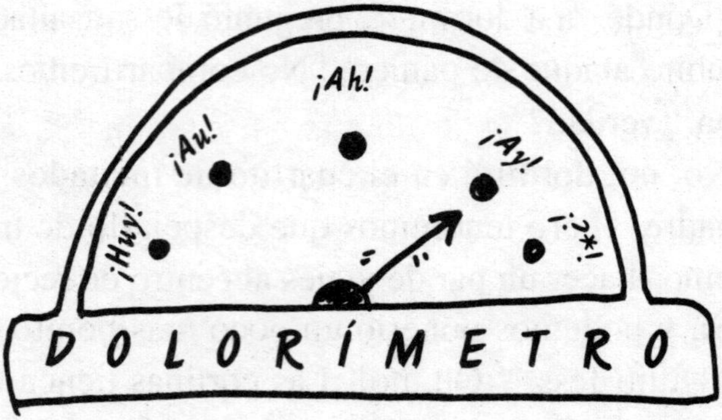

Jess se metió en su cuarto, que estaba en la parte de atrás del piso de abajo. Le gustaba porque daba al jardín. En la mesilla de noche tenía una lámpara fabulosa con la forma de una calavera chillando y, en la pared, tenía colgado un maravilloso chal negro de lentejuelas. Sus CD estaban colocados en orden alfabético (la única parte de su cuarto que estaba un poco ordenada) y su osito de peluche, el calvo y carismático Rasputín, presidía aquel reino desde su puesto encima de la almohada.

Jess tenía puestos en la pared todos sus pósteres favoritos. La mayor parte de Eminen. A veces, le parecía que los ojos de Fred se parecían bastante a los de Eminen, aunque la pinta de Fred, con sus greñas y sus brazos de espantapájaros, resultaba aún más extravagante.

La carta para Édouard estaba lista sobre su escritorio. Tenía pegado ya el sello para Francia. Pero seguía sin cerrar. Añadió la foto retocada y cerró el sobre. Luego, presa de un extraño impulso, se llevó el sobre a los labios y le estampó un minúsculo beso en el dorso.

¡Oh, no! ¡Había dejado una horrenda marca de carmín! Rápidamente abrió el sobre, cogió uno nuevo y metió dentro la carta y la foto. Pero el sello seguía pegado en el sobre manchado.

"¡Mamá!", gritó. "¿Tienes unas tijeras? ¿Y pegamento?".

Oyó los pasos de su madre bajando de piso. Jess hizo desaparecer el sobre manchado ocultándolo detrás de su mesa unos segundos antes de que su madre irrumpiera en el cuarto.

"¿Quieres hacer el favor de llamar a la puerta antes de entrar en mi cuarto? Me fastidia mucho cuando no lo haces".

"¿Y quieres tú hacer el favor de NO pedir las cosas a gritos?". La madre de Jess parecía estar también bastante furiosa. "Te he dicho mil veces que si quieres algo, vengas a donde esté yo y me lo pidas por favor".

"Vale. Por favor, ¿te importaría traerme las tijeras y el pegamento?".

"¿A estas horas de la noche? ¿Para qué?".

"Estoy haciendo una tarjeta de cumpleaños para Michelle".

"¿Quién es Michelle?". Sí, ¿quién era la tal Michelle? Jess, en plan temerario, se la acababa de inventar hacía un segundo.

"Una compañera del colegio. Mañana es su cumpleaños y se me olvidó por completo comprarle hoy una tarjeta de felicitación. ¿Me puedes traer las tijeras y el pegamento?". Los ojos de su madre echaban chispas.

"¡Ve tú! ¡Ya sabes dónde están las cosas! ¡Arriba en mi despacho, en el cajón derecho de mi escritorio!".

"¡Ya, pero tú acabas de bajar! ¡Podrías habérmelo traído!".

"¡Dios bendito, Jess! ¡Tan vaga eres que no puedes dar ni un paso!".

La madre de Jess se fue dando pisadas fuertes a la cocina y se puso a llenar el lavavajillas con inusual fiereza. Jess, por su parte, se fue dando pisadas fuertes al piso de arriba con la esperanza de arrancar algunos trozos de escayola del techo. Tiró del cajón con tal fuerza que todo su contenido voló por los aires y se desparramó por la habitación: las tijeras, el pegamento, clips, chinchetas, lápices, grapas, *post-its*...

Llena de rabia, se arrodilló para recogerlo todo... *¡sobre una chincheta!* Por suerte, esta no tenía la punta hacia arriba sino que estaba de lado, así que el dolor fue solo de cuatro estrellas, no de cinco. Jess soltó un rugido. No pareció que su madre la oyera. Tenía puesta la radio y estaba escuchando un programa de noticias a todo volumen.

Ya podría morirme aquí, víctima de un ataque de chinchetas, que ella ni se enteraría, pensó Jess. *Prefiere mantenerse informada de la última salvajada terrorista que proteger a su hija de los peligros que le acechan en su propia casa.*

Jess volvió a meter todo en el cajón a lo bruto y se bajó las tijeras y el pegamento. Se metió en su cuarto y dio un portazo. Ahora, tocaba recuperar el sobre original para así poder recortar el sello. Estaba tirando de la mesa para separarla de la pared, cuando llamaron a la puerta.

"¿QUÉ?", rugió Jess.

"He puesto agua a calentar. ¿Te apetece una taza de chocolate?", le dijo su madre desde el otro lado de la puerta. Una propuesta de paz, evidentemente.

"¡No!", chilló Jess. "Un momento... ¡Sí, por favor!". No tenía sentido prolongar la bronca hasta el punto de perderse un chute de chocolate. Jess metió el brazo por detrás de la mesa y se puso a buscar a tientas el sobre..Cuando se incorporó, se golpeó la cabeza contra un estante.

"¡AY! ¡AAAYYY!", aulló mientras se frotaba la cabeza. ¿Quedaba alguna parte de su cuerpo en la que aún no se hubiera hecho daño? Se encogió de hombros, recortó el sello del sobre manchado de carmín y lo pegó en el sobre nuevo. Luego, arrugó el sobre antiguo y lo tiró a la papelera. Falló. ¡No, un momento! Tenía que copiar la dirección de Édouard.

Jess recuperó el sobre arrugado, lo estiró y copió el nombre y la dirección de Édouard en el sobre nuevo. Todavía la dolía la cabeza por el golpe contra el estante y la rodilla por la chincheta que se había clavado.

"¡Después de todos los líos que me estás causando, espero que valgas la pena, maldito franchute!", gruñó, echando un vistazo a la dirección. Por culpa del tal Édouard se había lastimado gravemente y había tenido una pelea con su madre. Aunque, la verdad sea dicha, las dos eran perfectamente capaces de tener una bronca sin la ayuda de nadie. Se preguntó cómo habrían sido las cosas si su padre hubiera seguido formando parte de la familia. Mucho mejor, probablemente. Jess suspiró.

Su madre llamó a la puerta. Jess arrugó el sobre viejo, lo tiró a la papelera y luego dijo: "¡Adelante!". Sonaba de una formalidad la mar de estúpida. Su madre entró con un tazón de chocolate y una galleta de jengibre en un platito.

"Estupendo, mamá, muchas gracias", dijo Jess. "Siento haberme puesto tan gruñona".

"Perdóname tú también", dijo su madre. Entonces, a la muy tonta, se le ocurrió abrazarla sin haber dejado antes el tazón de chocolate, y una parte de su contenido se derramó sobre el brazo de Jess.

“¡Ay!”, aulló Jess. “¡Ay! ¡Me has quemado!”.

“¡Perdona, perdona!”, dijo su madre. Y, al tratar de dejar rápidamente el tazón, se derramó un poco de chocolate sobre la carta de Édouard... ¡En el inmaculado sobre nuevo!

“¡Oh, Dios mío!”, gritó Jess, y, acto seguido, cogió un pañuelo de papel y se puso a frotar alternativamente la carta y su brazo. “¡Hoy nada sale bien! ¡Absolutamente nada!”.

“Solo ha caído un poquito en una esquina”, dijo con tono culpable su madre. “Además, a los franceses les gusta mucho el chocolate”.

“No estoy muy segura de que les guste que se lo manden por carta”, gruñó Jess “¿Por qué todo sale mal hoy?”.

“Mercurio está en una órbita retrógrada”, dijo en tono misterioso su madre. Como suele ocurrirle a la mayoría de los viejos hippies, se tomaba en serio la astrología. “Esta mañana no arrancaba el coche”.

“El coche no arranca porque es un cacharro viejo”, dijo Jess.

“Bueno, dejémoslo”, dijo su madre. “Anda, enséñame la tarjeta”.

“¿Qué tarjeta?”.

“La tarjeta que estabas haciendo para Michelle”.

“He decidido dejarlo para mañana”, dijo Jess. “Ahora estoy demasiado cansada. Mi cerebro ya está dormido. Y, además, tampoco me cae demasiado bien Michelle. Me parece que lo voy a dejar".

"Oh, no. Tienes que hacerle una por la mañana", dijo su madre. "Ya verás como no te arrepientes. Me parece que su madre viene a la biblioteca". Luego, le dio un beso y salió del cuarto. Jess se sonrió. Michelle era pura ficción, un invento, alguien que no existía. Y, sin embargo, su madre ya se había imaginado que conocía a su madre de vista.

Dios, por favor, rezó Jess, *haz que mi madre no se comporte de una forma demasiado excéntrica cuando Édouard esté aquí.*

Cuando se terminó el chocolate, llevó el tazón a la cocina, donde se encontró con su madre, que estaba fregando las encimeras y seguía escuchando las noticias. Jess puso el tazón sucio en el lavavajillas. Su madre la miró con cara de asombro.

"¿Y eso?", preguntó. "¿Cómo es que no te limitas a meter de un empujón los tazones usados debajo de la cama como sueles hacer?".

"Pasaré por alto ese comentario", dijo Jess. "Mientras Édouard esté aquí, tenemos que mantener la casa limpia y ordenada. Hoy mismo he empezado el nuevo régimen. Y una cosa, mamá, ¿te importaría quitar las telarañas?".

"Ya sabes que me gustan las arañas", dijo su madre. "Cazan moscas. Las moscas sí que son asquerosas.

¿Verdad que no tolerarías a un huésped que se dedicara a hacerse caca en los azucareros".

"¡En tu vida vuelvas a decir eso!", exclamó Jess. Durante una milésima de segundo le había sido imposible no pensar que era Édouard el huésped que... Esa imagen podía perseguirla por el resto de sus días. "De todos modos", continuó Jess, "limpia esas telarañas, por favor. El descansillo parece la casa de la familia Adams".

"¡Vale! ¡Vale!", dijo su madre. "No me atosigues. Pero déjame que te diga una cosa: si quieres que la casa esté inmaculada para cuando llegue Édouard, tendrás que echar una mano".

"¡Pues claro!", le aseguró Jess. "Pero ocúpate tú de las arañas. Ya sabes que a mí no me hacen mucha gracia".

De pronto, sonó el teléfono. La madre de Jess frunció el ceño y miró su reloj. Le fastidiaba mucho que la gente llamara después de las diez. Aunque no eran más que las diez y diez, Jess se sintió inmediatamente culpable. Puede que fueran Flora o Fred. Jess cogió el auricular.

5

"¿Sí?", dijo.

"¡Hola, fabulosa criatura! ¡Soy tu anciano padre!".

"¡Papá!". Jess casi pegó un grito de júbilo. "¡Es papá!", le dijo a su madre.

"Ya lo había adivinado", repuso sarcásticamente su madre, y, acto seguido, salió de la cocina como si tuviera algo muy importante que hacer.

"Mamá te manda besos", dijo Jess.

"Yo también, yo también", dijo su padre con voz un poco nerviosa. Sus padres eran un par de tarados. Vale, estaban divorciados, pero seguían comportándose de una forma muy extraña el uno con el otro. Los padres de Jodie también estaban divorciados, pero solían ir todos juntos de vacaciones a pesar de que el padre tenía una nueva mujer, un bebé y todo eso. A Jess le hubiera gustado que sus padres se tomaran las cosas de una forma más relajada.

"Cuéntame, ¿cómo va todo en el maravilloso Saint Ives?", preguntó Jess. "¡Me das una envidia! Ojalá estuviera allí. ¡Quiero oír las gaviotas! Saca el teléfono por la ventana".

"¡Es de noche, Jumbo!", dijo su padre. "Las gaviotas ya están dormidas".

"No me llames Jumbo", dijo Jess. "Se parece demasiado a Dumbo".

"Me niego a hablar de dietas, de peso o de si tu trasero está o no muy gordo en este momento", dijo su padre. "A Dios gracias, no puedo verte. Todo lo que puedo decirte es que suenas absolutamente delgada y esbelta".

"Eso es porque estoy metiendo la voz", dijo Jess. "Pero ¿quieres oír como de grande suena mi trasero?".

"¡Voy a hacer como si no hubiera oído eso!", dijo su padre riéndose. "Llamo para tener una conversación civilizada sobre arte y lo único que sale de tu boca son guarradas".

En el vestíbulo, la madre de Jess había empezado a pasar la aspiradora. Típico de ella. Era como si quisiera borrar del mapa a su padre.

"¿Qué ruido es ese?", preguntó el padre de Jess. "Suena como si acabara de aterrizar un platillo volante".

“Solo es mamá, que está pasando la aspiradora”, dijo Jess. “Espera un momento que voy a cerrar la puerta de la cocina”.

Dejó el teléfono en la mesa y cerró la puerta, consiguiendo que la mayor parte del ruido desapareciera. Era estupendo hablar con su padre. La única pena es que su madre no se les uniera.

“¿Sigues ahí?”, dijo Jess tras coger el teléfono. Silencio. “¿Papá?”, dijo desconcertada. “¿Papá?... ¿PAPÁ?”.

“¡Eh, que solo estaba tomándote el pelo!”, dijo su padre. “Jugaba al escondite por teléfono, que es mucho más fácil”.

“Se oía ese extraño jadeo que haces al respirar”, dijo Jess. “Pensé que te habrías desmayado o algo así”.

“No, no”, dijo su padre. “Aunque con todo este estrés, no creo que tarde en desmayarme”.

“¡Ya, ya! El estrés de una vida increíblemente relajada junto al mar. ¡Tengo que hacerte una visita! ¡Qué envidia me das! Aún no conozco tu nueva casa”.

“Bueno, tengo un plan”, dijo su padre. “Escucha. Dentro de poco, voy a hacer una exposición. Se inaugura el día diecisiete. Te enviaré una invitación con todos los detalles. Pero se me ha ocurrido una magnífica idea. ¿Por qué no te vienes al pase privado? Es la tarde del sábado a las seis. Mamá puede dejarte en el tren el sábado por la mañana. Yo te iría a recoger a la estación. Pasarías aquí la noche del sábado, el domingo comeríamos juntos en un precioso restaurante con vistas al puerto y luego te dejaría en el tren de vuelta".

"¡Dios mío!", gritó Jess. "¡Sería maravilloso! ¡Voy ahora mismo a pedirle permiso a mamá!".

"¡No, espera!", dijo su padre. "No se lo pidas ahora. No mientras esté pasando la aspiradora. Lo de la aspiradora es mala señal. Quiere decir que está de los nervios. Espera a un momento mejor".

"¿Por qué no se lo pides tú?", dijo Jess.

"No, no. ¡Yo no sé engatusarla tan bien como tú!". La voz del padre de Jess había perdido su tono relajado y bromista. "El caso es que..., bueno, siempre que le pido un favor sueno como un imbécil. Pero tú puedes, ya sabes, camelártela con un ramo de flores, hummm, o... con un inesperado deseo de lavar platos o alguna otra cosa por el estilo".

"No te preocupes", dijo Jess. "Ya pensaré en algo. Tengo unas ganas enormes de ir para allá. ¡Voy a ver tu casa y todo lo demás! ¡Es genial, genial!".

"Bueno, yo creo que ya tienes edad para viajar sola", dijo su padre. "Al fin y al cabo, ya tienes cerca de... ¿Cuántos años son? ¿Treinta y cinco?".

"Hace siglos que puedo viajar sola", dijo secamente Jess.

"Lo sé, lo sé", dijo su padre retomando su espíritu bromista, aunque todavía parecía estar un poco aturullado. “Siempre has sido bastante más mayor que yo, incluso cuando no eras más que un bebé”.

“Sí”, dijo Jess. “Soy una vieja, lo sé. Ya me lo dijiste una vez, para ver si así dejaba de cantar en el coche. También dijiste que tenía una voz de corneja. Desde luego, la labia no es lo tuyo”.

“Pues que conste que las cornejas son uno de mis pájaros favoritos”, dijo su padre. “Aunque es verdad que los cuervos son más majestuosos. Y los grajos son...”.

“¡Ahórrate la lección de ornitología!”, aulló Jess entre risas. “Sigue sin interesarme”.

“Vale. Bueno, tengo que dejarte”, dijo su padre. “Me había olvidado de lo tarde que es. Y ya sé lo que piensa tu madre de la gente que llama después de las diez. ¡Oh, Dios! Espero no haberla pifiado. Me parece que me voy a echar un poco para tranquilizarme”.

“Entonces, hasta luego, papá. Te llamo en cuanto lo tenga todo solucionado”.

“¡Estupendo! Buena chica. Dale un beso de mi parte a mamá..., y otro para ti, maravillosa criatura”.

“¡Adiós, papá! ¡Besos!”.

Jess, entusiasmada, colgó de golpe el auricular y luego subió corriendo al piso de arriba. Su madre estaba en el descansillo, pasando la aspiradora por el techo con cara de muy pocos amigos. Jess sabía que no era un buen momento para pedirle permiso. Su padre tenía mucha razón. Pero no podía controlarse.

“¡Mamá!”, gritó. “¡Apaga eso un momento!”.

“¡Pero si hace un instante me estabas dando la lata para que me pusiera a hacerlo!”, gritó su madre. “Todavía quedan unas cuantas telas de araña en las esquinas”.

“¡No te preocupes de eso ahora!”, gritó Jess. “Quiero contarte lo que me ha dicho papá”.

“¡Espera un segundo!”, chilló su madre. “Ya casi he terminado”.

Jess esperó. La emoción que le embargaba se atenuó un poco. Hacerla esperar era la forma que empleaba su madre para vengarse de su padre. Jess nunca había comprendido del todo por qué se habían divorciado. Había ocurrido hacía muchos años, cuando ella no era más que un bebé. En lo más profundo de su corazón, le aterrorizaba descubrir un día que ella había sido la causa.

La madre de Jess apagó la aspiradora. El ruido del motor resonó en el hueco de la escalera mientras se iba apagando. Y la seguridad de Jess también languideció. Puede que hubiera sido mejor esperar a otro momento.

“Papá te manda besos”, dijo. “También se los he dado yo de tu parte”.

“Muy bien”, dijo su madre. Pero se notaba que estaba de muy malas pulgas.

Jess hizo un supremo esfuerzo por recuperar la emoción que le había producido la maravillosa invitación de su padre.

"¡Escucha, mamá!", dijo. "¡Es fantástico! ¡Papá me ha invitado a que vaya al pase privado de su próxima exposición! Dice que si me dejas en el tren, él irá a recogerme y que me puedo quedar a dormir el sábado y volver luego el domingo. ¡Sería maravilloso! ¡Oh, por favor! ¡Todavía no conozco su casa y me muero de ganas de ir a verle!".

"¿Y qué pasa con los deberes?", le preguntó con desconfianza su madre.

"¡Los haré en el tren! Tendré un montón de horas. Te lo prometo".

"¿Cuándo es eso?", inquirió con voz tensa.

"Hummm, ha dicho que pronto. Creo que el diecisiete".

Pareció como si el semblante de su madre se contrajera en un gesto de exasperación, pero con un punto de satisfacción. Casi como si hubiera estado esperando algo que le sirviera de excusa.

"¡Muy propio de él!", dijo. "¡Ese es el fin de semana en que viene el chico francés! Es imposible. Típico de tu padre. Le enviaré un correo electrónico para decirle lo del intercambio. De hecho, le había preguntado si podría venir aquí ese fin de semana para ayudarnos a entretener a Édouard. Me imagino que de eso no ha dicho nada".

"No", dijo Jess. Se sentía desolada, aplastada, derrotada. El maravilloso plan de ir a ver a su padre se desvanecía y se retorcía como un papel ardiendo que tuviera escrito un poema. Una enorme acumulación de lágrimas comenzaba a formarse en su interior. Tenía ganas de ponerse a chillar. ¿Por qué su vida era una porquería tan grande?

"Me voy a la cama", soltó de golpe. Ni siquiera dio a su madre un beso de buenas noches: bajó corriendo las escaleras y cerró la puerta dando un portazo.

Ya en la cama, cuando se le había pasado lo peor de su rabia, se puso a fantasear que tenía otros padres mejores. Ojalá pudiera cambiarlos. Madonna y Brad Pitt no estarían mal. O Samantha Jones, la de *Sexo en Nueva York.* Aunque sin el sexo, claro. Y..., hummm..., ¿Frasier? Finalmente, Jess se sumió en un sueño inquieto y soñó que su padre era el Primer Ministro.

A la mañana siguiente, el desayuno fue un poquito tenso, pero ni Jess ni su madre sacaron el tema de la noche anterior. La radio llevó el peso de la conversación. Jess dio un beso de despedida a su madre antes de salir para el colegio, y su madre la agarró con mucho patetismo de la manga.

"Aunque a veces te parezca que soy horrible, te quiero", le dijo de sopetón.

"Yo también, aunque a veces me parezcas horrible", dijo Jess. Fue una tregua forzada, como siempre. Ojalá se hubiera dado cuenta su padre de que la fecha de la exposición coincidía con la visita de Édouard. Si al menos hablaran entre ellos como dos personas normales en vez de estar siempre con el rollo de *pregúntale a mamá, dile a papá.*

Jess suspiró. Tenía que meter en cintura a sus padres, conseguir que se comportaran como amigos, que entraran en vereda y dejaran de ser unos fracasados. También, tenía que averiguar qué pasaba con la abuela. Pero, antes de nada, irguiéndose en el horizonte como una enorme sombra sin rostro ni identidad, le aguardaba el gigantesco y emocionante enigma que representaba Édouard.

6

Édouard = ¡DIVINIDAD ERÓTICA!

Unos días después, las cartas y las fotos de los franceses comenzaron a llegar. La primera fue la de Jodie. Jodie era una de las mejores amigas de Jess, aunque su relación no era tan estrecha como la que tenía con Flora. Era una chica bajita y morena que tenía la cara cubierta de unos granos horribles. Siempre estaba dispuesta a echarse unas risas, y tenía tanta energía y entusiasmo por todo que a Jess la agotaba. Cuando se enfadaba, Jodie podía resultar verdaderamente feroz. Pero la mayor parte del tiempo era una tía muy maja, aunque un poco avasalladora.

"¿Sabéis qué?", dijo Jodie, irrumpiendo en el aula antes de que pasaran lista por la mañana. "¡He recibido la carta de Gérard con su foto!". Todo el mundo se arremolinó en torno a ella.

Era una foto bastante pequeña, como las que se sacan en los fotomatones. Gérard no sonreía. Tenía el cabello oscuro, lacio y peinado hacia atrás. Los labios eran finos, y llevaba unas gafas sin montura. Las orejas las tenía un poquito de soplillo. La luz de la cabina fotográfica no debía de ser muy buena, y su imagen era un poquito siniestra.

"Se ve que de mayor va a ser pedófilo", dijo Fred.

"¡Cállate, Fred!", dijo Jess, soltándole un puñetazo en las costillas. "Es muy mono. Tiene una pinta estupenda. Se parece un poquitín a ese actor que se llama no sé cuantos Fiennes". Pero, en el fondo, estaba de acuerdo con Fred. El tal Gérard tenía un aspecto un tanto raro.

"Su padre es pastelero", les informó Jodie. "Hace tartas, pastas y esas cosas. Cuando me toque ir allí, me voy a poner ciega".

"Lo mismo digo", terció Jess. "¡Me atiborraré como si estuviera representado a Inglaterra en un concurso de comilones! ¡Sobredosis de cruasanes!".

En ese momento, llegó Flora con una foto de su intercambio, Marie-Louise. Todo el mundo se arremolinó en torno a ella. Marie-Louise era mona, aunque con un aspecto un poco soso. Tenía el pelo negro, corto y rizado, y una sonrisa tontorrona.

"Tres de diez en *sex-appeal*", dijo el obseso sexual de Whizzer en plan basto.

"Quién fue hablar, tú no obtendrías ni un punto", soltó Jess. "Seguro que después de estar contigo, tu intercambio necesita psicoterapia".

Jess estaba bastante disgustada por que Édouard no se hubiera molestado aún en enviarla una carta con su foto. Ya había empezado a odiarle.

Pero al día siguiente, llegó la carta de Édouard. Cuando llegó a casa, la estaba esperando sobre el felpudo de la entrada. Jess la abrió en el mismo vestíbulo, con las manos temblorosas y el corazón latiéndole con fuerza. ¿Y si era horrendo? ¿Y si tenía una pinta repulsiva? La minúscula foto cayó bocabajo al suelo. La recogió, preparándose para lo peor.

¡Dios mío! ¡Era adorable! Édouard tenía un pelo moreno muy tupido, grandes ojos castaños y unos labios con un mohín encantador. La nariz era recta, y sus orejas tenían el buen gusto de mantenerse pegadas a la cara en lugar de sobresalir como las de Gérard. Jess decidió que después de todo no le odiaba.

Luego, desdobló la carta. Estaba escrita en un papel con pequeños cuadrados azules. Édouard tenía la letra extraña y muy torcida, y hacía las erres de una forma muy rara y anticuada.

Hola Jess, decía. Me presento, soy tu intercambio francés. Me llamo Édouard Fénix y vivo en Chigno-sur-Forgue. Mi padre es arquitecto y mi madre da clases en la escuela primaria. Tengo un hermano, Alain, que tiene diecinueve años, y una hermana, Alice, que tiene diez años. Nuestra casa está en el río. Tenemos dos perros preciosos, Héctor y Joubert. Estoy deseando que llegue el momento de visitar tu casa. Me gusta navegar, el ajedrez y la entomología. Mi asignatura favorita son las matemátiques. Cuando acabe el colegio, estudiaré para ser ingeniero. Me gusta Inglaterra, y adoro al Manchester United. Por favor, dile a tu madre que soy alérgico a la grosellas. Por favor, escríbeme todo sobre ti y envíame una foto. Buenos besos, Édouard.

"¿Envíame una foto?". Estaba claro que la foto retocada de Jess aún no había llegado. "¡Buenos besos!". ¡Qué lanzado! Pero la carta era encantadora. Sobre todo eso de que su casa estaba en el río. Daba la impresión que se iban a reír mucho con Édouard. Solo confiaba en que no dijera alguna obscenidad por error. O, más bien, confiaba en que *sí* lo hiciera.

"¡Mamá!", dijo. "¡Ha llegado la carta de Édouard!".

Su madre estaba arrodillada en el suelo de la cocina limpiando el horno en honor de la próxima visita de Édouard. Si a Édouard se le ocurría abrir el horno alguna vez, se quedaría impresionado. De hecho, la habitación de invitados que le estaban preparando era tan pequeña que casi habría más sitio para él en el horno.

"¡Oooh, déjame verla!", dijo su madre, mientras se ponía de pie y se limpiaba las manos.

"Ha mandado una foto", dijo Jess, levantándola para que su madre la viera. "Me recuerda a alguien, pero no sé a quién".

"Quitando los labios, se parece a Colin Firth en joven", dijo su madre sin dudarlo un momento. Si hubiera tenido la previsión de haberse ido a vivir a Hollywood, a estas alturas sería una glamourosa directora de *casting* en lugar de una sosa bibliotecaria. "Ya sabes, el que hace de Mark Darcy en las películas de Bridget Jones".

"Ya", dijo Jess. "Supongo que Édouard podía pasar por el hijo natural de Colin Firth. Aunque él dice que su padre es arquitecto".

"¿Arquitecto? ¡Qué estupendo!", dijo su madre. A veces, era un poquito esnob. "¿Me dejas que la lea?".

Desde la bronca de la noche anterior, la madre de Jess estaba superamable. Cogió la carta, y, para gran sorpresa de Jess, se puso a olisquearla.

"¡Para, mamá!", aulló Jess. "¡Qué asco! ¡No la olisquees! ¿Qué demonios esperas oler? ¿Perfume?".

"No, es solo que..., bueno, me encanta el aroma del papel francés", dijo su madre. A veces, era la mar de extravagante.

"Dice que es alérgico a las grosellas", le informó Jess. Su madre no dijo nada. Sus ojos recorrían rápidamente las líneas de la carta. Como era bibliotecaria, leía a una velocidad de vértigo.

“Es una pena lo de las grosellas”, dijo sonriendo, mientras doblaba la carta y se la devolvía a Jess. “Tenía pensado incluirlas en todas las comidas. Para desayunar: beicon, huevos y grosellas...”.

“¡Sándwiches de tomate y grosellas para almorzar!”, añadió Jess.

“Pizza de grosella... Bah, qué más da. Parece un chico muy majo”.

“¿A qué viene la chorrada esa de los *buenos besos*?”, dijo Jess, sonrojándose.

“Oh, los franceses siempre se están diciendo eso”, dijo su madre. “*Bons baiseurs*. Es algo que se pone al final de las cartas. Tanto si escribes a una vieja tía loca, a tu anciano abuelo o a tu intercambio inglés”.

Jess se llevó un buen chasco, pero procuró disimularlo. Se preguntaba lo que diría Édouard si —o cuando— estuviera loco por ella, y cuánto tardaría en llegar a estarlo.

No le iba a resultar nada fácil tener un poco de intimidad con Édouard. En el colegio, estaría rodeada de todos sus compañeros. Y en casa, tendría a su madre encima todo el tiempo como si fuera... una carabina.

De pronto, a Jess se le ocurrió una brillante idea. Casi se atraganta de la emoción. Pero antes, tenía que hacer una llamada confidencial a su padre.

7

"Voy a salir a arrancarles las flores marchitas a los narcisos", dijo su madre. "Ya falta poco para que se haga de noche".

¡Genial! ¡Era su oportunidad! Parecía que Dios estaba de su parte. "Gracias, viejo", le susurró a la Divinidad, y luego esperó a que su madre saliera. Acto seguido, corrió al piso de arriba y descolgó el teléfono.

"¡Papá!", aulló cuando cogió. "¿Te acuerdas de que pensaba que no podría ir a tu exposición porque venía el chico francés?".

"¡No digas nada más!", dijo su padre. "Ha sufrido un pequeño atropello. He ido a ver a una hechicera, pero no esperaba obtener resultados tan pronto".

"No, no", dijo Jess entre risas. "¡Escucha! ¡No tengo mucho tiempo, porque mamá está fuera quitándole las flores secas a los narcisos y no sé cuántas habrá!". "Las habrá a cientos, puedes creerme", dijo su padre.

"¡Bueno, escúchame atentamente!", dijo Jess. "A ver qué te parece la idea. ¡Voy al pase privado, pero me llevó a Édouard conmigo!". Se produjo un breve y horripilante silencio.

"Humm..., ¿tendré que hablar con él?", preguntó su padre. "¿En francés? Soy muy torpe cuando tengo que tratar con un extranjero".

"¡No tendrás que decir ni una sola palabra!", le prometió Jess. "Solo hablaré yo. Además, él sabe hablar inglés. He recibido una carta suya y estaba toda escrita en inglés. No habrá ningún problema".

"Hummm, ¿y dónde dormirá?", se preguntó el tonto de su padre.

"¡En el sofá!", aulló Jess. "Porque tendrás un sofá, ¿no? ¡O si no, debajo de la mesa de la cocina! ¡Donde sea!".

Se produjo otro silencio, esta vez aún más largo y salpicado de extraños *hums* y *ahs*.

"¡Oh, venga, papá!", le rogó Jess. "¡Di que sí y ya está! Significa mucho para mí. No puedo soportar la idea de perderme tu exposición. Me sentiré tan orgullosa de ti teniendo allí a Édouard".

Mentalmente, Jess se veía a sí misma en compañía de Édouard mezclándose de forma muy sugestiva con un tropel de gente elegante que daba sorbitos a copas de champán. Mientras, su padre, con un poco más de pelo que de costumbre y una dentadura en mejor estado, era entrevistado para la televisión por una carismática mujer vestida de cuero negro. Édouard bajaría la vista para mirarla y le diría: "Cuánto talento tiene tu padre. Peggo, claggo, tú también, Jess..., caggiño". Y como la sala estaría repleta de famosos, se verían obligados a pegarse tanto que el aliento de Édouard le derretiría el rimel.

"Vale", dijo su padre. "¡Pero a ti te toca convencer a Hitler!". Indudablemente, se refería a su madre. Jess oyó cómo se abría la puerta trasera en el piso de abajo.

"¡Genial!", susurró. "Hitler acaba de regresar de decapitar narcisos. Voy a hablar con ella".

"Buena suerte", le deseó su padre. "Vas a necesitarla", añadió en tono ominoso.

"¡Tonterías!", dijo Jess. "¡Ve pidiendo una tonelada extra de canapés para el pase privado, porque estaremos ahí!".

Colgó y corrió al piso de abajo. ¡Era una idea maravillosa! ¡Tendría horas y horas para estar a solas con Édouard! Podrían deambular por las pintorescas callejas de Saint Ives cogidos de la mano. O sentarse en la playa abrazados a contemplar las olas. Y además, estaba el largo viaje en tren, un montón de horas de trayecto. Y luego, otro largo viaje de vuelta... Podrían pasarse todo el camino mirándose a los ojos. Ante semejante perspectiva, a Jess se le humedecieron los ojos.

"¡Mamá!", dijo. "Ya sé que la visita de Édouard coincide con la exposición de papá, pero se me ha ocurrido una idea estupenda. ¡Édouard puede ir conmigo a verla! Papá dice que por él no hay problema. Édouard puede dormir en el sofá. Y así estará Édouard para que me haga compañía en el tren y todo eso. Iré más segura si viajo con alguien, ¿no crees?".

Jess aguardó la respuesta de su madre. Se sentía como si se encontrara en la frontera entre un mundo glorioso bañado de luz dorada y un negro abismo. Debía de parecerse un poco a lo que pasa cuando te mueres, con su madre en el papel de Dios. Los ojos de la madre de Jess lanzaron un destello, y durante una milésima de segundo, Jess creyó oír el lejano retumbar que acompaña a un rayo.

"¡No!". El rayo pasó junto al oído derecho de Jess, chamuscándole ligeramente el pelo. "¡Ni hablar! ¡Es una idea absurda!".

"¡Pero si dijiste que querías que papá arrimara un poco el hombro y nos ayudara con Édouard!".

"¡No! ¡Basta ya, Jess! ¡No cuela! Para empezar, ¿quién le va a pagar a Édouard el billete de tren? ¿Tienes idea de lo que cuesta un viaje en tren hasta Saint Ives?".

"¡Yo lo pagaré!", dijo Jess. "Usaré mis ahorros".

"¡Ni se te ocurra!", dijo su madre, lanzando llamaradas por las fosas nasales. "Necesitas mi firma para sacar ese dinero, así que ya puedes olvidarte. ¿Cómo se te ocurre siquiera pensar en gastarte tus preciosos ahorros en una tontería como esa? Además, seguro que Édouard no querrá ir. No querrá separarse de sus amigos franceses. Preferirá pasar con ellos parte del fin de semana. Seguramente, les habrán organizado algunas actividades". Jess estaba hundida en la miseria. Sentía que empezaba a resbalar hacia el negro abismo.

"Pero papá tenía muchísimas ganas de conocer a Édouard", dijo sin mucha convicción.

"Si tanto le apetece conocerle, dile que venga a la ciudad y que nos lleve a todos a cenar fuera o algo así", repuso su madre. "¡Eso sí que sería echar una mano!".

"Con las ganas que tenía papá de verme", gimoteó Jess.

"Ya sabe dónde vivimos", dijo su madre con un sarcasmo seco y horrible. "Me voy a dar un baño". Y, acto seguido, subió arriba. La maravillosa fantasía de Jess se había acabado. Su corazón había quedado reducido a un montón de cenizas.

Esta vez llamó a su padre desde la cocina para que su madre no pudiera oírla desde el baño.

"¡Papá!", dijo en voz baja. "Estoy hundida. Mamá no quiere ni oír hablar del asunto".

"Hummm", dijo su padre. "Ya me lo olía". No parecía estar tan desconsolado como Jess se había esperado. "En fin, pequeña, mala pata".

"Dice que si es verdad que quieres echar una mano, que vengas a la ciudad y nos saques por ahí".

"Qué más quisiera", se apresuró a decir el padre de Jess, como si se hubiera preparado la respuesta, "pero la exposición dura los quince días de la estancia de Édouard, así que es imposible... Tengo que estar aquí todo el tiempo, ¿sabes? Es una galería muy pequeña".

El glorioso pase previo en el que correría el champán quedó reducido en la imaginación de Jess a una minúscula fiesta en una caja de zapatos en la que participarían tres lirones, y cuyo único aperitivo serían una o dos bellotas. Estaba tan decepcionada que ni siquiera podía hablar. Se produjo un profundo y acongojado silencio.

"Anímate", dijo su padre. "Hablar con los extranjeros no es uno de mis puntos fuertes".

"Eso parece más bien una razón para que tú te animes, pero no para que me anime yo", dijo mordazmente Jess. "Bueno, vale, papá. Un beso. Ya te volveré a llamar".

Colgó sin darle tiempo de responder. A veces, su padre se las arreglaba para mostrarse muy débil cuando le convenía. Jess exhaló un suspiro tan profundo que por un momento tuvo la impresión de que se le había dislocado una costilla. Tras un acontecimiento tan traumático, solo había una cosa que le podía levantar el ánimo. Clavaría la foto de Édouard en su corcho y se pasaría la tarde mirándola mientras se atracaba a nachos mojados en diferentes salsas.

Al día siguiente, cuando fue al colegio con la foto de Édouard, se encontró con un escenario bastante más gratificante. Una multitud la rodeó. Ya había un montón de franceses que habían enviado sus fotos. El de Tom tenía pinta de trucha. El de Alice parecía un francotirador. El de Henry, un gánster.

"Bueno, aquí está Éduuuu...argh", proclamó Jess, levantando la foto.

"¡Oh, está buenísimo!".

"¡Es adorable!".

"¡Qué monada!".

Serían zorras, seguro que en cuanto llegara, se le iban a echar encima. Jess, de inmediato, trazó planes para impedir que sus amigas se le acercaran.

De pronto, se dio cuenta de que tenía a Fred detrás.

"¿Qué te parece, Parsons?", le preguntó, mientras se daba la vuelta. Fred sonrió.

"Bueno, a eso sí que le llamo yo un dios del amor", dijo Fred. "¿Ha recibido ya tu foto? Casi me parece oír una sardónica risa francesa. ¿Cómo te las vas a arreglar? ¿Metiéndote la cabeza en una bolsa de papel? ¿Con una máscara de Halloween? Me parece que tengo una antigua en el garaje. Puedes quedártela si crees que te puede ser útil".

Jess le dio un buen tirón de pelo, y Fred le pellizco los lóbulos de las orejas con despiadada maestría. Fred se estaba portando fatal al chincharla con un tema tan delicado. Tenía que saber que le preocupaba mucho lo que pensara Édouard al ver su foto, por no hablar de cuando viera la cara paliducha que tenía en realidad.

Pocos días después, llegó otra carta de Édouard. Bueno, en realidad, era una postal, aunque venía dentro de un sobre. La postal era una foto del ayuntamiento de su ciudad, que tenía toda la pinta de ser Villa Aburrimiento. Pero Jess no perdió ni medio segundo con la foto.

Querida Jess: He recibido tu carta con la foto, decía el texto, escrito con la florida caligrafía de Édouard. Eres muy guapa. Estoy deseando llegar a Inglaterra cuanto antes. Mi madre envía sus respetos a tu madre. Te veo el día 21. Tu amigo, Édouard. Bons Baiseurs. x.

¡Un beso! ¡Un beso! ¡Había puesto una tímida y minúscula x al final de la carta! ¡Y había dicho que era muy guapa! ¡Estaba colado por ella! No había ni rastro de sorna francesa por lo horrenda que era, lo que había era... ¡un beso! ¡Dios bendito!

Por un lado, Jess estaba muerta de la emoción, pero, por otro, lo que estaba era muerta de miedo. ¿Qué pasaría cuando por fin se encontraran? ¿Cuándo Édouard viera su verdadera cara en lugar de la imagen retocada? En fin, pronto lo sabría.

8

Para darle más emoción al asunto, la llegada de Édouard estaba prevista para la medianoche. Al parecer, el viaje por carretera desde Francia duraba horas y horas y horas. Cuando los chicos franceses llegaran, estarían hechos polvo. Todas las familias inglesas fueron en sus vehículos al colegio, aparcaron en el patio, que estaba más negro que la boca de un lobo, y se dispusieron a esperar. Resultaba casi siniestro.

"Es una insensatez", gruñó su madre. "Van a estar agotados. ¿Por qué demonios no han venido en avión?".

"¡A mí qué me dices!", dijo Jess. "Habla con la señora Bailey. Seguro que estará encantada de explicártelo".

Pero ¿dónde se había metido la señora Bailey? De hecho, ¿dónde se habían metido todos? Estaba tan oscuro que apenas se veía nada. Lo único que se vislumbraba de vez en cuando era algún corrillo de gente charlando iluminado por las luces de un coche que llegaba.

"Voy a salir", dijo Jess. "A ver si consigo encontrar a Flora".

Había llegado la hora de la verdad. Jess se sentía casi enferma de lo preocupada que estaba. Pero, por otro lado, la idea de conocer a Édouard en persona hacía que el corazón le latiera aceleradamente. ¡Había dicho que ella era guapa y le había enviado un beso! Jess llevaba encima su postal. La tenía guardada en el bolsillo. A esas alturas, se encontraba ya bastante sobada y tenía las esquinas dobladas, pero llevarla consigo le daba seguridad. Era una prueba de que a Édouard le gustaba su aspecto. Y, después de todo, a juzgar por su foto, él era uno de los más agraciados de toda la cuadrilla francesa.

Flora surgió en medio de la oscuridad y agarró a Jess del brazo. Jess se alegró de que estuviera tan oscuro. Una vez que Édouard viera a Flora a la luz del día, perdería todo interés por ella.

"¡Dios, qué miedo tengo!", dijo Flora. "¿Y si no me llevo bien con ella?".

"Pues claro que os vais a llevar bien", dijo Jess. "Marie-Louise tiene una pinta muy dulce y simpática, y además tiene la delicadeza de no ser maravillosamente sexi. ¿Qué más se le puede pedir a una invitada?".

De pronto, dos enormes luces que venían de la carretera principal irrumpieron en el patio. ¡El autocar! ¡Ya estaban ahí! Flora y Jess se agarraron, presas de la emoción y del miedo.

"¡Oh, Dios mío!", dijo Jess. "¡Es como si otra vez volvieran a invadirnos los normandos!".

Hacía poco que habían dado la batalla de Hastings en Historia, y Jess había estado de parte del rey inglés, que se llamaba Harold Godwin. Su apellido significaba algo así como 'el que vence a Dios', lo cual era paradójico, porque había recibido un flechazo en el ojo y Guillermo el Conquistador se había puesto las botas invadiendo.

"A lo mejor te conquista Édouard", dijo Flora. "Te esclavizará, como si lo viera".

"¡Nada de eso!", repuso Jess. "Si acaso le esclavizaré yo a él. Espera y verás".

El autobús avanzó un trecho, se detuvo y luego hizo una absurda maniobra marcha atrás que parecía totalmente innecesaria. Solo sirvió para prolongar un poco más la angustia y para llenarlo todo de monóxido de carbono. Tras las ventanas ahumadas del autobús, se adivinaban unos rostros borrosos y pálidos, pero era imposible distinguir más detalles. Ni siquiera era posible saber de qué sexo era cada uno de ellos.

Finalmente, el conductor del autobús aparcó, apagó el motor y se abrieron las puertas. Apareció una profesora francesa de Inglés. En efecto, parecía ser una mujer, aunque, dado lo oscuro que estaba y el ridículo anorak y la gorra de lana que llevaba, tampoco se podía estar del todo seguro. Bajó y saludó a la señora Bailey, la profesora inglesa de Francés. Se estrecharon las manos y se dieron sendos besos en las mejillas. Se tiraron un siglo. La profesora francesa de Inglés hablaba en inglés para presumir, y la profesora inglesa de Francés hablaba en francés para demostrar que también ella era una experta lingüista. Entretanto, toda la gente que esperaba languidecía y bostezaba.

"¡Bien!". La señora Bailey se aupó a la escalerilla del autobús y reclamó la atención de todo el mundo. "A medida que vayan saliendo los chicos franceses, iré nombrando en alto los nombres de los anfitriones ingleses. Cuando oigáis vuestro nombre, haced el favor de acercaros para dar la bienvenida a vuestro huésped".

Un francés bastante mono, aunque un tanto rechoncho, fue el primero en aparecer. Las profesoras inglesa y francesa cotejaron sus listas. "¡George Simpson!", exclamó la señora Bailey.

"A Simpson le ha tocado una bola de sebo", susurró Jess. "Aunque tampoco está mal del todo".

"No", dijo Flora. "Es como un peluche. Probablemente, no esté mal para los meses de invierno".

Luego, apareció una chica rubia y bajita embutida en una horrenda chaqueta guateada de color rosa pálido.

"*Nul points* para la ropa", dijo Jess. "Parece una gamba". Flora se puso a reír como una loca.

"¡A este ritmo, nos vamos a tirar aquí toda la noche!", dijo. "Me estoy quedando dormida".

"Todos estamos dormidos", dijo Jess. "Esto no es más que una horrible pesadilla". *Venga, venga, Édouard,* pensó.

"Humm... ¡Justine Barraclough!", exclamó la señora Bailey. Justine se abrió paso entre la multitud y tomó posesión de su gamba humana. Luego, apareció un chico alto y moreno bastante guapo.

"¡Apuesto a que ese es Édouard!", susurró Flora. "¡Es una monada!".

El corazón de Jess comenzó a latir aceleradamente, y se preparó para reclamar a su Príncipe Azul.

"¡Jodie Gordon!", exclamó la señora Bailey. ¡Oh, no! No era Édouard... ¡Era Gérard! ¡Gérard, el que tenía la pinta rara en la foto, el de las orejas de soplillo y los labios de pedófilo!

"¡Qué alucine!", susurró Flora. "¡No se parece nada al de la foto!".

"¡Está claro, tiene que poner en la calle a su departamento de relaciones públicas al completo!", dijo Jess. "Esa foto no le hacía para nada justicia. ¡Es un bombón!".

Jodie se abrió paso a empujones y agarró al divino Gérard. El chico sonrió de oreja a oreja y le dio dos besos en las mejillas. ¡Guau! Jess sintió un escalofrío de emoción. Dentro de un momento, cuando le llegara el turno, eso es lo que iba a hacer Édouard.

Bajaron varios chicos más, y la muchedumbre fue disminuyendo. Una vez que el anfitrión inglés tenía ya a su huésped, se metían en el coche y se iban a casa para tomarse una taza de chocolate e irse luego a acostar. Apareció una chica baja y morena que parpadeaba cuando le daban en los ojos las luces de los coches que se marchaban.

"¡Creo que esa es Marie-Louise!", dijo Flora. Las profesoras consultaron sus listas. La señora Bailey alzó la cabeza.

"¡Flora Barclay!", llamó.

"¡Bingo!", dijo Jess. Flora se separó de ella y se fue hacia delante. Jess vio como Marie-Louise besaba a Flora en ambas mejillas, sonreía y luego se ponía inmediatamente a hablar. Esperaba que Édouard tuviera también tanta confianza en sí mismo. Siguió esperando, y su madre se unió a ella.

"A ver si va a resultar que se lo han dejado olvidado en una gasolinera", le susurró su madre.

Apenas quedaba gente. Jess comenzaba a sentir pánico. ¡Qué corte tener que ser la última! Y además, nadie vería al maravilloso Édouard y la envidiaría. Un niño con gafas, de aspecto desaliñado y pinta de bobalicón apareció en la puerta del autobús. Una especie de versión francesa de Harry Porter, pero sin su carisma mágico. *Será el hijo del conductor del autobús o algo así,* pensó Jess sonriendo.

"¡Jess Jordan!", exclamó la señora Bailey.

"¡No!", exhaló Jess. "¡No puede ser! Es un niño". Jess se quedó inmóvil. Su madre la empujó hacia delante.

"¡Venga!", le susurró. "¡Ve a por él! El pobrecito parece muy asustado".

Jess avanzó a trompicones, como si estuviera en un sueño. La profesora francesa la cogió del brazo con cordialidad y la condujo hacia el niño. Ya había bajado del autobús y apenas le llegaba a Jess a la nariz. ¡Oh, Dios! ¡Nada de Harry Potter! ¡Aquello era un *hobbit*!

¿Y esas gafas?, pensó. Quitarse las gafas para hacerse la foto era una especie de trampa. Aunque la verdad es que la madre de Jess lo hacía siempre. En el caso de su madre, no era más que un intento patético de parecer más joven y moderna. Pero en el de Édouard era pura traición.

"¡Jess!", dijo la señora Bailey. "Este es Édouard, tu intercambio francés".

"¡Hola!", dijo Jess. Édouard le tendió la mano de una forma muy torpe y formal.

"¡Hola!", dijo el chico. Tenía voz de pito. *Dios mío,* pensó Jess. *Es solo un niño. Ya me puedo olvidar de ligar. Lo más seguro es que me toque hacer de canguro.*

En ese momento, la madre de Jess se acercó a ellos, estrechó cálidamente la mano de Édouard y luego le condujo hacia el coche, hablando como una cotorra en un francés fluido. A Jess le había horrorizado la idea de que su madre aprovechara la ocasión para fardar de su dominio del idioma, pero la verdad es que la estaba sacando del aprieto.

Con el ánimo por los suelos, Jess los siguió hasta el coche. Édouard estaba tan escuchimizado que apenas podía cargar con su maleta. Y pensar que tenían miedo de que la habitación que le habían preparado fuera demasiado pequeña. No tenían nada de lo que preocuparse. Un cuarto como ese podía albergar a toda una colección de diminutos Édouards, como si fuera una madriguera llena de mangostas.

A Jess ya empezaba a aterrorizarle la idea de llevarle al colegio al día siguiente. Sobre todo, después de que todo el mundo hubiera visto la foto y esperara que se presentase con una especie de dios del amor. ¡Oh, Dios! ¿Y si había alguien que no se podía contener y se reía en alto? Jess se apresuró a trazar planes para ponerse enferma durante las dos próximas semanas.

9

Nada más entrar en el coche, Jess se dio cuenta de que había otro grave problema. Olía que apestaba.

"Ni se te ocurra mencionar el tufillo", dijo su madre, mientras arrancaba el coche.

"¡No digas esas cosas delante de él!", dijo muy cortada Jess.

"No te preocupes", dijo su madre. "Su dominio de nuestra lengua materna es poco menos que inexistente".

"¿Por qué hablas de una forma tan rara? ¡Pareces un personaje de una obra de teatro de época!".

"Meramente con objeto de impedir la eventualidad de que nuestro huésped comprenda algunas frases reveladoras".

"Muy bien, pero procura emplear un lenguaje que ¡yo pueda comprender!", dijo Jess.

"No me levantes la voz", susurró su madre, mientras salía de la avenida del colegio y enfilaba hacia su casa. "Será muy receptivo a los tonos de voz. Sobre todo a los de enfado. Y el pobrecito está muerto de miedo".

"Deberíamos hablar de él con un nombre en clave", dijo Jess. "¿Qué te parece 'la Reina'?

"Buena idea", dijo su madre. "Ahora, trata de mostrarte amable con la Reina. Ha tenido un viaje terrible. Al menos date la vuelta y sonríele".

Jess giró la cabeza y le sonrió cordialmente. Édouard la miró y asintió con la cabeza con un gesto inquieto.

"¡Pronto llegaremos a casa!", dijo Jess. Édouard frunció el ceño y puso cara de susto. Al menos sabría cuatro palabras de inglés, ¿no? Pero ¿sería 'casa' una de ellas? Aunque trató de disimularlo, Jess no pudo evitar que se le escapara un suspiro. "¡Pronto en casa!", repitió, procurando conferir a sus palabras un tono tranquilizador. "¡Solo diez minutos!". Édouard se encogió de hombros y puso cara de estar a punto de romper a llorar. Recurriendo a su reserva de sonrisas de emergencia, Jess consiguió dibujar una enorme sonrisa en su semblante, y luego se dio la vuelta.

"La Reina no ha comprendido ni una sola palabra", informó a su madre. "Me parece que está al borde de un ataque de nervios".

"Ya le he dicho antes que estamos a diez minutos de casa", dijo su madre. "En francés".

"¡No utilices la palabra que empieza por efe!", dijo Jess. "¿Quieres que la Reina se entere de que hablamos de ella?".

"Vale", dijo su madre. "Diremos papiamento".

"¿Qué?".

"Papiamento: es el idioma de Curazao, en el Caribe.

"No me gusta como suena", dijo Jess. "Me recuerda un poco a excremento".

"Te he dicho que no hables del tufillo", dijo su madre.

"Trato de ignorarlo", dijo Jess. "Pero no puede evitar que me cabree un montón que la Reina, además de ser casi invisible para el ojo humano, huela a caca de perro".

"Por Dios, Jess", dijo su madre en un tono relajado y cordial que no dejaba traslucir el bilioso contenido del mensaje. "Como no dejes de quejarte y empieces a mostrarte más amable con la pobrecita Reina, te vas a quedar sin paga hasta las próximas navidades".

Durante el resto del trayecto, nadie abrió la boca. La madre de Jess puso un CD de *gospel* sudafricano en un intento de crear una atmósfera relajante. Llegaron, aparcaron el coche y entraron en la casa. Al cabo de unos instantes, los tres se encontraban de pie en la cocina, parpadeando bajo la cruda luz de los fluorescentes y sin saber muy bien qué hacer.

"Tengo que mandar que cambien esta luz", dijo su madre. "No resulta nada favorecedora". Édouard tenía los ojos enrojecidos, y su cara estaba tan pálida que casi parecía verde.

En teoría, a esas alturas ya podía darse cuenta de que Jess no era tan "guapa" como aparecía en la foto retocada que le había enviado. Pero la verdad es que evitaba mirarla. A Jess, evidentemente, le traía al fresco. ¿Que le había engañado un poco haciendo que Fred le eliminara unos cuantos granos y le diera un poco de brillo a los ojos? Vale, pero peor era lo suyo: Édouard le había ocultado que era un tarado gafotas más pequeño que un oso de peluche de tamaño medio y tan apestoso como la caja de tierra de un gato.

La madre de Jess sacó un trozo de pan de una cesta y lo blandió mientras decía algo en francés. Édouard, al parecer, le dio una respuesta negativa.

"Jess, ve a enseñarle a Édouard su cuarto, por favor", dijo su madre. Su voz sonaba forzada. Como la de una mala actriz.

"No, ve tú", dijo Jess. No podía soportar la idea de tener que estar a solas con él ni medio segundo. No esa noche.

"Bueno, vamos todos entonces", dijo su madre. Desfilaron por las escaleras. La madre de Jess indicó a Édouard donde estaba el cuarto de baño —en francés— y le sugirió la posibilidad de darse un baño, un ofrecimiento que también fue rechazado. Estaba claro que lo único que quería hacer era encerrarse en su pequeña madriguera y llorar a solas hasta quedarse dormido.

"¡Buenas noches!", dijo Jess con entusiasmo, agitando ridículamente la mano mientras se daba la vuelta. Le estaba costando un mundo que no se le borrara la sonrisa de los labios.

Jess y su madre se reagruparon en la cocina. Pero hasta la cocina parecía un lugar raro e incómodo: la habían limpiado y ordenado en honor de Édouard. Tenía una pinta poco acogedora, como si fuera la cocina de otra persona.

"¡Vamos a tomar una taza de chocolate!", propuso Jess.

"Me preocupa este chico", dijo su madre, mientras ponía a calentar el agua. "La pobre criatura ha tenido un viaje terrible".

"Como vuelvas a llamarle pobre criatura voy a vomitar en tu inmaculado suelo", dijo Jess. "¡Tiene quince años, mamá!".

"Da igual", dijo ella. "Me despierta el instinto maternal".

"Es una pena que yo nunca haya logrado dominar ese truco", dijo con sorna Jess. Luego, se cortó un enorme trozo de pan. Por ridículo que pueda parecer, Jess estaba empezando a sentir celos de Édouard. Era como si su madre le quisiera a él más que a ella. Aunque aquel sentimiento era indudablemente absurdo, le producía una pena que solo podía ser atenuada con un gigantesco sándwich de queso y una taza de chocolate.

"¡Vaya peste que soltaba!", dijo Jess, que tras haber dado dos bocados a su sándwich se sentía ya más animada. "Si todavía me parece olerlo. ¿Qué dirán mis compañeros? Nadie querrá tratar conmigo".

De pronto, su madre se levantó de la mesa y se puso de rodillas en el suelo. Jess estaba pasmada. No eran horas de ponerse a hacer imitaciones de animales.

"¡Mamá! ¿Se puede saber qué estás haciendo?", preguntó Jess. De pronto, sintió que su madre le tocaba con cautela su zapato izquierdo. Cuando salió de debajo de la mesa, su semblante lucía una expresión satisfecha, aunque también un tanto asqueada.

"¿Conque Édouard olía a caca de perro, eh?", dijo. "Pues resulta que lo que huele es tu zapato".

Jess, horrorizada, se puso de pie de un salto y se miró los zapatos. ¡Su madre tenía razón! Había una horrible..., bueno, más vale ahorrarse los detalles. Ese era el resultado de haber estado pululando en la oscuridad sin saber en donde ponía los pies. Jess se quitó a toda velocidad ambos zapatos.

"¡Límpialo! ¡Límpialo!", le rogó a su madre.

"Eres perfectamente capaz de limpiártelo tú solita", repuso su madre. "Pero te propongo un trato. Yo te limpio los zapatos, si tú me prometes ser amable y simpática con Édouard durante las próximas dos semanas".

No era justo. Ser amable con Édouard suponía dos semanas de un esfuerzo agotador. Limpiar los zapatos, en cambio, seguramente no llevaría más de cinco minutos. Pero, asediada por la horrenda intensidad de aquel tufo, Jess aceptó.

Algo más tarde, justo antes de irse a la cama, Jess se dio cuenta del desagradable hecho de que, al igual que ella había dado por supuesto que era Édouard quien olía mal, la primera impresión que Édouard habría sacado de ella era que apestaba. La única diferencia era que ella, en efecto, olía mal. Desde luego, no era la mejor manera de empezar una relación.

10

"Ve a despertarle, Jess". La madre de Jess estaba poniendo la mesa. Había comprado unos cuantos cruasanes en honor de Édouard, pero ahora empezaba a preocuparle que estuvieran un poco rancios. Los olisqueó con recelo y luego los metió en el microondas.

"¿Qué vaya *yo* a despertarle?", dijo Jess "¿Qué pretendes, que entre en su dormitorio y le sacuda?".

"No digas tonterías", repuso secamente su madre. "Llama a la puerta y suelta un grito".

"¿Y qué le grito?".

"Grita: 'Despierta, Édouard, ya son las siete'. Pobre muchacho", dijo su madre, suspirando trágicamente. "Debe de estar tan cansado...".

"¿Y yo qué? ¡Estoy hecha polvo!", dijo Jess . Luego, subió al piso de arriba. Le costó un montón. Cada escalón era como subir una montaña. Y así iba a ser durante dos interminables semanas. Al llegar frente a la puerta de Édouard, se detuvo. El corazón le latía con fuerza. Llamó. No hubo respuesta.

"¡Édouard!", gritó. "¡Son las siete! ¡El desayuno ya está listo!".

A modo de respuesta, llegó desde el otro lado de la puerta una especie de chillido ratonil, seguido de unos pasos apresurados. Jess salió disparada hacia el piso de abajo.

"¿Está despierto?", preguntó su madre, mientras sacaba los cruasanes del microondas y volvía a olisquearlos.

"Bueno, hace ruido", dijo Jess. "Seguro que dentro de un momento lo tenemos aquí. El aroma de tus magníficos cruasanes le hará salir de su guarida".

Al poco, oyeron a Édouard salir de su habitación y meterse en el cuarto de baño.

"Gracias a Dios sigue vivo", dijo su madre. "¿Verdad que sería horrible que se te muriera el hijo de otra persona mientras está contigo?". Jess no respondió. Aunque no dejaba de verle algunas ventajas. Esperaba que si Édouard tenía la intención de morirse, lo hiciera cuanto antes, eso le ahorraría días, e incluso semanas, de un inútil tormento.

"¿Puedo tomar un cruasán, mamá?", preguntó. "Se están quedando fríos".

"¡OH, NO! Bueno, en fin...", dijo su madre abatida. La hospitalidad no era uno de sus puntos fuertes. "¿Crees que debería volver a ponerlos en el horno hasta que baje? Anda, sí, coge uno y dime qué tal está". Jess se zampó un cruasán en tres bocados.

"¡Estupendo! Relájate, mamá. Están deliciosos", dijo. "Además, también hay pan normal. Todo va a salir de perlas". A Jess no le hacía gracia ver que su madre se dejaba llevar por el pánico. Eso le pasaba *a ella.*

El cuarto de baño estaba justo encima de la cocina, y se oía a Édouard dando vueltas por arriba. Trató de tirar de la cadena. Volvió a probar. Con muy poca fuerza. No funcionaba. Probó otra vez y luego se produjo una pausa. Después, le dio varias veces a la palanca, pero el agua seguía sin caer.

Jess y su madre le escuchaban paralizadas del espanto. Jess sintió que se le helaba todo el cuerpo. Por un instante, se imagino lo que sería estar en una casa que no era la suya y no conseguir tirar de la cadena.

"¡Mamá! ¡Tenías que haberle explicado lo del váter!", susurró.

"¿Por qué tengo que ocuparme yo de todo?", preguntó su madre con gesto culpable. "Pondré un cartelito".

"A buenas horas", dijo Jess en plan tétrico. "Además, ¿por qué tenemos que tener un váter tan estúpido? ¿Es que no podemos tener uno de esos nuevos con cisterna electrónica en los que para tirar de la cadena basta con posar un dedo? ¿Por qué tenemos que lanzarnos encima de ese armatoste y descargar todo nuestro peso sobre la palanca? Nuestro váter es prehistórico".

Oyeron cómo Édouard dejaba el váter por imposible y abría los grifos del lavabo. La madre de Jess esbozó una sonrisa.

"Bueno, al menos se está lavando", dijo.

"¡Genial!", gruñó Jess.

"Esta noche puedes enseñarle cómo se tira de la cadena", dijo su madre.

"¡Ni loca!", repuso Jess. "¡Tú eres la adulta, ocúpate tú! A veces te comportas de una forma más irresponsable...".

"Yo que tú, me andaría con mucho cuidado de no emplear conmigo ese tono de voz", la amenazó su madre. "No me costaría nada dejar mi buena voluntad a un lado y negarme a hablar en francés. Ya verías entonces lo que es bueno".

Por fin apareció Édouard, se sentó a la mesa y se tomó dos rebanadas de pan con mermelada. Rehusó los huevos, el beicon, el té, el zumo de naranja y, lo que era mucho peor, los cruasanes.

"No importa", se apresuró a decir su madre. "Así tocamos a más". Y, acto seguido, se zampó el último que quedaba, pero de todas formas se notaba que estaba dolida. "Pero debo tener cuidado de no coger la costumbre de comer compulsivamente cuando esté nerviosa", añadió.

"No te cortes, mamá", dijo Jess. "Yo te haré compañía. Puede que sea la única manera de sobrevivir a estas dos apestosas semanas". Luego se volvió hacia Édouard, le obsequió con la mejor de sus sonrisas y le ofreció más leche. Bebía leche, como los bebés, aunque no de la botella, al menos de momento.

La madre de Jess los llevó en coche al colegio y durante todo el trayecto estuvo hablando en francés con Édouard. Jess estaba en el asiento de atrás, muy contenta de poder desconectar. De acuerdo, su madre a veces se comportaba como una boba sin carácter, pero a Dios gracias tenía mucha facilidad para los idiomas. Una vez en el colegio, Édouard se separó de Jess sin abrir la boca y fue a juntarse con el grupo de los franceses.

Flora se acercó a ella con Marie-Louise. Ambas sonreían. Jess sintió una intensa punzada de envidia. ¿Por qué, oh, por qué no había pedido una chica? Había esperado que le tocara un tío buenísimo —y la verdad es que, en su foto, Édouard casi lo parecía—, pero lo que le había caído en suerte era un simple niño. Lo más probable es que todo el colegio se cachondeara de ella. Aguantar chistes sobre la corrupción de memores iba a ser su triste destino.

"Hola, Jess... Esta es Marie-Louise", dijo Flora. "Marie-Louise, esta es Jess". El rostro de Marie-Louise se iluminó mientras cogía a Jess de la mano y le estampaba sendos besos en las mejillas.

"Estoy encantada de conosergte, Jess", dijo. "¡He oído hablar tantó de ti!".

"¡Hablas fenomenal inglés!", dijo Jess. "Édouard todavía no ha dicho ni una palabra en inglés".

"¡Ah, sí!", dijo Marie-Louise. "Édouard es tu intergcambio, ¿vergdad? Tengo que contargte un secreto, Jess". Se acercó a Jess con un brillo de júbilo en los ojos. "¡Édouard está coladó por ti! ¡Sí! Desde que le enviaste esa presiosa fotó, se pasa todo el tiempo miggándola. ¡Le hemos estado hasiendo de rabiar! —Marie-Louise soltó una carcajada.

Una gélida sensación de espanto se fue extendiendo por el estómago de Jess. Durante un instante, tuvo la impresión de que iba a vomitar. Bastante malo era ya que Édouard no pareciera tener más de diez años. Pero peor aún era que, al parecer, estuviera colgado por ella de una forma ridículamente infantil. Se lo iban a estar machacando durante el resto de su vida.

"¡Has ligado, tía!", dijo Flora sonriendo. "¡Felicidades! ¡Siempre he dicho que eras irresistible!".

Jess se sintió acometida por el pánico. Tenía que salir de aquella trampa como fuera. Una horrenda rima infantil se le vino a la cabeza: *María tenía un corderi-*

to con un vellón blanco como la nieve, y allá donde iba María, su fiel corderito la seguía.

Jess tuvo una alucinación en la que ella era María y Édouard el corderito, con su lana y sus pezuñas oscuras. Trotaba detrás de ella, balando patéticamente con un lazo rosado colgado del cuello, mientras sus ojos brillaban enfermos de amor tras sus gafitas.

"¡Vaya, cuánto lo siento!". Jess hizo saltar en pedazos la alucinación y trató de encontrar algo —lo que fuera— que le ofreciera una escapatoria. "¡Porque ya tengo novio!". Flora, asombrada, la miraba con los ojos muy abiertos, pero Marie-Louise no lo advirtió. "Fred y yo estamos liados. Casi estamos prometidos".

Flora, que estaba un poco por detrás de Marie-Louise, miraba en silencio a Jess por encima del hombro de la francesa. Trataba de contener la risa y parecía estar a punto de decir: *"¿Fred?"*. Jess la dirigió una mirada severa para advertirle que no echara a pique la historia.

"Lo siento mucho por Édouard", prosiguió Jess. "Pero yo no le he dado pie a nada. Todo lo que hice fue enviarle una foto". Bueno, aquello casi era verdad. La foto había sido retocada para que pareciera irresistible, sí, ¿y qué?

"Mira, ahí viene Fred", dijo Flora, soltando una risita bastante irritante. "El prometido de Jess, bueno, casi". La desgarbada figura de Fred se acercaba a ellas con su pelo todo alborotado como si no se lo hubiera peinado desde que se levantó por la mañana. Bueno, daba igual. Tal vez elegirlo como novio honorario hubiera sido una idea descabellada motivada por el pánico, pero al menos era alto.

Jess se fue corriendo hacia él, le agarró de la corbata y le miró fijamente.

"Aparenta que te alegras de verme", le susurró. "A partir de ahora, oficialmente estamos saliendo juntos. Al menos, durante las próximas dos semanas".

"¿Qué?", dijo Fred, poniéndose bastante pálido. "No te lo tomes a mal, pero antes que eso preferiría comerme un perro muerto, sin ketchup".

"Estate tranquilo", dijo Jess. "No tendrás que besarme ni hacer ninguna otra ordinariez por el estilo. Pero para proteger mi honor, mientras esté Édouard aquí, necesito hacer que tengo novio, y tú fuiste la primera persona que se me pasó por la cabeza".

"Fred intentó aparentar que se sentía halagado", dijo Fred, hablando de sí mismo en tercera persona. "Pero, en secreto, ya había empezado a trazar planes para huir a Sudamérica".

Jess echó un vistazo hacia el nutrido grupo de estudiantes franceses. Édouard estaba de espaldas, pero había algunos que miraban en su dirección.

"¡Venga, Parsons!", le susurró. "Hazme este pequeño favor. Trata de dominar tu repulsión y muéstrate un poco atento. Gánate un óscar".

Fred comenzaba a retroceder, pero Jess mantenía firmemente sujeta su corbata. ¿La seguiría Fred el juego o iba a tener que estrangularle? Tal vez debería haber dicho alguna otra cosa para espantar a Édouard. Que era lesbiana, por ejemplo. Oh, bueno. Si Fred la fastidiaba, no le iba a quedar más remedio que convertirse de la noche a la mañana en un icono gay.

11

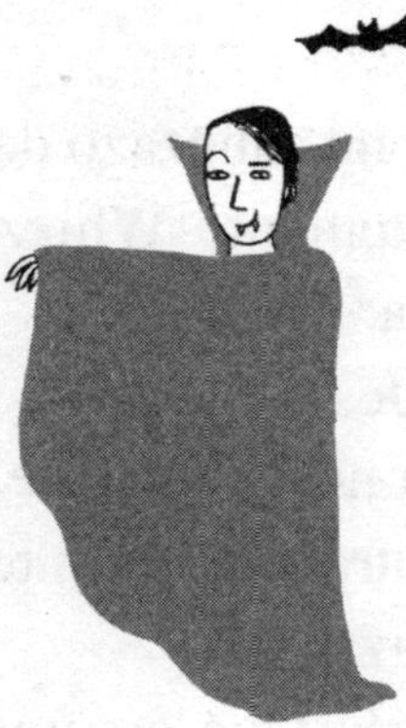

"¡Escúchame bien, Fred!", dijo Jess. "Tenemos que pasar delante de los franceses cogidos de la mano. O al menos comiéndonos con los ojos".

"¿Cuándo acabará este tormento?", dijo Fred. "Preferiría comerme un puerco espín... crudo". Y, acto seguido, salió corriendo.

Jess le persiguió, carcajeándose y haciendo todo lo posible para que pareciera que estaban tonteando. Sus propios compañeros se estaban divirtiendo de lo lindo. Aunque la mayoría de ellos no sabía de qué iba la cosa, Jess Jordan y Fred Parsons les había proporcionado muchos momentos hilarantes a lo largo de los años. Tal vez aquello fuera su último número cómico.

Whizzer, al ver a Fred huyendo, se interpuso en su camino y lo agarró. Fred forcejeó mientras soltaba insultos. Pero los fornidos brazos de matón de Whizzer lo tenían bien sujeto.

"Suéltalo, Whizzer", dijo Jess. "No hace falta recurrir a la fuerza bruta".

"¿Quieres que le dé un cabezazo de tu parte, preciosa?", preguntó el repugnante Whizzer, lanzándole a Jess una mirada lasciva.

"No, gracias", dijo Jess.

"¿Te apetece ser su novio durante un par de semanas?", dijo Fred, mientras seguía intentando liberarse de las manazas de Whizzer.

"¿Qué? ¡Pues claro! ¿Qué es, una apuesta o algo así?", dijo Whizzer.

"¡Lo que pasa es que Fred está intentando eludir sus responsabilidades!", dijo Jess. "¡Estoy esperando un hijo suyo!". Whizzer, desconcertado, soltó a Fred, y comenzó a retroceder conmocionado, perplejo y asombrado.

"¿Cómo quieres que llamemos a nuestro primogénito?", inquirió Jess con una voz lo bastante alta para que la oyeran los franceses. Fred estaba recogiendo su mochila del suelo.

"No trates de enredarme", dijo Fred. "Ni siquiera se me ocurre qué nombre ponerle a mi gerbo, y hace ya dos años que murió".

"¿Crees que el nombre Adolf volverá a ponerse de moda?", preguntó Jess. "Adolf Parsons... no suena mal".

"No pienso tener hijos", dijo Fred. "Ni siquiera pienso volver a tener un gerbo. Los gastos escolares eran exorbitantes".

Entraron en el colegio y se abrieron paso entre la marea de alumnos que pululaban por el vestíbulo principal.

"Fred, has estado desastroso", dijo Jess. "¿Es mucho pedir? Solo quiero que me sonrías y me mires con buenos ojos por una vez en tu vida".

"Antes que salir contigo medio segundo, preferiría caminar descalzo por un abrevadero repleto de babosas", dijo Fred. "Tengo que pensar en mi reputación".

"Tu reputación mejoraría notablemente si corriera el rumor de que eres mi pareja", dijo Jess.

"Ay, me temo que no", dijo Fred. "Mi identidad se basa en la soledad y la excentricidad. Pertenezco al tipo de chico conocido como 'filósofo andrajoso' ".

"¿De que sirve eso de ser un filósofo andrajoso?", preguntó Jess. "Suena a perdedor".

"Una vez que estaba con tos, mi madre me llevó a un homeópata", dijo Fred. "Y el homeópata dijo que yo pertenecía al tipo "filósofo andrajoso". Por cierto, que yo tengo mi propio remedio homeopático. Azufre. Lo suelo espolvorear en los sándwiches".

En ese momento, el grupo de los franceses pasó junto a ellos conducido por una profesora francesa. Jess les sonrió, pero Édouard no le devolvió la sonrisa. Se limitó a hacer un gesto muy extraño con la cabeza.

"Es una monada el pequeño ese", dijo Fred. "No veo dónde está el problema. Estoy seguro de que tener un novio que cabe en una caja de cerillas tiene muchísimas ventajas. Sin ir más lejos, te lo puedes llevar de vacaciones sin que tus padres se enteren".

Jess tenía ganas de vomitar. Antes de que llegara Édouard, había estado fantaseando con la posibilidad de pasarse horas y horas a solas con él, incluso había pensado llevárselo a pasar un romántico fin de semana a Saint Ives. Pero ahora el mero hecho de cruzarse con él en los pasillos del colegio era un suplicio insoportable.

En ese momento sonó el timbre, y aquel horror fue sustituido por una clase de Geografía. Por regla general, la Geografía, con sus horribles mapas de yacimientos de carbón y sus dichosas zonas climáticas, la horrorizaba. Pero hoy, comparado con el espanto de tener rondando por ahí a su intercambio francés, casi parecía como estar de vacaciones. Jess dibujó un mapa de las corrientes oceánicas sin sentir ni el más mínimo atisbo de aburrimiento. Puede que se estuviera volviendo loca. En fin, daba igual. Si se lo quitaba ahora de en medio, luego tendría más tiempo libre.

La mayor parte del día, los franceses daban clases por separado con sus propios profesores. Pero, justo antes de la hora de la comida, se reunieron todos para dar la clase de Francés. Los franceses ocuparon una mitad del aula, y los ingleses, la otra.

La señora Bailey se encontraba a un lado de la mesa del profesor, y al otro estaba la profesora francesa, que se llamaba Madame Lamentin.

"Aunque por un estrecho margen, la señora Bailey gana en cuanto a aspecto", susurró Flora. "Lamentin tiene verrugas".

Jess miró furtivamente a Édouard, pero por fortuna el chico no parecía tener ganas de establecer contacto visual con ella. A esas alturas, Marie-Louise ya debía de haberle comunicado la noticia de que Jess y Fred eran novios. Debía de haber sido un golpe brutal para el pobre chico. Por muy enervante que le resultara Édouard, Jess confiaba en que la noticia de que estaba prometida no le hubiera partido demasiado el corazón.

"Bien", dijo la señora Bailey, "quisiera dar la bienvenida al instituto Ashcroft a nuestros amigos franceses". Se volvió hacia ellos y les obsequió con una sonrisa estomagante. La señora Bailey tenía los dientes tan torcidos como un círculo de piedras neolítico. Quizás cuando ella nació, aún no se habían inventado los aparatos para los dientes.

"Como ya sabéis, durante esta última semana del trimestre, los alumnos franceses tendrán clase con Madame Lamentin durante la mayor parte del tiempo.

El martes harán una excursión de un día a Stratford-on-Avon, y el jueves visitarán Londres".

Jueves = felicidad absoluta, escribió Jess en su cuaderno, añadiendo una cara sonriente.

Gérard = ¿divinidad erótica?, garabateó Flora. Estaba mirando al grupo de los franceses.

Jess siguió su mirada. Los franceses tenían fama de ser guapos, carismáticos y endemoniadamente sexis. Pero, a decir verdad, a la mayoría de ellos Jess no les habría dado más que un cinco sobre diez. Claro que, a excepción de Flora, tampoco los británicos estaban mucho mejor.

Gérard, el intercambio de Jodie, estaba repantingado en su pupitre de una forma bastante atractiva, y, en vez de mirar educadamente a la señora Bailey, parecía estar echando un ojo a las chicas inglesas que había al otro lado del aula.

Ponte derecho, escribió Jess, añadiendo un dibujo obsceno en el que Gérard formaba una especie de nudo con la cabeza hundida en el trasero. A Flora le entró la risa floja. Jodie, que estaba sentada delante de Jess y de Flora, se dio la vuelta y alzó las cejas con un gesto interrogativo.

A Jodie no se le ven mordiscos en el cuello, escribió Flora.

Aún... , escribió Jess. Luego, dibujo una caricatura de Jodie cubierta de moratones como si fuera un leopardo.

Jess se preguntó si habría alguna otra chica del grupo de los ingleses que acabaría mordida por los franceses. Al menos ella, dada su condición de novia formal de Fred, estaba a salvo. Otros chicos (Whizzer, sin ir más lejos) habrían aprovechado la oportunidad y no habría habido manera de quitárselos de encima.

Pero Fred era un bicho raro. Jess tenía la impresión de que podía llegar a los cuarenta sin haberle hincado el diente en el cuello a nadie. A no ser en una obra de teatro en la que hiciera de vampiro. Fred era un verdadero enigma y no sería nada extraño que lo echara todo a perder con algún extravagante acto de rebeldía. Pero lo único que podía hacer Jess era mantener los dedos cruzados.

12

A la hora de la comida, los dos grupos comenzaron a mezclarse. Jess se sentía un poco más tranquila: aparte de las consabidos chistes sobre hobbits, nadie le había dado demasiado la lata por el hecho de que Édouard fuera un enano. Ahora era fácil darse cuenta de cómo se las había ingeniado Édouard para parecer tan guapo. Tenía unos rasgos agradables, y es posible que un día llegara a convertirse en un dios del amor, siempre y cuando diera un tremendo estirón y se tratara los ojos con cirugía láser.

En ausencia de los profesores, Marie-Louise parecía ejercer de jefa del grupo francés. Se sentó junto a Flora e hizo una seña al resto de los franceses para que la siguieran. Gérard se acercó pavoneándose con unas gafas de sol. El muy chulo.

Jodie se cuidó de que se sentara a su lado e inmediatamente se puso a tontear con él para proteger su territorio. El mensaje estaba claro. *Este es mío, así que ni se os ocurra acercaros.*

"¡Viens Édouard!", dijo Marie-Louise. Jess también le hizo señas para que se acercara. Estaba sentada junto a Fred, pero habían guardado un asiento para Édouard. Vino hacia ellos, cargado con un plato de patatas fritas, y se sentó frente a Jess sin mirarla. Una vez que Édouard se hubo acomodado, Jess le dijo: "Édouard, esta es mi amiga Flora y este es Fred, mi novio".

Édouard les estrechó la mano y dijo: "¡Holá!", esbozando una sonrisa. *¡Aaaah!*, pensó Jess. *¡Bien hecho! ¡Se está portando con mucha entereza!* Empezaba a caerle bien, igual que si fuera un hámster o un canario al que se acaba cogiendo cariño. Jess tenía la esperanza de que el descubrimiento de que Fred era su "novio" curaría a Édouard de su chifladura. Aunque tampoco se podía descartar que se hubiera curado en cuanto vio a Jess a plena la luz del día.

"Me han dicho que quieres ser ingeniero", dijo Fred con una voz muy rara. Jess se dio cuenta de que estaba imitando a uno de los personajes de *Little Britain,* una comedia de la tele donde salía un viejo actor pijo y pervertido. Édouard frunció el ceño y dio claras muestras de estar al borde de un ataque de nervios. Mantener una conversación en inglés, era algo que estaba fuera de su alcance. Se volvió hacia Marie-Louise y dijo algo en francés.

Marie-Louise le hizo de traductora, y Édouard sonrió a Fred y lanzó un torrente de palabras en francés.

"Dise que le integgesan mucho los puentes", dijo Marie-Louise. "Construir puentes y túneles y cosas así".

"¡Bueno, si alguna vez necesitamos que nos construyan un puente, acudiremos a ti!", dijo Fred. Luego, se volvió hacia Jess. "¿Necesitamos un puente, querida esposa? ¿Uno que comunique el sofá con la nevera tal vez?". Todo el mundo se rio. Marie-Louise lo tradujo para Édouard, que sonrió, aunque se notaba que estaba un poco a la defensiva, como si pensara que Fred estuviera tomándole el pelo.

"Bueno", dijo Fred. "Me voy a dar un atracón de judías y luego voy a darle una sesión de maltrato a mi esposa antes de la clase de Matemáticas".

"No te molestes en traducir eso", le dijo Jess a Marie-Louise. "Fred está haciendo el ganso". Jess empezaba a sentirse segura. Aunque con esa manera un tanto absurda que le caracterizaba, Fred se estaba haciendo pasar por su novio. Podía tranquilizarse. Más o menos, la cosa estaba funcionando.

"Bueno", dijo Marie-Louise, "¿hase cuánto que estáis juntos?".

"Oh, un montón de años", respondió Jess.

“Oh, desde el domingo pasado”, tercio el idiota de Fred. Jess se sonrojó. Parecía que aún era un poco pronto para relajarse.

“No te creas nada de lo que te diga Fred”, dijo. “Quiere hacerme quedar como una idiota”.

“Para eso, cariño, te bastas tú sola”, dijo Fred. “No necesitas mi ayuda”.

“Bueno”, dijo Marie-Louise, “contadme cosas. Cómo os conosisteis, cómo empesasteis a salir juntos...”.

Jess respiró hondo. Iba a tener que escarbar bastante en su memoria. Le dio una patada a Fred por debajo de la mesa para que se diera cuenta de que tenía que mantener la boca cerrada. ¿La haría caso?

“Nos conocimos en preescolar”, dijo. “Debíamos de tener unos tres años o así. Nos peleamos por un autobús hinchable”.

“Entonses”, dijo Marie-Louise, “¿lleváis juntos dose añós?”.

“Sí”, dijo Jess, sorprendida de descubrir lo mucho que hacía que conocía a Fred. La historia de que se habían conocido en preescolar era cierta. “Pero para muchas cosas, Fred sigue teniendo tres años”.

“Todavía me dedico a tirar arena y a soltar babas por mi camisa”, reconoció Fred.

“¿Y vuestros padres se llevan bien?”, preguntó Marie-Louise. Estaba empezando a resultar un tanto pesada. ¿Quién demonios se creía que era, una consejera prematrimonial?

"Oh, mi madre no traga a Fred", dijo Jess. "No soporta esa costumbre que tiene de escupir al hablar. Y habría preferido que tuviera un novio deportista. Del estilo de Joe Collins, el capitán del equipo de rugby".

"¡Ah!", dijo Marie-Louise, dando unas palmadas. "¡Me encanta el rugby!".

"¡Claro!", terció Flora. "El equipo francés de rugby es buenísimo. Lo sé porque mi padre no se pierde sus partidos cuando los echan por la tele.¿Y si fuéramos a ver juntos un partido este fin de semana?".

"¡Buena idea!", dijo Jodie, haciendo ademán de dar un empujón al estilo del rugby. "¿Te gusta el rugby, Gérard?".

"¡Bo!", dijo Gérard, encogiéndose de hombros.

"Entiendo que eso es un *no*", dijo Fred. "Bueno, de todas formas, este fin de semana no hay ningún partido de rugby. La temporada casi se ha acabado".

"En cualquier caso, estaría bien que fuéramos todos juntos a alguna parte", dijo pensativamente Flora.

La mar de bien, pensó Jess. Al parecer, los franceses no tenían nada programado para el próximo fin de semana. Según el programa de la señora Bailey, se suponía que tenían que disfrutar de "un tiempo de calidad con sus familias". Jess no conseguía imaginarse un fin de semana mano a mano con Édouard y con su madre que no acabara con todos ellos desquiciados en sus respectivas habitaciones escondidos bajo sus edredones y comiéndose la almohada. Con un plan en grupo, se pasaría mucho mejor el tiempo. La compañía de Édouard resultaba bastante más soportable cuando estaban con gente.

"¡Ya lo tengo!", exclamó Flora. "¡Podríamos ir de camping!".

"¿Disculpa?", dijo Jess. "¿Has dicho *camping*? Tú no has ido de acampada en tu vida".

"¡Ya, pero siempre he querido ir!", dijo Flora. "Mi madre siempre se empeña en ir a hoteles, pero a mí me *encantaría* ir de acampada".

"¡Sí!", gritó Marie-Louise. "¡Qué buena idea!".

"¡Pero pasaremos frío!", dijo Jess, que había hecho camping una vez en Gales bajo la lluvia en compañía de una madre aquejada de un fuerte dolor de cabeza.

"¡Podemos hacer una fogata!", dijo Flora. Eso no sonaba mal. "Y además", añadió, "mi padre estuvo ayer hablando del tiempo y dijo que durante el fin de semana iba a haber una pequeña ola de calor. Ideal para ir de camping".

"Pero ¿adónde podemos ir?", preguntó Jess.

"Mi tía Rosie vive en una granja", terció Jodie. "Tiene muchos prados".

"Tendría que tener un pabellón con aseos", dijo Fred. "No pienso hacer aguas menores detrás de un seto".

“No digas aguas menores”, le susurró Jess. “Suena muy cursi”.

“Si vamos a la granja que tiene mi tía”, dijo Jodie. “Podríamos usar el cuarto de baño de abajo. Y además, tiene un servicio exterior”.

“Sería maravilloso librarme de mi padre durante unas cuantas horas”, suspiró Flora. “Se pasa todo el tiempo presumiendo de su francés y haciendo aspavientos con los brazos”.

Jess se mostró de acuerdo en silencio. Vale, ir de acampada podía resultar una experiencia un tanto fría y estrambótica, pero sería estupendo librarse de los latosos de sus padres durante un tiempo. La idea del camping empezaba a gustarle.

Édouard, que había estado intentando seguir la conversación mientras se comía sus patatas fritas, le hizo una pregunta a Marie-Louise en francés. Mientras le explicaba de qué estaban hablando, Édouard pareció asombrado primero, luego contento y finalmente preocupado. Era sorprendente la de caras que podía poner cuando hablaba en francés. En su casa, siempre lucía la misma máscara inexpresiva de tormento.

“¿Hay algún problema?”, inquirió Jess.

“A Édouard le preocupa su alergiá”, dijo Marie-Louise. “Pero le he dicho que en esta época del año no habrá aún... ¿Cómo se dise?”.

"Polen", dijo Fred. "Un nombre precioso para un gerbo, ahora que lo pienso".

Durante unos instantes, Marie-Louise pareció sumirse en hondas cavilaciones. Miró a Fred, luego a Jess, y finalmente se dio la vuelta y le susurró algo a Flora. Estaba claro que era algo relacionado con Fred y Jess. Flora la respondió con otro susurro, pero, a juzgar por su cara, debía de ser algo divertido. Luego, dirigió una furtiva mirada a Jess, dándola a entender que se lo contaría más tarde y que se iban a partir de risa.

Más tarde tuvo que ser en los aseos, porque siempre que tenían un poco de tiempo libre, Édouard y Marie-Louise se pegaban a ellas.

"Hemos perdido nuestra intimidad", susurró Jess, mientras se lavaban las manos en dos lavabos adyacentes. "No hay forma de quitarse de encima a esos malditos franchutes. ¿Qué te ha dicho de mí M.L.?

"¡Me ha dicho que había oído el rumor de que estabas en estado!", respondió Flora con una risita. "Pero ya se lo he aclarado".

"¡Bien!", dijo Jess. "Espero que le hayas dicho que soy la Reina Virgen del instituto Aschcroft, y que tengo la intención de seguir así".

"A M.L. le gusta ir de madre", dijo Flora pensativamente. "A veces parece una mujer de mediana edad. Pero de todos modos, es bastante maja".

“¡La idea de ir de acampada es genial!”, dijo Jess. “El único problema es que yo no tengo una tienda, y menos aún dos!”.

“¿Por qué dos?”, preguntó Flora.

“Una para mí y otra para Édouard. ¡No pienso compartir tienda con él! Solo de pensarlo me dan escalofríos”.

“A mí me parece muy dulce”, dijo Flora. “Además, me gustan los tíos bajos. Resultan menos amenazadores”.

Ya se les había hecho un poco tarde para la clase de Lengua, así que tuvieron que salir a la carrera. En la esquina del gimnasio se tropezaron con la profesora de Historia, la señorita Dingle (más conocida como la Murciélago).

“¡Jess Jordan!”, exclamó. Jess se detuvo dando un patinazo. “¿Dónde está ese trabajo sobre Carlos I que me tenías que entregar?”. Por un instante, Jess se preguntó por qué siempre le tenían que tocar a ella todos los marrones. Mal pintaba el día.

13

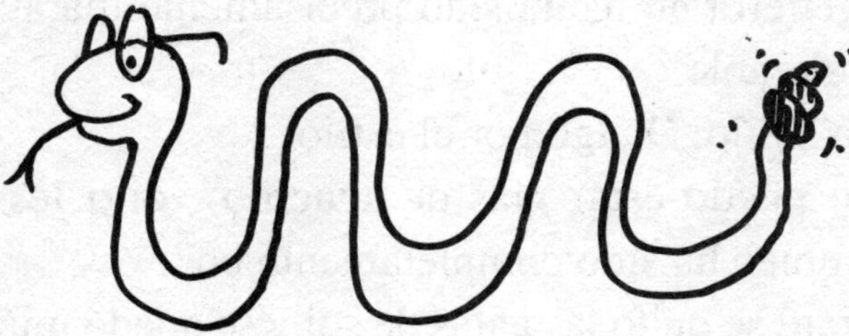

Gracias al síndrome premenstrual de la señorita Dingle, Jess vio como a su trabajo sobre Carlos I se añadían algunos deberes extra de Historia.

"La verdad, casi prefiero tener deberes extra que pasarme el tiempo en compañía de mi amiguito del otro lado del mar", le dijo Jess a Flora, mientras estaban llenando sus mochilas al final de las clases.

"Yo he tenido mucha suerte", reconoció Flora. "Marie-Louise habla mejor el inglés que yo. Si tuviera que estar a solas con alguien tímido y mudo como Édouard, me volvería loca".

En ese momento, llegó el grupo de los franceses. Gérard, el intercambio de Jodie, llevaba gafas de sol y se acercó a ellas.

"¿Habéis visto a Jodie?", preguntó.

"No, pero estará al caer", dijo Flora. "¿Qué tal el día?".

Gérard se encogió de hombros e hizo una especie de mohín, como dando a entender que su primer día en Inglaterra no había sido precisamente maravilloso. Solo tolerable.

"Bo", dijo. O algo por el estilo.

"No puedo estar más de acuerdo", dijo Jess. "Mi día también ha sido completamente bo".

Gérard se quitó las gafas de sol y se quedó mirando a Jess mientras en sus labios se iba dibujando una sonrisa.

"Eres grasiosa", dijo, arrastrando las palabras. Sus ojos verdes parecían echar chispas.

"No, afortunadamente, soy Jess", dijo Jess. "Mira, ahí viene Jodie". No quería que Jodie la viera coqueteando con Gérard y se rebotara con ella. En cierta ocasión, Jodie le había tirado a Amber Forsyth un equipo de gimnasia al completo a la cabeza simplemente porque había dicho algo que la había molestado un poco.

Jodie se acercó a ellas a toda prisa, preocupada de que su maravilloso Gérard hubiera osado hablar con otras chicas. Gérard recibió a Jodie con una sonrisa seductora. Jodie se sonrojó tanto que durante un instante todos sus granos se esfumaron.

"Vamos, Gérard", dijo. "Mi madre nos estará esperando. Ah, por cierto", añadió con voz muy solemne, "he arreglado con la tía Rosie lo de la acampada, no hay ningún problema". Todos dieron vivas.

Apareció Marie-Louise y se echó encima de Flora. "¡Oh, he tenido un día maggavilloso!", dijo. "Madame Lamentin nos ha puesto un vídeo de Simon Schama sobre la histoggia de Gran Bretaña. ¡La Edad Media me encanta! ¡Y mañana vamos a Oxforgd, estoy entusiasmada!".

Por Dios, pensó Jess. *Mira que entusiasmarse por la Edad Media. En fin, quizás tenga que ver con el hecho de que parezca una persona de mediana edad.*

Flora y Marie-Louise se fueron a su casa, y al poco tiempo, Jess se encontró deseando que le hubiera tocado una compañera como la francesa. Édouard, con gesto apenado, se le acercó sigilosamente con la mirada clavada en el suelo, como si le diera vergüenza mirarla a la cara. Su enamoramiento, si es que alguna vez lo había tenido, había pasado a mejor vida.

"Vamos andando a casa", dijo Jess. "No está muy lejos".

Édouard asintió con la cabeza con gesto serio. A Jess se le cayó el alma a los pies. Entonces, apareció Fred con una sonrisa de oreja a oreja.

"¡Hola, Ed!", dijo, palmeando muy cordialmente a Édouard en la espalda. Este sonrió tímidamente. "¿Cómo va todo?", dijo Fred. "¿Quieres ser el prometido de Jess un ratito? Yo ya estoy algo aburrido".

"No sabe suficiente inglés como para entender eso", dijo Jess, riéndose. Édouard se rio también y después se encogió de hombros.

"¡Jess... perro!", dijo Fred, y luego soltó un ladrido. Édouard se rio.

"¡Fred... cerdo!", dijo Jess, y luego soltó un gruñido porcino. Édouard volvió a reírse.

"¿Y Édouard qué es?", preguntó Fred. Édouard pareció pensárselo.

"¡Édouard... serpiente!", dijo por fin, y luego soltó un silbido corto pero muy convincente.

"¡Casi, casi ha sido gracioso!", dijo Fred. "Os acompaño a casa, a condición de que no tenga que cogerte de la mano, Jess. Puestos a ello, casi prefiero coger la de tu amigo".

"Dios, no hay manera de librarse de ti", dijo Jess. "No te me pegues demasiado, ¿vale, Parsons? Y, por cierto, mi madre y yo, cuando queremos hablar de ya sabes quién, solemos referirnos a él como la Reina".

Nada más emprender la marcha, la situación se volvió un tanto incómoda. En la acera solo había espacio para que dos personas fueran una al lado de la otra, y, al instante, Édouard se rezagó y caminó detrás de Jess y de Fred.

"Esto es horrible", dijo Jess. "La Reina parece tan triste y desvalida...". Jess se paró y se dio la vuelta.

Édouard, que caminaba con la cabeza gacha, se chocó contra ella y se le doblaron las gafas.

"Lo siento", dijo Jess.

"Lo siento", dijo Édouard, sonrojándose.

"Fred quiere hablar contigo", dijo Jess, haciéndole señas para que anduviera por delante en masculina camaradería.

"Hummm... ¿De qué dices que le quería hablar?", preguntó Fred.

"Oh, Dios, de lo que sea", dijo Jess.

"¿Qué tipo de música te gusta, Ed?", preguntó Fred. Incluso visto de espaldas, se notaba que Édouard estaba hecho un manojo de nervios.

"La musique", dijo Fred. "¿Coldplay? ¿Madonna? ¿Nirvana? ¿Beethoven?".

Finalmente, Édouard pilló lo que le decía Fred y se puso a hablar. En un determinado momento, Fred giró la cabeza y dijo: "Ed y yo compartimos una pasión por Fat Chance".

"¡Estupendo!", dijo Jess. "¡Sigue con tu buena obra del día!".

Era mucho más fácil aguantar media hora con Édouard si había alguien más con ellos. Jess rezó en silencio para que su madre estuviera en casa cuando llegaran.

Pero el coche de su madre no estaba aparcado en el sitio de siempre. Puede que tuviera mucho follón en la biblioteca. “Por lo que más quieras, no me dejes a solas con la Reina”, le suplicó a Fred, mientras abría la puerta de la calle. Fred se hacía el remolón junto a la verja. “En cuanto te des la vuelta, me tirará los tejos”, se apresuró a decir Jess. “Eres mi prometido, deberías mostrarte un pelín más posesivo”.

Fred le dirigió una sonrisa encantadora y maliciosa a partes iguales, se encogió de hombros y retrocedió.

“Tengo tantos deberes y tan poco tiempo...”, dijo. Luego, le lanzó un beso sarcástico y salió disparado.

Jess exhaló un hondo suspiro y se volvió hacia Édouard. No había escapatoria.

14

Encima de la mesita del vestíbulo, había una nota. Al entrar, Édouard vaciló durante unos instantes y, luego, subió a la carrera al piso de arriba. Jess oyó cómo se cerraba la puerta de su cuarto mientras se disponía a leer el mensaje de su madre.

Jess, lo siento, pero hoy volveré bastante tarde a casa, hacia la medianoche probablemente. He tenido que ir a ver a la abuela. Tranquila, no pasa nada. Es solo que tenía que arreglar unas cosas con ella. En la nevera tienes una pizza y un poco de helado. Siento dejarte tirada la primera noche de Édouard, pero estoy segura de que sabrás arreglártelas.

Jess, hecha una furia, le dio un golpe al teléfono. ¿Qué demonios pasaba con la abuela? Si no se trataba de nada serio, si no había de qué preocuparse, ¿por qué había salido su madre disparada para hacer un viaje tan largo? Se tardaban casi dos horas en llegar al lugar donde vivía la abuela. Sintió que se le retorcían las tripas como si tuviera metida dentro una serpiente viva.

Fue a la nevera y se sirvió un zumo. Quizás debiera coger otro para Édouard. De pronto, le oyó salir de su cuarto y se preparó para lo peor. ¡Oh, Dios! ¿Y si le decía algo... en francés? Tenía que haber prestado más atención en las clases de Francés en lugar de pasarse todo el tiempo haciendo a escondidas dibujos del Chico Perfecto (el pelo de Eminem, la sonrisa de David Beckham, los ojos de Joaquin Phoenix, etc.).

¡Menos mal! Édouard se había metido en el cuarto de baño y había echado el pestillo. ¡Un momento! ¿Y si estaba enfermo o algo así? ¿Podía haber algo peor que ponerse enfermo en un idioma extranjero? ¿O tener diarrea y saber que tus anfitriones estaban oyendo todos tus quejidos? Jess se fue corriendo a la tele y la puso a un volumen muy alto. Echaban *Los Simpsons*. Aquello bastaría para apagar cualquier otro ruido. Jess se sentó y trató de ver la serie, pero no lograba concentrarse. Ni siquiera el programa más inteligente y divertido del mundo podía hacerla olvidar la horrible prueba por la que estaba pasando. Tenía a un chico francés en el piso de arriba.

Al cabo de un rato, oyó a Édouard, que de nuevo estaba tratando de tirar de la cadena. ¡Oh, no! Aún no habían tenido tiempo de enseñarle cómo se hacía. No habían tenido ni un momento libre para colocar un diplomático cartel: POR FAVOR, TOMA CARRERILLA Y LÁNZATE CON TODO EL CUERPO SOBRE LA PALANCA DEL VÁTER. *Venga, venga, toma esa carrerilla,* pensó Jess.

Édouard se tiró un siglo haciendo extraños ruidos, como si fuera una máquina agrícola fuera de control. Jess subió aún más el volumen de la tele y se metió los dedos en las orejas. Finalmente, sintió un ruido de pasos arriba y oyó como Édouard regresaba a su cuarto y cerraba la puerta.

Una parte de ella quería que se pasara ahí encerrado toda la eternidad. Pero, otra parte, deseaba que bajara alegremente y dijera: "Eh, preciosa, ¿qué hay de cena? ¡Pon el papeo de la mesa, tía!" (todo ello con acento francés, desde luego). Pero, de momento, parecía que la primera de las dos alternativas era la más probable. ¿Llegaría a haber alguna vez comunicación entre Édouard y ella? Jess tenía serias dudas.

Durante un rato, siguió viendo *Los Simpson* sin prestar atención, mientras su mente trabajaba febrilmente. Pero, al cabo de un tiempo, empezó a meterse en la historia y a disfrutar de la serie. El tiempo fue pasando. Transcurrida una breve eternidad de diversión, comenzó a sentirse inquieta al darse cuenta de que Édouard seguía sin bajar. Se preguntó si llegaría a hacerlo alguna vez. Por mucho que le horrorizara la idea de que estuviera con ella, si no bajaba, Jess iba a tener problemas. Aquel chico tenía que comer algo. ¿Y si se moría de hambre? El caso saldría en los periódicos. Puede que incluso encarcelaran a su madre.

Bajó el volumen de la tele y se acercó a los primeros peldaños de las escaleras. Le llamaría y le preguntaría si le apetecía una pizza. Eso no podía resultar demasiado difícil. Abrió la boca. Pero no le salió ningún sonido. Se estremeció y sintió una especie de náusea. Volvió a abrir la boca. Emitió un chillido ratonil.

Jess regresó al salón y se sentó. El corazón le latía aceleradamente. ¡Aquello era ridículo! ¿Cómo podía resultar tan difícil ofrecerle una pizza a un niño? Fue a la cocina, cogió el teléfono y marcó el número de Flora. Fue su padre quien contestó.

"¡Residencia de los Barclay!", ladró. Jess se encogió de miedo. El padre de Flora era apabullante.

"Hola, ¿está Flora?", preguntó con una vocecilla tan inofensiva como la de un insecto.

"¿De parte de...?", inquirió el señor Barclay.

"Esto, hummm, de Jess", dijo. Tenía tal miedo a aquel magnate internacional que por un instante se había olvidado de su propio nombre. El señor Barclay se dedicaba a la importación de mobiliario para cuartos de baños y a menudo hacía escapadas a Milán para echar un vistazo a alguna colección de bidés.

"Escucha, Jess, identifícate con claridad cuando llames, ¿de acuerdo? Se ahorra tiempo. Flora no puede ponerse ahora. Estamos cenando. Ya te llamará ella más tarde".

"¡Perdone, perdone!", dijo Jess. En buena hora se le había ocurrido llamar a Flora. A Dios gracias, su padre era un tipo apocado y vivía a muchos kilómetros de distancia. Jess jamás habría sido capaz de convivir con un sargento mayor como ese.

"Solo quería preguntarle cómo se dice en francés, 'te apetece un poco de pizza'?", dijo Jess.

"¿*Cuántos* años llevas dando francés?", inquirió el señor Barclay. Luego, soltó un resoplido displicente. "Bueno, déjalo. Se dice: "*Aimez-vous pizza?* O, si lo prefieres en italiano: *Lei vuole pizza?*".

"Gracias", dijo Jess. "Siento haberle molestado. Mucha gracia".

Colgó en un estado de gran confusión. Había dicho, 'mucha gracia'. ¡Oh Dios! ¡Iba a pensar que era una tarada! Quería decir simplemente, "gracias", pero de pronto le había parecido demasiado poco. En el último instante había decidido decir, "muchas gracias", pero se había liado.

En fin, al menos ya sabía cómo se decía en francés, "¿Te apetece un poco de pizza?". Un momento. ¿Cómo había dicho? El cerebro de Jess se puso a dar vueltas. Tenía la impresión de que se iba a desmayar.

El horror de la conversación telefónica con el señor Barclay había hecho que se le borraran de la mente las palabras francesas. Lo único que recordaba vagamente era el sonido de la frase en italiano que el presuntuoso del señor Barclay se había empeñado en decirle también. Algo así como "Vole...".

Vole pizza. La verdad es que sonaba horrible. Casi sin fuerzas, se arrastró por la cocina y abrió la puerta de la nevera. Sí, ahí había una pizza. La sacó. El plástico que la envolvía estaba todavía cubierto de hielo, y este se le pegó a los dedos. Aquella noche, hasta los objetos inanimados parecían hostiles y amenazadores. La pizza cayó estrepitosamente sobre la mesa. Jess la observó a través de la capa de escarcha que la cubría. Para no perder la costumbre, el congelador enfriaba mal, creando una capa de hielo alrededor de la comida. Si lo abrías, parecía la Antártida. Al menos, no creía ver cadáveres de ratones de campo en la pizza. Un pequeño triunfo en la pesadilla de aquella tarde interminable.

Fue hasta los primeros peldaños de las escaleras y aguzó el oído. Silencio. ¿Se habría muerto? Casi lo hubiera preferido. En fin, tenía que llamarlo. Abrió la boca, llenó de aire los pulmones e hizo acopio de todo su valor.

"¡Édouard!", gritó. Su voz le sonó fina y débil, pero desde luego era lo bastante alta para que le hubiera oído. No obtuvo respuesta. Jess estaba alucinada. Había esperado que saliera inmediatamente a la puerta. Sintió como si una lanza de miedo se le clavara en la barriga. "¡Édouard!", volvió a llamar, subiendo un poco más la voz. Seguía sin haber respuesta. Ni un solo ruido, ni un solo movimiento en el piso de arriba.

Jess empezaba a sentirse bastante molesta. ¿Por qué demonios no podía responder cuando le llamaban por su nombre? Incluso los perros más estúpidos lo hacían. Se sentía una idiota ahí de pie gritando. Decidió no volver a llamarle. Haría como si hubiera estado cantando. La forma de pronunciar Édouard en francés, *Édwaaaagh,* sonaba un poquito parecido a "Era". Jess se acordó de una canción que solía cantar su padre: *"Eraaaa una de esas cosas, una de esas cosas locas"*.

Se alejó de las escaleras cantando *"Édouard una de esas cosas..."*. Mientras entraba en la cocina cantando a todo pulmón, decidió que tenía hambre. Prepararía la dichosa pizza, y si Édouard no aparecía, se la comería ella sola. Encendió el horno con un ademán furioso y se hizo daño con la llave.

El horno se encendió de golpe. Su familiar ronroneo era como la voz de un amigo perdido hacía mucho tiempo. Jess rompió el envoltorio de la pizza. Poco después, un delicioso aroma se expandía por toda la casa. Entonces, se oyó ruido en el piso de arriba. Atraído por el olorcillo del queso y del tomate,

¡Édouard abandonaba su cuarto! El corazón de Jess empezó a latir aceleradamente. Dentro de unos instantes, la pedirían que hablara en francés.

Oyó a Édouard, que comenzaba a bajar las escaleras. Pero de pronto, se produjo un escalofriante ruido; luego, un chillido extraño, como una exhalación en francés; después, un trompazo, otro más, varios golpes secos... ¡Dios mío, era el inconfundible ruido de un niño francés cayéndose por unas escaleras! A lo mejor esta vez se había matado de verdad.

15

Por un instante, Jess estuvo tentada de darse media vuelta y salir corriendo al jardín. Podría ocultarse entre los arbustos que había al fondo junto a la mesa de picnic hasta que Édouard se hubiera ido. O se lo hubiera llevado la ambulancia. O la funeraria.

Jess, desesperada, vacilaba junto a la puerta de la cocina. ¿Qué hacer? Por un lado, debería de correr a ver si estaba bien. Pero, por otro, pensaba que si hubiera sido ella la que se hubiera caído en la casa de Édouard, preferiría que no la hubiera visto nadie.

Desde el vestíbulo, le llegó una especie de rumor. No estaba muerto ni inconsciente. Jess se aventuró a salir de la cocina. Édouard trataba de ponerse de pie. Estaba de espaldas y... ¡oh, Dios! ¡Tenía una enorme raja en la parte de atrás de los pantalones! Durante un fugaz momento, Jess atisbó unos calzoncillos estampados con unos ositos de color rojo.

Édouard se volvió hacia ella. Parecía como una escena a cámara lenta de una película. Édouard se llevó las manos a la espalda. Jess sabía que lo estaba haciendo para cerrarse la raja del pantalón. Sus miradas se cruzaron. No había ninguna posibilidad de sonreír. La sonrisa más próxima quedaba a miles de kilómetros de distancia.

Jess se limitó a alzar las cejas, en lo que confiaba fuera una expresión de preocupación. Las levantó tanto que el cuero cabelludo le dolió.

"¿Pizza?", dijo con una voz que parecía más un extraño y demencial graznido. Édouard, sin dejar de agarrarse los pantalones, se encogió de hombros. Jess sabía que lo correcto sería hacerse a un lado e invitarle a entrar primero en la cocina; pero, si lo hacía, tendría que verle la parte de atrás de los pantalones. Así que, en lugar de eso, entró ella primero. Había dispuesto dos sitios en la mesa de la cocina, y sacó la pizza del horno.

Al sentarse Édouard, se oyó una especie de ris ras. Evidentemente, la raja había crecido otro poco. Édouard estaba pálido y parecía una persona que estuviera pasando por un auténtico tormento. Durante un instante, Jess se preguntó cómo se diría en francés, "Espero que no te hayas hecho daño al caerte por las escaleras y puedo asegurarte que no te he visto los calzoncillos. De todos modos, no te preocupes, coser es mi pasatiempo favorito, así que deja los pantalones delante de la puerta de tu cuarto, que yo los arreglo".

Aunque la verdad es que ni siquiera en inglés se veía capaz de decir algo así. Poniendo mucho cuidado, cortó la pizza en dos mitades, cogió el trozo de Édouard con una espátula y se lo llevó hacia su plato. Pero ¿qué pasaba? Édouard estaba diciendo que no con la cabeza y haciéndole gestos de que la apartara. ¿Cómo? ¿Es que no quería pizza?

"¿No pizza?", dijo con incredulidad Jess.

"No pizza", le confirmó Édouard, sonrojándose y sacudiendo la cabeza. "Grasias".

Vale, pues grasias a ti también, tío, pensó Jess, mientras dejaba el trozo de pizza en su propio plato. Édouard estaba ahí sentado con aspecto desdichado, mirando fijamente el salero y el pimentero. Su plato estaba vacío. Tenía que ofrecerle algo. Jess abrió la nevera y sacó un poco de queso, salchichón, jamón, aceitunas, mantequilla, margarina, una especie de queso cremoso francés con ajo, un tetrabrik de zumo de naranja y otro de zumo de manzana.

Lo puso todo en la mesa delante de Édouard, que contempló abatido el despliegue de manjares y puso cara de asco, como si Jess le hubiera puesto delante el cadáver putrefacto de un perro. Durante un instante,

Jess estuvo tentada de coger el rodillo y... ¡no! ¡Era un forastero en una tierra extraña! Y además, tenía unos calzoncillos con ositos. Al recordar aquel detalle, Jess sintió un fugaz escalofrío provocado por un sentimiento parecido a la ternura.

Sacó el pan. Por suerte, ya estaba cortado en rebanadas. Encontró unas galletitas saladas, un poco de pan de centeno, otro poco de hummus, algo de guacamole. Incluso puso una bolsa de fritos de maíz sobre la mesa y abrió un bote de salsa para mojar. Pero Édouard seguía mirando el festín con gesto desesperado.

Jess revolvió en los más remotos y secretos armarios y encontró un paquete de galletas de chocolate. Se las puso delante. La expresión de Édouard experimentó una mínima variación. Su cara pasó del tormento a la simple angustia. Alargó una mano y cogió una galleta. ¡Puff! Parecía que iba a intentar alimentarse.

Jess le sirvió un vaso de zumo de naranja, se sentó y se puso a comer su pizza. El silencio era atronador. Empezó a notar el ruido que hacía al masticar, y, cuando le dio un trago a su zumo, oyó el sorbo y luego un *glu, glu, glu* muy poco atractivo. Claro que lo de Édouard tampoco era mucho mejor. Comía con la boca abierta. Era como ver una hormigonera que fuera a construir una casa de chocolate.

Una vez que se hubo comido la mitad de la pizza, Jess se preguntó si debería comerse la otra mitad. Si no lo hacía, se quedaría en el plato y es posible que Édouard se sintiera culpable por haberla rechazado. Pues ojalá que se sintiera culpable. ¡No! Había que pensar en los ositos que retozaban por el trasero de Édouard. Era un forastero en una tierra extraña.

Después de haber engullido cuatro galletas de chocolate y de haber dado un sorbo al zumo, Édouard carraspeó. Jess, entretanto, había dado cuenta del otro trozo de pizza. La verdad es que fue una tarea dura. Tenía que reconocer que se le había quemado un poco.

"¡Hummmm!", dijo Édouard, mientras se limpiaba la boca con el dorso de la mano. ¡Oh, no, iba a hablar!

"¿Dóndest... tamere?", dijo. Estaba claro que era una pregunta. Pero ¿qué demonios significaba?

"¿Perdona?", preguntó cortésmente Jess, alzando las cejas y procurando dar la impresión de que no le había entendido porque no le había oído bien.

"¿Dóndest... tamere?", volvió a decir el tonto de Édouard. No había derecho a que la hablara en francés. Se suponía que estaba ahí para aprender inglés.

"Para serte sincera", dijo Jess, sonriendo cordialmente. "No tengo ni la más remota idea de qué estás parloteando, pero, bueno, tampoco te preocupes". Deseó que al menos estuvieran allí Flora o Fred para disfrutar de su sarcasmo. O incluso su madre.

No obstante, Jess tenía el vago recuerdo de que la palabra francesa para decir "está" sonaba bastante parecido a “está”, aunque se escribía de otra forma... Uhhh..., *est.* ¡Bingo! ¡Bravo! ¡Incluso “Bongo”! De modo que estaba preguntando dónde estaba algo.

Pero ¿el qué? ¿El mere? ¿Sería un mero? Hummm, poco probable. Un momento... *¡mer!* ¡Jess se acababa de acordar! *La mer* era “el mar”. Habían dado un poco de geografía francesa hacía poco y la señora Bailey les había explicado que gran parte de Francia estaba rodeada de mar: tenía el Canal de la Mancha al norte, el Atlántico al oeste y el Mediterráneo al sur. Aun así, su querida Gran Bretaña les seguía ganando sin despeinarse: tenía mares por todas partes.

Bueno..., al parecer Édouard había preguntado dónde estaba el mar. ¿Tendría un impulso suicida? ¿Tenía la intención de correr a la costa y lanzarse al agua? Pero, para gran decepción de Jess, las excursiones a la playa no formaban parte de su rutina diaria.

Su padre vivía en Saint Ives, y eso sí que estaba en la costa, pero se encontraba a cientos de millas, y ella ni siquiera lo conocía aún. Tenía la impresión de que incluso el mar más cercano estaría a muchísimas millas de distancia, o de kilómetros, como seguramente pensaría Édouard. Sonrió, hizo un gesto afirmativo con la cabeza y alzó un dedo como dándole entender que no tenía que decir nada más (por favor).

“¿Dónde est la mer?”, dijo Jess con una sonrisa triunfal. Él asintió y casi sonrió. ¡Se comunicaban!

"Espera un segundo", dijo Jess. "Voy a ver si encuentro un atlas". Jess se puso de pie. Édouard la miraba desconcertado. Jess se fue al salón. Qué bien se estaba allí. Un lugar tan vacío, tan acogedor, sin el más mínimo rastro de un francés que estuviera esperando para que se le alimentara y se le diera conversación. Jess se puso a revolver en las estanterías.

Como su madre era bibliotecaria, todos los libros estaban perfectamente ordenados. Había toda una sección de atlas. Jess los encontró al instante, pero hizo como si le estuviera llevando más tiempo para poder disfrutar un poco más de aquella maravillosa soledad. Luego, cogió uno y se lo llevó a la cocina.

"¡El atlas!", exclamó, como si los atlas fueran el más fabuloso complemento de moda que se pueda imaginar. Acto seguido, lo depositó de golpe sobre la mesa. Édouard la miraba perplejo. Jess se puso a pasar páginas hasta que dio con un mapa de su región. En la esquina derecha se veía un trocito de mar.

"¡Aquí está!", dijo sonriendo con satisfacción. Édouard la miraba como si pensara que se había vuelto loca. ¿Qué demonios le pasaba al tío ese? Había sido él quien había sacado el tema de la geografía. Jess midió la distancia que había entre su pueblo y el mar, recurriendo a un cuchillo de un tamaño adecuado.

"¿Cuál será la escala de este mapa?", se preguntó pensativamente hablando consigo misma. Era lo más razonable. Al fin y al cabo, allí no había nadie más que la entendiera. Utilizando la escala, calculó que vivía a unas setenta y dos millas del mar.

"¡Setenta y dos millas!", proclamó. Édouard estaba lívido, casi aterrorizado. Jess entendió cuál era el problema: las millas.

"¡Ven!", le dijo, y, acto seguido, corrió hacia las escaleras. Édouard la siguió a paso lento, sujetándose los pantalones por atrás. Jess entró a la carrera en el despacho de su madre y se conectó a internet. Tiró de una silla que tenía al lado para que se sentara Édouard. Cuando lo hizo, se volvió a oír un leve desgarrón.

Jess escribió *millas-kilómetros* en Google. Y pudo entrar en una página que se llamaba Artistasdelaescapada.com. La ironía le arrancó una sonrisa. ¡Ojalá pudiera ella escaparse en ese mismo instante! En la página había una tabla de conversión.

"¡Ahí lo tienes!", dijo Jess. "¡El mar está a 115 kilómetros de aquí!". Esperaba que Édouard se mostrara encantado, pero en lugar de eso parecía estar perdido y casi al borde de las lágrimas. Entonces, a Jess se le ocurrió la primera buena idea de la noche. Se levantó de un salto y le ofreció a Édouard que se sentara delante del ordenador. Aceptó de inmediato y se plantó en la silla. Sus deditos volaron sobre el teclado y Jess se quedó asombrada al ver que aparecían un montón de páginas en francés. ¡Era alucinante!

Parecía haber muchísima gente haciendo cosas fabulosas en francés: besándose en ambas mejillas, regando unas macetas muy chic en francés, esquiando y haciendo *windsurf* en francés y muchas cosas más. Al ver a sus compatriotas divirtiéndose a la francesa, la cara de Édouard se alegró un poco. En vista de ello, Jess dijo: "¡Voy a bajar un momento a fregar los platos!", y se escapó al piso de abajo.

Resultaba bastante molesto tener que ir a fregar los platos, sobre todo teniendo en cuenta que era ella la que había preparado la cena, pero, claro, eso era típico de los tíos. Después de haber quitado la mesa y soltado varios eructos (había tomado demasiada pizza y tenía una violenta indigestión), Jess decidió volver a llamar a Flora.

"Anda, Dios, tírate el rollo", susurró mientras marcaba el número, "haz que sea Flora y no su padre quien conteste". Aunque la verdad es que Jess a veces pensaba que el padre de Flora *era* Dios. Desde luego, tenía una voz lo bastante potente como para serlo.

16

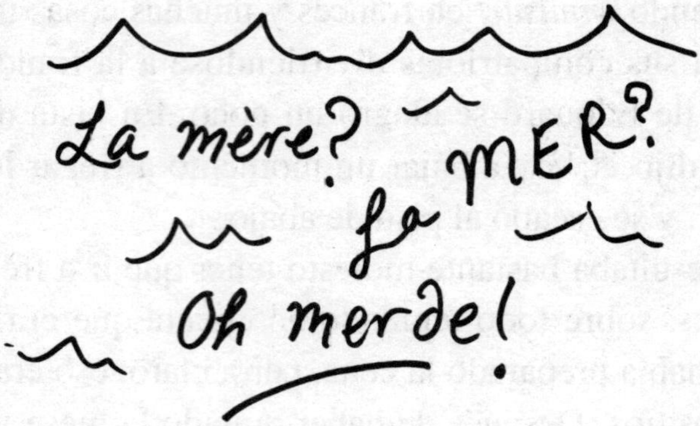

"¿Sí?". ¡Hurra, era la madre de Flora! Un criatura maravillosa, adorable, sofisticada y perezosa, que se pasaba el día tumbada en un sofá. Siempre trataba a Jess como si fuera una hija extra que hubiera perdido hacía mucho, mientras que su marido siempre la trataba como si fuera un bidé roto que solo se merecía una patada.

Finalmente, tras haberse pasado un rato compartiendo con la señora Barclay las tribulaciones que conlleva tener alojado en casa a un francés, Jess habló con Flora.

"¿Cómo te va, tía?", preguntó Flora. "Nosotras nos lo estamos pasando de miedo. Estoy rediseñando las cejas de Marie-Louise".

Reprimiendo un ataque de celos (debería ser ella quien estuviera recibiendo ese tipo de atenciones cosméticas), Jess fue directamente al grano.

"¡De pesadilla!", dijo. "¡Mi madre se ha ido a ver a la abuela! ¡Y Édouard se niega a tomar pizza! ¡Solo se ha tomado cinco galletas de chocolate! ¡Se cayó por las escaleras y se rajó los pantalones! ¡Le he visto los calzoncillos! Y, por si fuera poco, no sabe tirar de la cadena, y a mí me da una vergüenza horrible explicarle cómo se hace, y, aunque no me la diera, tampoco serviría de nada, porque él no entiende ni jota".

"Ponle un vídeo", le aconsejó Flora.

"Ahora no hay problema, está metido en internet", dijo Jess. "¿Sabías que ellos también tienen internet todo en francés? Resulta la mar de raro".

"Bueno, pues deja que se pase navegando toda la noche", dijo Flora. "Al menos, así te lo quitarás de encima".

"¿Qué hora es?", preguntó Jess.

"Humm..., las siete y diez".

"¿Las siete y diez solo?", aulló Jess desesperada. "¿Cómo voy a conseguir pasar esta tarde?".

"¿Haciendo los deberes?", sugirió Flora, que siempre hacía los suyos en cuanto llegaba a casa (si no, se quedaba sin cena: órdenes de Dios).

"¡Deberes!", dijo Jess. "¡Genial! ¡Genial! ¡Haré los deberes! ¡Y cuando los haya acabado todos, me inventaré otros!".

"No te olvides que Édouard también tendrá deberes que hacer", dijo Flora.

"¡Sí! ¡Claro! ¡Genial! Siempre me he preguntado para qué sirven los deberes, pero ahora me doy cuenta de que son un invento maravilloso", dijo Jess. "Ah, por cierto, me ha preguntado una cosa extrañísima: dónde estaba el mar".

"¿El mar?", dijo Flora desconcertada.

"Sí, algo así como: '¿Dónde est la mer?'. Lo busque en un libro y todo, incluso se lo convertí a kilómetros, pero él parecía no entender nada. ¡Dios! Es un desagradecido. Y encima anoréxico".

"A lo mejor no preguntaba por *la mer* sino por *ta mère*", dijo Flora de una forma bastante irritante. "Ya sabes: '¿Dónde está tu madre?' ".

"Pero si suena casi igual", se quejó Jess, aunque ya empezaba a entenderlo todo.

"Una frase tiene una e más", dijo Flora. Jess, a pesar de sentirse agradecida por la explicación, seguía tentada de darle a su amiga un pequeño puñetazo. "Tu madre no está en casa, así que eso tiene más sentido, ¿no?".

"¡Sí, eso es! ¡Está clarísimo!", dijo Jess. "Gracias. Ahora ya solo me queda traducirlo al francés: Mi madre se ha ido a ver a la abuela por alguna razón que desconozco, no volverá hasta la medianoche y te pide que la disculpes. No creo que tarde más de siete semanas en decir eso, pero, bueno, al fin y al cabo esta tarde va a ser bastante larga".

"Espera un momento", dijo Flora. "Le voy a preguntar a Marie-Louise cómo se dice".

Finalmente, Flora y Marie-Louise tradujeron el mensaje al francés y se lo dictaron a Jess. Al colgar el teléfono, Jess exhaló un hondo suspiro. No estaba muy segura de que fuera a poder hacer los deberes. Su cerebro ya estaba completamente exhausto.

Jess subió al piso de arriba. Édouard seguía revisando sus correos electrónicos. Jess le puso delante el trozo de papel. Édouard lo leyó y luego se volvió hacia ella con algo que se parecía un poco a una sonrisa y asintió con la cabeza. Jess se sintió inundada por una refrescante oleada de alivio. Regresó al piso de abajo y se puso a hacer los deberes.

Nunca le habían parecido menos aburridos. Aunque ya estaba agotada, la perspectiva de tener que darle conversación a Édouard le parecía mucho peor que tener que escribir un trabajo sobre los puritanos y los caballeros, que se enfrentaron en tiempos de Carlos I. Jess, por supuesto, se alineaba con los caballeros, porque le gustaba que llevaran lazos, terciopelo, rizos y todas esas cosas. Además, le encantaba el teatro, y se había enterado de que los puritanos, estando en el poder, lo habían prohibido. Se embarcó en el trabajo con auténtico placer.

Mientras escribía sobre el juicio de Carlos I, oyó a Édouard dejar el ordenador y entrar en el cuarto de baño. Se produjo un largo silencio, y luego empezó de nuevo el numerito de la cadena. Pero en esta ocasión, después de unos diecisiete intentos, cuando Jess estaba ya punto de taparse los oídos y de chillar, Édouard debió de tirar con fuerza y consiguió su objetivo.

Fue música para los oídos de Jess. Volvió a suspirar, esta vez de alivio. Luego, oyó a Édouard salir del cuarto de baño. Se encogió en la silla, previendo que vendría, y que tal vez volviera a caerse por las escaleras, pero el chico tuvo la decencia de volverse a su cuarto y cerrar la puerta.

¡A Dios gracias! Jess volvió a enfrascarse en su trabajo. Resultaba la mar de raro estar haciendo los deberes por propia voluntad y sin tener a su madre detrás de ella con los brazos cruzados y una expresión feroz en el semblante. Tener un huésped lo cambiaba todo.

Por fin, acabó el trabajo (un sobresaliente, seguro: había escrito tres páginas y media en lugar de la página y media de costumbre). Luego, Jess puso en un plato unos fritos de maíz, un minúsculo tarrito de salsa, un plátano, una manzana, un trozo de queso y tres galletas más de chocolate, y lo dejó todo en la puerta del cuarto de Édouard, acompañado de una lata de coca-cola. Llamó a la puerta y se volvió a toda prisa al piso de abajo. La cosa se parecía un poco a cuidar de un cachorro de erizo.

Tras aquel acto de caridad, encendió la tele. Se tumbó en el sofá y lo siguiente de lo que fue consciente fue de que su madre y la abuela la miraban fijamente y de que en la tele echaban un programa sobre la pesca en alta mar. Jess se dio cuenta de que se había quedado dormida varias horas. Esperaba que a Édouard no se le hubiera ocurrido bajar y la hubiera visto así. Se sentó, bostezó y se desperezó.

"Es medianoche", dijo su madre. "Vamos, Jess. Esta noche duermes conmigo. La abuela va a pasar con nosotros unos días. Dormirá en tu cuarto".

"¿Estás bien, abuelita?", preguntó Jess, poniéndose de pie de un salto y abrazando a su querida abuela.

"Fenomenal, cariño", dijo la abuela. "Pero, al parecer, últimamente me he portado mal y me merezco un castigo".

"No digas tonterías, abuela", dijo la madre de Jess.

"¿Qué es eso de que te has portado mal?", preguntó Jess. La abuela se encogió de hombros.

"Lo único que he hecho ha sido hablar con alguien", dijo la abuela con un tono de voz sarcástico. "No quiero importunarte usando tu cama, cariño", dijo. "Dormiré aquí, en el sofá".

"¡No!", dijo la madre de Jess. "¡Dormirás en la cama de Jess! ¡Haz el favor! Sabes que es mejor. Voy a ir a prepararte una taza de cacao". La madre de Jess se fue a la cocina, y la abuela se quedó sentada en el sofá con pinta de estar bastante cabreada. A Jess aquella bronca entre adultos la tenía perpleja, pero supuso que sería mejor tratar de distraer a la abuela con alguna conversación insustancial.

"Bueno, abuelita", dijo, cogiendo la mano de la buena señora, "¿has tenido noticias de algún asesinato interesante últimamente?". La abuela era una entusiasta de los homicidios que salían en la tele y en la prensa. La abuela le dirigió una mirada exasperada, y sus ojos emitieron un destello de furia.

"Últimamente no, cariño", señaló. "Pero, si las cosas no cambian, me parece que dentro de no mucho yo misma voy a cometer uno".

¡Dios mío! ¡Su abuela estaban pensando en asesinar a su madre! ¿Qué demonios pasaba?

17

"¿Se puede saber qué pasa con la abuela?", preguntó Jess una vez que estuvo instalada en la cama de matrimonio. Su madre apagó la luz.

"Nada", dijo. "Nada importante".

"Pues nadie lo diría", repuso Jess. "A fin de cuentas, te las has traído hasta aquí a rastras, y ella parece estar la mar de fastidiada. ¿Qué ha pasado? ¿Ha estado saliendo con alguien que no le conviene?". Hacía ya algún tiempo que el abuelo había fallecido, y Jess se había preguntado más de una vez si la gente mayor podía enamorarse por segunda vez.

"No digas tonterías", dijo su madre. "¡Cállate ya, Jess, por favor! Quiero dormir. Estoy agotada".

"No pienso callarme hasta que no me digas de qué va todo esto", dijo Jess.

Su madre suspiró.

"Verás, se están aprovechando de la abuela".

"¿Aprovechando? ¿Cómo?".

"Tiene una nueva amiga..., una tal Gina".

"¿Y qué le pasa a la tal Gina?", preguntó Jess. "¿Es que la abuela no tiene derecho a elegir sus amistades? Me parece un poco fuerte. No es un bebé".

Se produjo un largo silencio mientras la madre de Jess se incorporaba y se tomaba un par de pastillas para el dolor de cabeza. No le hizo falta dar la luz, porque el vaso de agua y las pastillas estaban siempre en su mesilla de noche. Luego, se volvió a tumbar y se subió el embozo hasta las orejas. Jess aguardó. Pero su madre no dijo nada.

"He preguntado qué pasa con Gina", insistió Jess.

"Lo que pasa es que la abuela tiene que pagarle veinte libras cada vez que habla con ella", le espetó su madre.

"¿Cómo?". Jess no daba crédito a lo que acababa de oír. "¿Quieres decir que le cobra a la abuela por hablar con ella?".

"Sí", dijo su madre. "Eso es exactamente lo que hace. Y en esta última semana han tenido tres o cuatro conversaciones de esas. No puede ser. No estoy dispuesta a permitir que alguien se aproveche de mi madre. Me voy a dormir ya, Jess. ¡Dios bendito, sin ya son casi las doce y media! Tenemos que levantarnos al amanecer para que Édouard se prepare para su excursión a Oxford".

"Ah, por cierto", dijo Jess, "está tarde se cayó por las escaleras y se ha rajado la parte de atrás de los pantalones".

"¿Qué?". Su madre se giró en la cama a tal velocidad que se mareó un poco. "Ay, mi cabeza. Qué espanto... Espera, que ahora se me pasa. ¿Has dicho que *se cayó por las escaleras*?".

"Sí", dijo Jess. "Pero no fue culpa mía. Lo hizo él solito".

"¿Se ha hecho daño?", preguntó su madre.

"Bueno, trató de hacer que no había pasado nada, así que me imagino que no debió de hacerse mucho daño".

"¡Oh, Dios!". La madre de Jess se estremeció. "Imagínate que se hubiera matado...".

"Mamá, está muy claro que no se ha matado. Luego, estuvo sentado en la cocina cenando y, después, se fue a revisar su correo electrónico. ¿Por qué no te preocupas de la verdadera crisis, que son sus pantalones rajados? Si hasta le vi un momento los calzoncillos. Tienen un estampado de ositos".

"¡Qué mono!", dijo pensativamente su madre. "No te preocupes por los pantalones. Seguro que ha traído al menos otro par. La abuela puede cogerlos mañana y arreglárselos mientras él está fuera".

"¿Cuándo se vuelve la abuelita a su casa?", preguntó Jess.

"Cuando entre en razón", dijo con voz muy seria su madre. "Por favor, Jess, para ya de hablar, tengo que dormir, y tú también".

A Jess, que ya había dormido bastante tiempo en el sofá, le costó trabajo conciliar el sueño, pero finalmente lo logró.

Casi sin darse cuenta, se encontró otra vez de vuelta en el colegio. ¡Oh, Dios! No iba a estar cuando pasaran lista. Entonces, le embargó de golpe un miedo atroz. ¿Había hecho los deberes? ¿Los había hecho? Miró en su mochila. ¡Ahí no estaban! Se oyó un timbre. ¡Oh, no! ¡Ya habían acabado de pasar lista!

De pronto, por encima de ella apareció la figura de Gérard. A pesar de que estaban rodeados de gente, la miró a los ojos, la agarró y la estrechó contra su pecho varonil.

"Te quiero, Jess", dijo. La gente que les rodeaba les aplaudió. Era un corte, pero también maravilloso. El corazón de Jess volaba de felicidad. De repente, sin saber cómo, resultó que los dos estaban en el escenario del salón de actos. Todos los alumnos del instituto aplaudían y la vitoreaban. La señora Bailey también estaba con ellos dos. Alzó una mano y la ovación cesó.

"Es para mi un placer anunciaros el compromiso matrimonial entre Jess Jordan y Gérard Playdoh", dijo.

"Os deseo que tengáis muchos hijos bilingües. Dentro de un minuto os cantaré una canción de felicitación, pero antes tengo que hacer mis necesidades". Y, acto seguido, se levantó la falda *en pleno escenario.*

Fue en ese momento, cuando Jess se dio cuenta de que era un sueño. Por un lado, era estupendo estar con Gérard. Pero, por otro, no quería pasar ni un segundo más en compañía de la señora Bailey. Cuando Jess quería despertarse de una pesadilla, tenía un truco que consistía en hacer un movimiento con los ojos como si se los estirara. Pero no quería perder a Gérard. A lo mejor podía proponerle que salieran volando por la ventana en dirección a una paradisíaca isla tropical. Se volvió hacia él. Todavía la tenía cogida de la mano. Pero ahora se había convertido en un babuino.

"¡Puag!", gritó Jess, y al instante se despertó. En un primer momento no reconoció las cortinas y pensó que se trataba de otro sueño. Luego, se acordó de que había dormido en el cuarto de su madre. La cama estaba vacía.

"¡Despierta, Jess!", chilló su madre desde lo alto de las escaleras. "¡Ya estamos todos desayunando!".

"¡Ya voy!", gritó Jess, mientras se arrastraba fuera de la cama. Por fortuna, su madre se había acordado de subirle el uniforme del colegio, una muda de ropa interior y una camisa. De no haber sido así, habría tenido que bajar con su pijama de Winnie the Pooh. Hubiera sido casi peor que el sueño.

Cuando Jess se unió a los demás para tomar el desayuno, la extraña atmósfera de la pesadilla no se había disipado del todo. La abuela la recibió con una sonrisa, pero era una sonrisa desganada. Estaba claro que seguía muy enfadada con su madre. Esta, por su parte, aún seguía con dolor de cabeza y se estaba tomando unas pastillas. Édouard levantó un instante la cabeza, le dio los buenos días y luego volvió a hundir la nariz en su tazón de chocolate.

"¡Buenos días, Édouard! ¡Buenos días a todos!", exclamó Jess en plan teatral. Casi nunca daba los buenos días en su casa. Hasta entonces, todos se habían librado de tanto formalismo.

Édouard se acabó su pan, y la madre de Jess le dijo algo en francés. Édouard dijo: "Discúlpenme", y se fue al piso de arriba.

"Ha ido a coger sus cosas", dijo la madre de Jess, que estaba preparando el almuerzo que se iba a llevar Édouard. "En cinco minutos tenemos que salir, Jess".

"Muy bien, perfecto", dijo Jess. "No te olvides de meterle unas cuantas galletas de chocolate".

"Ya lo he hecho", dijo su madre de forma un tanto brusca. "Voy un momento al cuarto de baño. Date prisa, Jess". Entonces, se oyó el terrible ruido que indicaba que Édouard había entrado en el servicio. Todo el mundo miró al techo.

"Mala suerte, mamá", dijo Jess. "Vas a tener que hacer tus necesidades en público, igual que la señora Bailey en el sueño que he tenido esta noche".

"Menos mal que tenemos un servicio exterior", dijo su madre, y, acto seguido, desapareció por la puerta trasera. Jess y la abuela se quedaron a solas durante unos minutos.

"Abuelita", dijo Jess. "¿Qué es eso de que tu amiga Gina te cobra veinte libras cada vez que hablas con ella?".

La abuela cogió a Jess de la mano, se inclinó hacia ella, echó una mirada alrededor con pinta de conspiradora y susurró: "No es con ella con quien hablo, cariño. Lo que hace es ponerme en contacto con el abuelo".

"¿Qué?", exhaló Jess. "¿Quieres decir que es una sesión de espiritismo o algo así?".

"Es una médium", dijo la abuela. "Y de las buenas. Habla con el abuelo como si estuvieran en la misma habitación. Y me ha transmitido muchos mensajes sobre una serie de cosas que solo él y yo podíamos saber. A mí me parece que es un dinero bien empleado, y si tu madre trata de retenerme aquí en contra de mi voluntad, quiero que tú me ayudes a escapar".

La abuela le guiñó pícaramente un ojo, pero, a pesar de su tono desenfadado, se notaba que hablaba muy en serio. Mientras Jess trataba de decidir si la abuela se había vuelto loca o no, Édouard en el piso de arriba y su madre en el servicio exterior tiraban de la cadena en perfecta sincronización. Jess tuvo la desagradable sensación de que seguía dormida y de que todo aquello no era más que un sueño descabellado.

18

Ahora, la misión principal consistía en lograr que Édouard llegara al colegio a tiempo de coger el autocar para ir a Oxford. Fuera estaba lloviendo, y mientras corrían en dirección al coche, Édouard miró al cielo con gesto sombrío como dando a entender que en Francia no llovía nunca.

"¡La Reina se está metiendo con la maravillosa lluvia británica!", dijo Jess, mientras se abrochaba el cinturón.

"Bueno, al menos tiene dos pares de pantalones", dijo su madre. Édouard iba en vaqueros, y la abuela había recibido instrucciones de que arreglara los otros pantalones mientras el resto de la familia estaba fuera. "Imagínate qué horror si llega a tener solo un par. A lo mejor, le arrestaban por enseñarle el trasero a Todas las Almas".

"¿Quiénes son Todas las Almas?", preguntó Jess. "Parece el nombre de un grupo de rock".

"Es el nombre de un colegio universitario de Oxford", dijo su madre. "Hace unos años, un amigo mío comió allí y se encontró con Nelson Mandela en los servicios".

"¡Guau!", suspiró Jess. "¡Qué lujo de meada!".

Al cabo de un rato, ya estaban en el colegio. En la entrada había aparcado un autocar, rodeado de un caos de paraguas. Jess y Édouard se unieron a la muchedumbre. Édouard salió corriendo sin echar la vista atrás. Y Jess se puso buscar a Flora.

De pronto, apareció Gérard con su atractiva pinta de despistado. Cuando la vio, sonrió. Jess se acordó del sueño y se puso colorada. Era una locura, pero casi tenía la sensación de que Gérard estaba al tanto del sueño, como si también lo hubiera tenido él.

"Hola, Jezz", dijo Gérard.

"Hola, Gérard", dijo Jess. Entonces se fijó en que Jodie, que tenía pinta de estar bastante celosa, se acercaba a ellos abriéndose paso entre la multitud. "Que te lo pases bien en Oxford", dijo Jess. "Espero que no tengas un día demasiado *bo*".

Gérard se rio. "¡Grasiosa!", dijo. Jess se despidió de él con un gesto de la cabeza y se escabulló. A ver cuándo se acababa ya el maldito asunto ese de llamarle *grasiosa*.

Después de pasar lista, Jodie cogió a Jess y a Flora por banda. Antes de decir nada, lanzó una mirada furtiva a su alrededor, como si fuera a contar un secreto.

"¡Está arreglado!", les susurró. "¡Pero mi tía dice que solo podemos ir seis! Así que seremos nosotras tres con Gérard, Édouard y Marie-Louise. Al lado de su casa hay un prado estupendo, con un arroyo fantástico en la parte de abajo y un servicio exterior, así que ni siquiera hará falta entrar a la casa".

A Jess le alegró mucho de lo del servicio exterior. Una vez que fue de picnic, se había retirado a un bosquete a hacer sus necesidades y unas ortigas se lo habían hecho pasar canutas.

"Mi padre dice que esta lluvia no es más que un frente o algo así que pronto pasará de largo", dijo Flora. "Aún va a haber una miniola de calor el fin de semana".

Sonó el timbre que anunciaba el inicio de la clase de Economía Doméstica, y en ese momento, Jess se dio cuenta de que le iban a pedir que prepara una pizza y de que se había olvidado en casa los ingredientes. Eso era lo malo de la cocina. En todas las demás asignaturas, siempre se podía salir del paso de una u otra manera. Pero ni siquiera Jess era capaz de hacer una pizza contando tan solo con medio paquete de chicle: aunque un proyecto como ese seguramente habría interesado bastante a Jesucristo si se decidiera a volver a la Tierra.

Jess se dio cuenta de que bastaba con añadir una u a su nombre para que se convirtiera en Jesús. Por un instante se preguntó si no sería una señal de que era la hija de Dios, pero desechó la idea al darse cuenta de que si Dios hubiera tenido la intención de mandar esta vez una hija, nunca habría elegido a su madre para el papel de Virgen María. La madre de Jess decía muchas palabrotas y a veces tenía las uñas completamente negras. No, era más probable que Jess formara parte de la Progenie Infernal que del Segundo Advenimiento.

Reconfortada por aquella idea tan glamourosa, Jess se las ingenió para superar el trance de la Economía Doméstica camelando con todo descaro a la señora Ford. Utilizó el recurso de ponerle al tanto de la maniobra de salvamento que había tenido que hacer su madre la noche anterior ante la sospecha de que la abuela estaba siendo despiadadamente explotada por una implacable y carismática bruja. Como a la señora Ford le encantaban los cotilleos, perdonó a Jess el olvido de los ingredientes y encontró algo de harina y de queso para ella en el armario de las provisiones.

"Deberías dedicarte a la abogacía cuando acabes el colegio", le dijo Flora. "Eres capaz de salir de cualquier embolado".

El almuerzo resultaba bastante más relajante sin los franceses, y como además había parado de llover, Jess,

Flora y Jodie cogieron sus bocadillos y se fueron a su banco favorito en el pabellón de Ciencias. Estaba ocupado por dos chicas de su mismo curso, pero de otro grupo. Jess las conocía de vista, pero nunca había hablado con ellas. Una era morena y tenía granos en la cara, y la otra era una pelirroja bastante flacucha que llevaba aparato en la boca.

"¡Eh, ese es nuestro banco!", dijo Jodie. "¡Mover el culo, inútiles!".

"Os lo decimos de buenas maneras, pero muy en serio", añadió Jess.

"Oh, venga, da igual, podemos sentarnos en la hierba", terció Flora.

"La hierba está mojada", dijo Jodie. "Y siempre nos sentamos aquí. Todo el mundo sabe que es *nuestro* sitio". La pelirroja se puso tan colorada de rabia que por un instante se le borraron las pecas de la cara. Sus ojos verdes echaban chispas.

"Nosotras hemos llegado primero", dijo.

"No nos peleemos, Chloe", dijo la chica de los granos. Y, luego, volviéndose hacia Jess, añadió: "Sentaros aquí si queréis. De todas formas, ya nos íbamos. Oye, la actuación que hiciste el trimestre pasado fue alucinante".

"Aunque de un pésimo gusto", dijo Jess, encantada de encontrar una persona a la que le había gustado su montaje.

"Sí, eso fue lo que más me gustó", dijo la chica. "Fijaos en lo delgados que están todos en Manhattan. Pobres, con tan solo cincuenta libras se les puede subvencionar media hora de consumición de cócteles a los brókers neoyorquinos. Sean generosos con sus donaciones...". La chica soltó una carcajada y se puso de pie.

"¿Cómo te llamas?", preguntó Jess, asombrada de que alguien hubiera memorizado uno de sus chistes baratos. La pelirroja, tiesa como un palo, seguía sentada en el banco con cara de pocos amigos.

"Zoe", dijo la chica de los granos. "Y ella, Chloe".

"Deberías casaros con descendientes de Edgar Allan Poe", dijo Jess. Le hubiera gustado que le hubiera salido un chiste más bueno, pero de todos modos su admiradora se rio.

"Anda, Chloe", dijo Zoe. "Vámonos".

" Qué os den por saco", dijo Chloe, y, acto seguido, se levantó, les lanzó una mirada furibunda y se largó hecha una furia. Zoe la miró mientras se alejaba.

"Hoy está de muy malas pulgas", suspiró Zoe. "Ayer por la noche tuvo una pequeña tragedia con uno de sus sapos venenosos". Se encogió de hombros como pidiendo disculpas y luego se fue.

"Dios mío. Estoy agotada", dijo Jess sentándose. "Ya no sé qué hay que hacer para que a una la respeten".

"¿Es que quieres más respeto aún?", se burló Jodie, sentándose de golpe a su lado. "Lo más probable es que, en cuanto nos vayamos, esa chica vuelva aquí para sentarse donde tú has estado. Se convertirá para ella en un lugar sagrado".

"Yo también tuve una vez un ídolo", dijo Flora. "La señorita Gregory. Siempre que podía me sentaba en un banco del gimnasio después de que lo hubiera ocupado ella, cuando todavía estaba caliente. Casi me desmayaba de la emoción".

La señorita Gregory era la profesora de Educación Física. Era alta, morena, guapa y tenía un poquito de bigote.

"No nos lo recuerdes. Vas a conseguir que se me quite el apetito", dijo Jess. "En fin, espero que después de todo, Édouard no esté colado por mí. Gracias a Dios, no da muestras de estarlo".

De pronto, una sombra se extendió por el banco. Era Fred. Ahí de pie, a contraluz, parecía más alto que nunca, y aunque no siniestro, sí un poco grotesco.

"Bueno, ¿sigue en pie la idea de ir de acampada?", preguntó. "Mi padre dice que podemos coger su vieja tienda del ejército. Siempre que no nos importen los agujeros de bala y las manchas de sangre, claro".

"Lo siento, Fred, pero tú no puedes venir", dijo con brusquedad Jodie de una forma un tanto seca. "Mi tía dice que como máximo podemos ser seis".

"Dios, qué alivio", dijo Fred. "Estaba dispuesto a hacer el esfuerzo heroico de ir, pero la verdad es que soy alérgico al campo. De hecho, creo que por hoy ya he tragado suficiente del mal llamado aire fresco. Bueno..., me largo a llorar mi decepción a los servicios". Y se alejó andando lentamente.

"Has sido un poco dura", dijo Jess. "¿No podría tu tía dejar venir también a Fred? Venga, ya sabes que es la mar de divertido".

"Na", dijo Jodie dando a su bocadillo de pollo un mordisco digno de un cocodrilo. "Seis es el máximo".

"Me da pena por él", dijo Flora. "Ha sido muy majo al ofrecernos la tienda de su padre y eso".

"Tenía toda la pinta de ser una cutrería de tienda", dijo Jodie. "¿Las vuestras qué tal son? ¿Último modelo?".

Flora puso cara de susto.

"Nosotras no tenemos", dijo. "Mi madre no pone el pie en nada por debajo de un hotel de cuatro estrellas".

"¿Tú tienes tienda, Jess?", preguntó Jodie.

"No", respondió Jess. "Vendimos la que teníamos hace un montón de años. Pero si me compras la lana, me fabricaré una para el viernes". A pesar de la broma, se sentía inquieta. ¿No iría a reventarse el plan simplemente porque no tuvieran tiendas? "La verdad es que di por hecho que tú te ocuparías de poner las tiendas", añadió. Jodie frunció el ceño.

"Escucha, yo ya pongo el prado, ¿no? Además, a diferencia de vosotras, par de inútiles, yo sí que tengo tienda. Pero no es lo bastante grande para que quepamos todos".

"Supongo que podremos conseguir que alguien nos las preste", dijo Flora. "Whizzer tiene tienda".

"Querrá alguna guarrada a cambio", dijo Jodie. "Podemos pedirle a Fred la suya".

"¿Cómo?", resopló Jess. "No puedes decirle que no puede venir y luego pedirle que te preste la tienda. ¿Es que no tienes ninguna consideración?".

En ese momento, el timbre sonó y puso fin a su idílico almuerzo. Una sensación de intranquilidad comenzaba a embargarlas. ¿Sería posible que tuvieran que renunciar a su maravilloso fin de semana en el campo por no tener suficientes tiendas de campaña? Claro que tampoco se podía ir de camping sin tiendas.

No obstante, cuando Jess llegó a su casa, tuvo que hacer frente a una amenaza mucho más seria para sus planes.

"¿Ir de acampada?", le espetó su madre, mientras bregaba con una salchicha de queso. (Una vez más, Jess había elegido el momento menos propicio para pedirle permiso). "¿En esta época del año? Ya puedes irte olvidando. No tenemos tienda y además hará demasiado frío. Édouard cogería una neumonía".

Édouard estaba sentado al lado de la abuela. Estaba pálido, a resultas sin duda del terrible viaje a Oxford, y, con una cara de profundo asco, se disponía a juguetear con el revuelto de puerros y beicon con salsa de queso que había preparado su madre.

Es indignante, pensó Jess. *Mamá odia a muerte cocinar y, sin embargo, no está dispuesta a librarse de Édouard un fin de semana.*

Jess sintió cómo su alma caía al suelo de la cocina, se hundía en los cimientos de hormigón y en la más fría tierra hasta llegar a una caverna húmeda de la que colgaban murciélagos devoradores de sangre. Y ahí se quedó. La acampada estaba descartada. Era un total, absoluto y rotundo desastre.

19

Después de la cena, Édouard mascultó algo sobre sus "debegges" y se subió pitando al piso de arriba. Jess echó mano de su móvil y mandó un mensaje a Flora. ¡SOCORRO! ¡MI MADRE DICE QUE NO A LO DE LA ACAMPADA! ¡HUNDIDA EN LA MISERIA! ¡PIENSA ALGO!

Se fue a la cocina y se acercó a su madre, que estaba llenando el lavaplatos. Jess sabía que no era un buen momento. Primero, tenía que congraciarse con ella ayudándola con las tareas domésticas. Jess colocó el salero y el pimentero en un armario. Luego, se puso a limpiar las encimeras. Fregó después la bandeja del horno —a mano— y luego la secó y la guardó en lugar de "dejarla fuera para que se secara", que era su forma habitual de escurrir el bulto. Bien, se había portado como una santa. Ahora tenía que entrar a saco.

"¡Mamá, tienes que cambiar de idea!", soltó en plan temerario. "Lo de la acampada es una oportunidad *estupenda.* Además, así te libras de Édouard durante todo un fin de semana. Y de mí también, por supuesto. Te prometo que cuidaré de él. Si llueve, aunque solo sea un segundo, nos meteremos en la casa de la tía de Jodie".

Su madre se incorporó, y, al hacerlo, ocurrió una catástrofe: se pegó un golpetazo en la cabeza con la puerta de un armarito que Jess se había olvidado de cerrar. Luego, se puso a dar tumbos por la cocina, frotándose la cabeza y diciendo unas palabrotas tan horribles como las de un futbolista al que le hubieran sacado una tarjeta roja. Jess intentó hacerla mimos, consolarla, masajearla un poco la cabeza, pero su actitud parecía contribuir a enfadarla aún más. Finalmente, optó por hacer lo único sensato: salir corriendo de allí.

La abuela estaba en el sofá del salón viendo las noticias de la tele. Jess se sentó a su lado de un salto y se arrimó a ella.

"Ha aparecido un cadáver decapitado en el Támesis", dijo jovialmente la abuela. "Pero lo más extraño es que llevaba un disfraz". Tenía verdadera adicción por los asesinatos.

"¿Qué tipo de disfraz?", preguntó Jess, que necesitaba desesperadamente encontrar algo que la distrajera un poco.

"Era un hombre vestido con un traje de mujer de los años cuarenta", dijo la abuela.

"Hummm", mascullό Jess. "A lo mejor no era un disfraz. Puede que fuera un travesti".

"¿Un qué, cariño?", preguntó la abuela. "¿Qué es eso que has dicho?". La abuela parecía alarmada.

"Nada, abuelita, nada", susurró Jess, mientras le palmeaba la mano para tranquilizarla. La abuela todavía no le había pillado la onda al travestismo y menos aún a las operaciones de cambio de sexo. Educar a los abuelos en las costumbres del mundo moderno era un proceso largo, lento y muy delicado.

La madre de Jess asomó la cabeza por la puerta del salón y les dijo que iba a subir a su despacho, porque tenía que hacer mucho papeleo. De paso, ordenó a Jess que se pusiera a hacer los deberes, porque si no habría problemas.

"¡Dentro de cinco minutos me pongo, te lo prometo!", dijo Jess, arrimándose un poco más a la abuela. Las noticias habían pasado a ocuparse de temas bastante menos interesantes, algo relacionado con los impuestos.

"Bueno, ¿qué es lo que pasa?", le susurró la abuela una vez que la madre de Jess se fue. Jess se apresuró a relatarle su fabuloso plan y la reacción hostil de su madre.

"Entiendo que os apeteciera mucho estar todos juntos en el campo", dijo la abuela. "Suena estupendo.

¿Por qué no llamas a tu padre y le dices que hable en tu favor?”.

“¡Abuelita, eres genial!”, dijo Jess, estampándole un beso en la mejilla a la buena señora. “Pero antes, dime, ¿cómo te van a ti las cosas? ¿Sigues en arresto domiciliario?”.

“Hoy ha ocurrido algo maravilloso, cariño”, dijo la abuela, pegándose a ella. “Ha sido mientras estaba remendando los pantalones de Édouard”.

“¿Qué? ¿Qué?”, dijo Jess casi sin aliento.

“He oído al abuelo hablarme”, le susurró la abuela. “He oído su voz con toda claridad en esta habitación, como si estuviera sentado en esa silla”. Un escalofrío recorrió de arriba abajo la espalda de Jess.

“¿Y qué dijo?”, jadeó Jess.

“Dijo: *‘No necesitas a la Gina esa, cariño. Puedes hablar conmigo cuando quieras’*”. Como mensaje de ultratumba, resultaba bastante tranquilizador y económico a la vez. “Pero no le digas nada a tu madre”, prosiguió la abuela, “porque creerá que estoy perdiendo la chaveta. Le voy a decir que tiene razón y voy a prometerla no volver a ver a Gina. Pero tienes que apoyarme, cariño”.

“¡Pues claro que sí, abuelita! Y tú me apoyarás en lo de la acampada”.

La abuela suspiró e hizo un gesto negativo con la cabeza. “No creo que me haga ningún caso, cariño”, dijo. “Pero haré lo que pueda”.

“Vale, voy a llamar a papá ahora mismo”, dijo Jess. Corrió a la cocina y cogió el teléfono. Por suerte, su madre no estaba hablando con nadie desde el despacho. Jess tenía que usar el fijo, y no siempre era seguro. Pero había prometido que solo llamaría a su padre desde el móvil si se trataba de una emergencia. Claro que, en cierto modo, aquello era una emergencia. Marcó el número, y su padre cogió el teléfono. Jess le contó todo el drama con pelos y señales.

“¡Así que tienes que convencer a mamá para que me dé permiso!”, le rogó Jess. “Todo el mundo va a ir, y sería horrible si me tuviera que quedar todo el fin de semana encerrada en casa con Édouard. No habla ni pizca de inglés, y yo no hablo ni pizca de francés. Solo se anima un poco cuando está con sus amigos franceses”.

“Entiendo cuál es el problema”, dijo su padre. “Pero ¿es necesario que vayáis de acampada?”.

“¡Sí, tiene que ser una acampada!”, dijo Jess. “¡Será maravilloso! ¡Hasta a la abuelita le parece una idea estupenda!”.

“¿Y si llueve?”.

“¡Según el pronóstico del tiempo va a haber una miniola de calor! Lo dice el padre de Flora, y él nunca se equivoca”.

“¿Cómo vais a organizaros para dormir? ¿Cuántas tiendas hay?”.

"¡Por Dios, papá! Se supone que tú eres mi progenitor bohemio y enrollado que siempre está encantado de dar el visto bueno a mis maravillosos planes!".

"Lo siento", dijo su padre. "Pero estoy preocupado..., ya sabes, no quiero enojar a tu madre... Y además, comparto su inquietud por tu seguridad".

"¡Mi seguridad!", explotó Jess. "¡Pero si prácticamente vamos a estar en el jardín de la tía de Jodie! ¿Qué puede pasar?".

"¡No me pidas que me ponga a hacer elucubraciones!", repuso su padre con voz nerviosa. "Se me hiela la sangre de pensar en las miles de cosas horribles que pueden pasar".

"¡Eres un cagueta!", dijo Jess. "Iba a pedirte que le suplicaras a mamá en mi nombre, pero, bueno, déjalo". Estaba verdaderamente enfadada con su padre. "¿Y tu exposición qué tal? ¿Bien?". Pero lo dijo con un tono agrio y sarcástico.

"Dejemos ahora lo de la exposición", dijo su padre. "Estábamos hablando de lo de tu acampada. Para serte sincero, aunque pensara que es una buena idea, no creo que pudiera influir en la decisión de mamá. De hecho, pedirme que te apoye puede que sea la peor estrategia posible. ¿De qué humor está?".

"Acaba de darse un coscorrón contra la puerta de un armario", dijo Jess. "Añádele que Édouard se ha dejado la mayor parte de su plato de puerros y beicon con salsa de queso. Y que la abuelita está pasando por una etapa de demencia transitoria en la que oye voces de muertos y cosas por el estilo".

"No me digas más", dijo su padre. "No solo suele ser una mala idea acudir a mí para que le pida a tu madre que te deje hacer algo, sino que, en este momento concreto, yo diría que es una pura locura que alguien le diga cualquier cosa, como no sea quizás: "Mamá, ¿quieres que te traiga una taza de té?".

"Mira, vamos a dejarlo". Jess tenía la sensación de estar de nuevo precipitándose a un abismo. "Está claro que no me puedes ayudar. Ya hablamos. Adiós". Jess colgó sin tan siquiera esperar a que su padre le dijera, "te quiero", como solía hacer. Ella tampoco se lo había dicho. La verdad es que aquello le había dejado bastante mal sabor de boca. Pero le enfadaba mucho que su padre no quisiera apoyarla. A veces, se comportaba como una persona sin carácter, sobre todo cuando se trataba de hablar con su madre.

Jess bajó a su habitación y, muy desanimada, se sentó ante su mesa. La foto de Édouard seguía clavada en el corcho. Ahora que sabía que solo medía un metro cincuenta, su sonrisa había perdido todo su glamour. Le parecía increíble haber pensado por un momento que se parecía un poco a Orlando Bloom. Jess arrancó la foto del corcho y la tiró a la papelera. Pero de pronto pensó que si, por una absurda casualidad, a

Édouard se le ocurriese entrar en su cuarto y viese su foto en la papelera, podría sentirse dolido. Así que la cogió y la hizo desaparecer en un cajón.

Su móvil emitió un zumbido. Había un mensaje de Flora. ESTOY EN ELLO. DAME UN POCO DE TIEMPO. Jess respondió de inmediato. POR FAVOR, ARRÉGLALO Y TE ADORARÉ SIEMPRE.

En medio de aquella profunda y devastadora desolación, asomaba un leve rayo de esperanza.

20

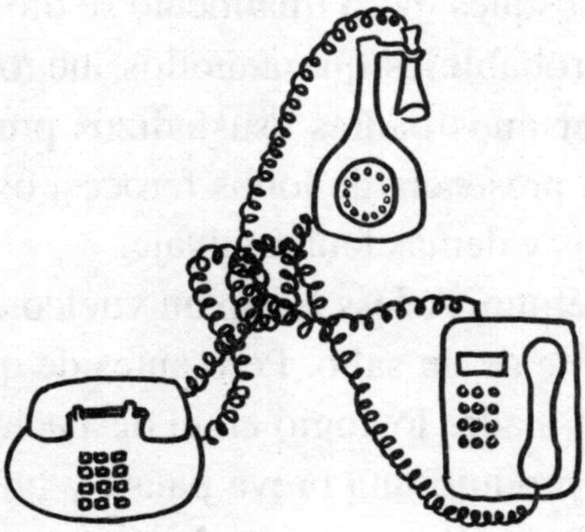

Jess sacó los cuadernos de deberes. Pesaban una tonelada. Qué irónico que su abuela fuera capaz de seguir hablando con el abuelo después de muerto mientras que los estúpidos de sus padres ni siquiera eran capaces de cruzar un par de palabras por teléfono a pesar de estar vivos. Más aún teniendo en cuenta que siempre que su madre hablaba con alguien de su divorcio, sonreía con superioridad y decía: “Hemos quedado como amigos”.

Si esto es quedar como ***amigos,*** pensó Jess, *ojalá nunca llegue a saber lo que es quedar como* ***enemigos.*** Se puso a hacer los deberes. Era algo tan ajeno a sus traumas presentes que casi resultaba relajante. Tenía que dibujar un mapa del mundo y sombrear las zonas cubiertas por bosques de coníferas. Durante una media hora, estuvo imaginándose que llevaba una vida libre de preocupaciones retozando con Flora y con Fred por los bosques, pero finalmente se dio cuenta de que lo más probable es que aquellos juegos estarían prohibidos por unos padres asustadizos preocupados por la posible presencia de lobos feroces, osos de afilados colmillos y demás fauna salvaje.

Sonó el teléfono. A Jess le dio un vuelco el corazón y se puso de pie de un salto. Pero antes de que llegara a la puerta, su madre lo cogió en el despacho del piso de arriba. Se produjo una breve pausa y luego la llamó. "¡Jess! ¡Es papá!".

Jess se fue corriendo a la cocina, agarró el teléfono y dijo: "¡Hola!". Oyó el leve clic que indicaba que su madre había colgado.

"Me has colgado", dijo su padre.

"Perdona", dijo Jess. "Estaba hecha una furia. Pero te quiero mucho. De verdad".

"Yo también te quiero a ti", dijo su padre. "Mira, lo he estado pensando, y, si quieres, hablo con tu madre sobre lo de la acampada".

"Pero, papá, si acabas de hablar con ella".

"Ya, pero pensé que sería mejor que hablara contigo primero para ver si había habido alguna novedad desde nuestra última conversación. Ya sabes, algún tipo de evolución en el melodrama".

"No. Espera, voy a avisarla. No cuelgues".

Jess subió corriendo al piso de arriba justo a tiempo de ver a su madre metiéndose en el cuarto de baño.

"¡Mamá! ¡Espera!", la llamó. "¡Papá quiere hablar contigo!".

Su madre ni siquiera se paró un momento. Sus ojos lanzaron un destello de furia, y luego le cerró a Jess la puerta en las narices.

"¡Ahora no, me voy a dar un baño!", dijo desde detrás de la puerta. "¡Dile que lo siento! Ya hablaremos más tarde". Jess oyó como abría los grifos.

A Jess volvió a caérsele el alma a los pies. Entró en el despacho de su madre y cogió allí el teléfono.

"Lo siento, papá", dijo. "Mamá está en el cuarto de baño. Se va a bañar y ya se ha desnudado, y, como está Édouard, no puede salir". Le parecía que era preferible exagerar un poco la situación de su madre para que su padre no se molestara. Jess tenía la impresión de que se pasaba buena parte de su tiempo haciendo de una especie de intermediaria diplomática, a pesar de que sus padres, siendo técnicamente adultos, deberían ser capaces de comunicarse educadamente por sí solos.

"Oh, bueno, no importa". Su padre parecía aliviado de no tener que hablar con su madre. No sabía disimularlo. "Se puede probar más tarde. O mañana".

"Eres un cobardica", dijo Jess. "No te creas que no me doy cuenta de que quieres escaquearte. Mañana ya será demasiado tarde. Llama dentro de una hora. ¿Vale?".

"Está bien", dijo dubitativamente su padre. "Lo intentaré".

"*¿Lo intentaré?*", le espetó Jess. "Solo tienes que coger el teléfono, marcar el número y llamar. ¿Dónde está el problema?".

"Perdona", dijo su padre. "Reconozco que soy un desastre". Pero incluso en su forma de decirlo se apreciaba cierto tono de satisfacción. Jess se sentía muy molesta, pero decidió que era mejor no perder los nervios y despedirse de una forma civilizada.

De pronto, oyó que se abría la puerta del cuarto de Édouard. A esas horas, solía ir al piso de abajo.

"Bueno, papá", dijo. "El chico francés acaba de bajar. Tengo que ir a hacer compañía a la abuelita. Habla aún menos francés que yo, o sea, que no habla ni media palabra".

Su padre se despidió. Jess hizo una fugaz visita al espejo del dormitorio de su madre, se estremeció al pensar lo que le esperaba y luego bajó. Había dado por supuesto que la abuela estaría viendo la tele y que Édouard estaría de pie todo cortado, pero, para su sorpresa, los dos estaban sentados a la mesa de la cocina, y la abuela había sacado sus cartas y las estaba barajando.

"Ah, hola, cariño", dijo. "Íbamos a echar una partida de Bezique, pero también podemos jugar al Belote si quieres unirte a nosotros, porque el Bezique es solo para dos jugadores". Jess estaba asombrada. La baraja de su abuela había sido una presencia habitual durante la infancia de Jess, pero nunca se había dado cuenta de que algunos de los nombres de los juegos a los que jugaba la abuela eran franceses. Por una vez, a Édouard se le veía relajado.

"Sí, ¿por qué no?", dijo Jess. "Y luego podemos jugar otro rato al póquer apostando con cerillas".

Media hora más tarde, Jess se dio cuenta de que empezaba a sentirse mucho mejor. Édouard había sonreído unas cuantas veces. La abuela, la muy bruja, le había engatusado. Édouard había ganado la mayoría de las partidas. Además, dentro de cinco minutos tenían previsto hacer un descanso para tomar una taza de chocolate y unas galletas de chocolate, y seguro que eso le transformaba en un ronroneante gatito.

Entonces, sonó el teléfono. Jess, pensando que podía ser su padre, se puso de pie de un salto para cogerlo. Pero no era.

"Hola", dijo una voz femenina. "¿Puedo hablar con la señora Jordan, por favor? Es de parte de Rose Bradshaw". Su tono de voz era un tanto pijo, pero también tímido y un poco soñador.

"Oh, sí, claro. Espere un momento. Voy a llamarla", dijo Jess un poquito cortada. Corrió al piso de arriba y llamó a la puerta del cuarto de baño. Su madre seguía en remojo, dándose uno de sus interminables baños.

"Mamá", dijo, "¡te llaman al teléfono! ¡Una desconocida! ¡Se llama Rose Bradshaw!".

"¡Rose Bradshaw!", dijo su madre con voz de asombro.

"¡A lo mejor es alguien de la biblioteca!", dijo Jess. "¡Venga, date prisa!".

"No conozco a nadie que se llame así. Dile que ahora mismo voy", dijo aturullada su madre. Jess oyó un chapoteo que indicaba que estaba saliendo de la bañera.

Típico, pensó Jess. *Cuando llama una mujer desconocida, mamá sale a toda prisa del baño, pero cuando el que llama es mi padre, que es literalmente su ex y el único marido que ha tenido, se encierra en el baño a pesar de que ni siquiera había empezado a desvestirse.*

"No le digas que estaba en el baño", añadió su madre, con un tono de voz culpable que resultaba bastante ridículo.

"¿Por qué no?", preguntó Jess. "¿Es que es ilegal?".

"Si la dices que estaba en el baño, se sentirá culpable porque pensará que no son horas de llamar", dijo su madre. "Bueno, da igual, ya estoy casi lista...". De pronto, se abrió la puerta del cuarto de baño, y apareció su madre envuelta en toallas. Se metió como una exhalación en su despacho. "No te preocupes, ya me ocupo yo", añadió y, acto seguido, cogió el teléfono.

"¿Sí?", dijo. Jess se quedó merodeando por el descansillo con los oídos bien abiertos. "Sí..., sí. Ah, entiendo... ¡Jess!", la llamó su madre. "¿Quieres hacer el favor de bajar a colgar el teléfono? Oigo a la abuela hablando".

Jess bajó las escaleras. La abuela estaba preparando el chocolate y hablando alegremente a Édouard de la artritis de su cadera. No debía de entender ni una sola palabra, pero no parecía importarle. La abuela había encontrado las galletas de chocolate y se estaban dando un atracón. Jess colgó el teléfono.

Unos minutos después, su madre apareció en el salón embutida en sus viejos pantalones de chándal y en un chaquetón de piel de cordero.

"Era la tía de Jodie", dijo. "Hemos hablado largo y tendido y me ha asegurado que la acampada va a estar perfectamente organizada. Al parecer, Fred va a llevar la tienda para los chicos, y la señora Bradshaw os prestará otra tienda grande a las chicas. Me ha dicho que os echará un ojo, y que si llueve, podéis meteros todos en el granero".

"Entonces, ¿no hay problema en que vaya?". Jess casi no se atrevía a respirar.

"Me imagino que no", dijo su madre, con un tono que solo transmitía un leve atisbo de recelo y malhumor.

"¡Genial!", exclamó Jess.

Un poco después, tras haber echado varias partidas más de cartas, Jess recibió una llamada de Flora, que le explicó lo que había pasado.

"Mi madre llamó a la madre de Jodie, que le dio el teléfono de la tía de Jodie", dijo. "Luego, mi madre la llamó y estuvieron hablando. Y después, la madre de Jodie llamó a una señora amiga suya que tiene una tienda de campaña alucinante. Y yo llamé a Jodie y la convencí para que dejara venir a Fred. Y luego, mi madre llamó a la madre de Fred, y luego..., bueno, hubo un montón más de llamadas en las que todos los adultos estuvieron dándole vueltas en plan quisquilloso a los detalles hasta que por fin lo tuvieron todo solucionado".

"¡Eres una joya!", dijo Jess. "¡Te mereces un óscar en arreglar entuertos! Mañana besaré tus pies, no, espera, tu mano..., bueno, no, perdona...; en fin, te prometo que contendré mis ganas de darte un puñetazo. ¿Te vale con eso?".

"¡Oh, sí, me quitas un gran peso de encima!", dijo Flora. "Lo que espero es que después de lo mucho que nos ha costado, la acampada salga bien. Sería terrible que al final resultara un desastre, ¿no crees?".

"¿Qué puede salir mal?", dijo Jess con firmeza. Estaba segura de que todo iría de perlas.

Cuando fue a dar el beso de buenas noches a la abuela algo más tarde, esta la recibió levantando el pulgar en señal de triunfo.

"¡Me alegro mucho de que al final vaya a salir lo de la acampada!", la susurró. Estaban en el cuarto de Jess, que era donde dormía la abuela, pero su madre podía oírlas. "¡No me extrañaría nada que el abuelo hubiera tenido algo que ver!". La abuela le guiñó un ojo de una forma bastante ridícula. Jess no tuvo el valor de decirle que no, que quienes lo habían solucionado eran la señora Barclay y Flora.

Claro que, ¿quién sabe? A lo mejor, el abuelo había enviado buenas vibraciones. De todos modos, Jess confiaba en que a la abuela se le pasara pronto aquel rollo sobrenatural. Le daba una pizca de repelús.

21

El prado era divino, y lucía un sol radiante. Hacía un calor delicioso para esa época del año, y Marie-Louise estaba dando muestras de tener una muy práctica afición por las tareas de intendencia. Estaba desempaquetando los víveres y distribuyéndolos cuidadosamente en un par de cajas junto al lugar donde tenían pensado encender el fuego. El tío de Jodie les había traído un haz de leña seca. Jess estaba deseando que llegara el momento de sentarse alrededor de la hoguera y de ponerse a cantar canciones tontas bajo las estrellas.

Como la tienda de campaña de las chicas era uno de esos maravillosos modelos modernos que se montan casi por sí solos, Flora, Jodie y Jess pudieron sentarse en una manta y partirse de risa mientras contemplaban cómo los chicos bregaban con la vieja tienda militar del padre de Fred. En realidad, no tenía ni agujeros de bala ni manchas de sangre, pero estaba llena de cuerdas tensoras, estacas y otros trastos, y no parecía haber forma de impedir que quedara un poco hundida por el centro.

"Es una suerte que Gérard sea tan alto", dijo orgullosa Jodie, mientras contemplaba cómo su bombón sostenía en alto uno de los extremos de la tienda. Gérard llevaba una camiseta sin mangas que dejaba al descubierto su piel olivácea. De vez en cuando, volvía la vista hacia las chicas, sonreía y se encogía de hombros de una forma muy atractiva, aunque la verdad es que no había forma de saber a quién sonreía, porque, para no variar, llevaba puestas sus gafas de sol.

"En cambio, es un desastre que Fred sea tan alto", dijo Jess. Fred estaba peleándose con el otro extremo de la tienda y no paraba de tropezarse con las estacas.

"También es una pena que Édouard sea un enano torpón", dijo Jodie. "Pero no te preocupes, Jess, seguro que el próximo año tienes más suerte".

Era la forma que tenía Jodie de marcar su territorio y dejarles muy claro a Jess y a Flora que Gérard era de su exclusiva propiedad. Sin embargo, a nadie se le había pasado por alto que, siempre que le era posible, Gérard tenía una marcada tendencia a apartarse de Jodie para hablar con otras chicas.

"No te olvides de que Fred y yo estamos prácticamente casados", dijo Jess guiñando un ojo, no fuera a ser que Marie-Louise pudiera oírlas. Aunque Édouard no había tenido el mal gusto de revelar una sórdida pasión por ella, no quería animarle dando la impresión de que estaba disponible. "Además, adoro a Édouard. Le he enseñado a pedir galletas y la semana que viene voy a llevarlo a desparasitar". A Flora le entró la risa floja. Tenía una risa muy contagiosa, era como un torrente que parecía que no iba a detenerse nunca.

Édouard daba vueltas por dentro de la tienda tratando de mantenerla en pie desde el interior. A su manera un tanto lúgubre, parecía estar pasándoselo bien. Le gustaba la naturaleza, y ya había encontrado unos escarabajos bastante atractivos junto al tocón de un árbol seco. Llevaba horas sin mirar a Jess. Era maravilloso.

"¡Qué sitio!", babeó Flora, sacudiendo sus mechones dorados bajo la deslumbrante luz del sol. "¡Esto es el paraíso! Fijaos en la maravilla de arroyo que hay ahí abajo. Me parece que voy a tomar el sol. Pero antes tendré que mandarle un mensaje a mi padre prometiéndole que me voy a poner crema de protección 30".

Jess decidió que también ella le iba a mandar un mensaje a su padre, aunque finalmente no había llamado la noche de la crisis del permiso para la acampada. Se había limitado a mandarla un mensaje cuando era ya muy tarde: PERDONA. ME OLVIDE DE LLAMAR Y

AHORA YA ES TARDE. SOY UN INÚTIL. PERDÓN. PERDÓN. PÉGAME UN TIRO: A LA LARGA SERÁ MEJOR. EL INÚTIL DE TU PADRE. XXXX

"Voy a ir al arroyo a chapotear un poco en el agua", dijo Flora levantándose. "¿Quién se anima?".

"Pero *alguien* tiene que encender el fuego", dijo Jodie con voz angustiada. "Y además, hay que preparar la comida".

"A Marie-Louise le encanta cocinar", dijo Flora. "Y ya ha desempaquetado todas las cosas".

"¡Anda, Jodie, no seas quejica!", dijo Jess. "A lo mejor, Gérard puede ayudarte a encender el fuego". La tienda de los chicos ya casi estaba instalada. "Estaremos un rato mojándonos los pies y luego vendremos a ayudar con la comida".

Jess cogió a Flora del brazo y bajaron por la ladera que conducía al arroyo. Había que andarse con ojo cuando estaban con Jodie. Tenía la manía de pegárselas y luego de tratar de mangonearlas, impidiéndolas cotillear y hacerse unas risas a sus anchas.

"Probablemente, Gérard pueda encender el fuego con una de sus ardientes miradas", le susurró Jess al oído a Flora. "¡Dios, es un creído!".

"Pero no está nada mal", dijo Flora.

"Hummm", masculló Jess. No quería reconocer que ya había tenido un sueño bastante excitante con Gérard. Excitante siempre que se eliminara la parte final en que se convertía en un babuino, claro. "Supongo que no está mal si te va su tipo. Y a mí, personalmente, me va. No sé que me pasa, pero últimamente me gustan todos".

"A mí me pasa lo mismo", dijo Flora. "El otro día incluso me gustó un guardia de tráfico".

"A mí me gustan hasta los guardias de tráfico muertos", dijo Jess.

"Pues a mí, hasta los guardias de tráfico gay muertos", dijo Flora.

"Espero que no haya nada demasiado asqueroso en esas aguas", caviló Jess en voz alta al llegar al arroyo. "Porque, si lo hay, seguro que también me gusta".

Se sentaron y se quitaron las zapatillas y los calcetines. El agua del arroyo corría produciendo un delicioso borboteo, que recordaba un poco al sonido de la risa de Flora. Colgada de un árbol había una cuerda: era evidente que unos niños habían estado jugando a cruzar el río con la cuerda en plan Tarzán.

"Bueno", dijo Jess, "adelante. Eres la jefa y tienes que dar ejemplo al resto de la expedición vadeando el arroyo con valentía". En secreto, Jess tenía planeado quedarse en la orilla si el chillido que pegaba Flora al meterse en el agua era demasiado atronador.

"¿Cómo de profundo crees que será?", dijo aprensivamente Flora, poniéndose de pie y retorciendo los dedos de los pies.

"No creo que te llegue más arriba de los tobillos", dijo Jess. "Pero si se ve el fondo, Flo. Un momento, espera. A lo mejor conviene que antes le envíes un mensaje a tu padre. ESTOY A PUNTO DE METER LOS PIES EN UN ARROYO, PAPÁ, PERO, TRANQUILO, SOLO TIENE QUINCE CENTÍMETROS DE PROFUNDIDAD.

Flora se acercó cautamente a la orilla y se quedó vacilando durante lo menos tres horas.

"Pon un pie en esa roca gris de ahí", sugirió Jess. "Pero hazlo con suavidad, porque, a falta de animales masculinos, creo que me está empezando a gustar".

Flora extendió su precioso pie y lo plantó en la piedra. La muy traicionera se bamboleó y le hizo perder el equilibrio. Flora se puso a dar trompicones por el agua, chapoteando y riéndose a carcajadas, pero no se cayó. "¡Está helada!", aulló. "¡Voy a salir!".

"Ha estado muy bien", dijo Jess. "Ganarías la medalla de oro para Inglaterra en los Juegos Olímpicos del chapoteo". Flora saltó fuera del agua y aterrizó en la orilla. Tenía los pies manchados de barro y rojos del frío, pero aun así seguían siendo los pies más bonitos que había a muchos kilómetros a la redonda. "Deberíamos haber traído una toalla", dijo Flora. "Voy a tener que volver a la tienda. ¿Te vienes?".

"No sé...", dijo Jess. "No, me parece que voy a aprovechar para mandarle un mensaje a mi padre. Voy para allá dentro de un minuto". Flora se fue, y Jess sacó su móvil.

SENTADA A LA ORILLA DE UN ARROYO EN LO QUE, SEGÚN CREO, SE LLAMA "NATURALEZA". ESPERO QUE ESTÉS IMPRESIONADO. TODO EN ORDEN. HAY UNA TIENDA PARA LOS CHICOS Y OTRA PARA LAS CHICAS. NADA DE DROGAS. NADA DE ALCOHOL. ÚNICO RIESGO PARA LA SALUD: UNAS SALCHICHAS POCO HECHAS. ESPERO QUE LA EXPOSICIÓN SALGA BIEN. TE QUIERO. JESS.

Envió el mensaje y luego se quedó contemplando el agua. Al cabo de un rato, sonó un pitido: había llegado la respuesta. OJALÁ ESTUVIERA ALLÍ. AUNQUE ME DOY CUENTA DE QUE PARA TI SERÍA UN HORROR. DIVIÉRTETE. EL PASE PRIVADO ES DENTRO DE DOS HORAS. TENGO QUE AZUCARARME EL PELO. TE QUIERO. PAPÁ. XX.

Jess sonrió. Ese verano *tenía* que ir a Cornualles a ver a su padre. Todavía no conocía su nueva casa. Su padre la venía a visitar con bastante frecuencia y, cuando estaban los dos juntos, se lo pasaban bomba: hacían un montón de locuras, iban al cine y a patinar y se hinchaban a pizzas. Le apetecía mucho ver el sitio en que vivía para así poder imaginárselo relajadamente en su casa. Jess suspiró.

De pronto, oyó unos pasos y el repicar de unos cristales. Se dio la vuelta y vio a Gérard, que se acercaba con paso lento cargado con varias botellas de gaseosa, Red Bull y coca-cola.

"¡Hola, Jezz!", dijo. Detrás de él, en lo alto del prado, Jess vio un hilo de humo: estaba claro que ya habían encendido el fuego. Gérard depositó con cuidado las botellas en la hierba y se sentó a su lado.

"Jodie me ha pedido que ponga a enfriar estas botellas en el aggoyo", dijo. Gérard se subió las gafas y se las puso en lo alto de la cabeza.

Dios, tenía unos ojos alucinantes. De un maravilloso color verde con pintitas doradas. Jess le miró fijamente, y, para su sorpresa, Gérard le devolvió la mirada. Y sin que pudiera hacer nada para evitarlo, Jess tuvo la impresión de que la hoguera no era lo único que había empezado a arder y a chisporrotear. Ahora que Gérard estaba allí, ya podía dejar de sentirse atraída por la sosa piedra de antes. Ahí tenía un objeto bastante más prometedor.

22

Te t'aime

"Bien...", dijo Jess. De pronto, su mente se había quedado en blanco.

"Di algo grasioso, Jess", dijo Gérard con una voz baja, suave y ronroneante. "Egges tan divergtida...".

Jess se sonrojó. Los divinos ojos verdes de Gérard le estaban derritiendo el corazón, por no decir algo peor. ¿Cómo iba a decir algo *grasioso* en esas condiciones?

Se puso bocabajo, agarró una botella y se arrastró hasta la orilla.

"Podemos clavarlas en el barro para que no se las lleve la corriente", dijo. No podía decirse que fuera un comentario ingenioso digno de un premio, pero al menos era una sucesión de palabras dotadas de sentido. Y considerando la velocidad a la que le latía el corazón, aquello era todo un logro.

Gérard se tendió a su lado, y entre los dos colocaron las botellas en el arroyo. El silencio con que lo hicieron resultaba un tanto ominoso. Estaban tumbados muy cerca el uno del otro, sus brazos casi se tocaban. Sus manos estaban metidas en el agua. Gérard sacó barro del fondo.

"¿Cómo se dise?", preguntó.

"Barro", dijo Jess. Pero, para que no existiera ningún equívoco y dar muestras de sus conocimientos de francés, Jess añadió, "Barro. No *merde*". Gérard soltó una carcajada.

"¡Eres grasiosa!", dijo.

"Humm, se dice graciosa, no grasiosa", dijo Jess. "Gra-cio-sa".

"¡Eres gras-cio-sa!", repitió Gérard, mirándola de lado con una sonrisa.

"¿Cómo se dice barro en francés?", preguntó Jess. No es que le interesara. Pero cada vez que Gérard la miraba, su cuerpo se llenaba de fuegos artificiales, y como en esas condiciones era imposible mantener una conversación normal, tal vez no fuera mala idea aprovechar para aprender un poco de francés.

"Barro se dice *boue*", dijo Gérard.

"¿Cómo? ¿Bu?", preguntó Jess. Vaya un idioma más extravagante que era el francés. Así que si una se escondía detrás de una puerta y luego salía de golpe para asustar a alguien y decía "¡bu!", en francés lo que estaba diciendo era "¡barro!".

"*Oui, la boue*", dijo Gérard, mirándola profundamente a los ojos. "Soy tu profesor de francés".

"¡Claro que sí, cielo!", exclamó Jess, incapaz de reprimir un arrebato de placer. Luego, cogió un puñado de barro. "¡Toma *boue*!", añadió juguetona, mientras le embadurnaba la mano. ¡Estaba ligando en representación de Inglaterra y haciendo méritos para llevarse la medalla de oro! "¡Toma *boue* tú también!", dijo Gérard entre risas, mientras sacaba otro puñado de barro y se lo estampaba a Jess en la mano. Dios, aquello era la mar de excitante. Jess comenzaba a entender el encanto de las luchas con barro. Siempre y cuando fueran con Gérard, claro.

De pronto, Gérard le cogió la mano por debajo del agua. Estaba haciendo como que se la estaba lavando. Unos cuantos cohetes salieron disparados desde el pecho de Jess. Gérard se puso a juguetear con sus dedos debajo del agua y luego le apretó con mucha fuerza la mano, como si no quisiera soltársela, mientras la miraba de reojo con una mirada muy sexi. Jess se sentía deliciosamente mareada. Y asombrada también. ¿Era real lo que estaba ocurriendo? ¿Era posible que un chico que le gustaba la estuviera cogiendo de la mano? Pero aquel paraíso también tenía su serpiente.

"¿Y Jodie?", susurró Jess. Jodie estaba en lo alto del prado a mucha distancia de allí, pero aun así Jess tenía la sensación de que los vigilaba.

A pesar de estar tumbado, Gérard se las arregló para encogerse de hombros. Un chico inglés jamás sería capaz de hacer una cosa así. Los *latin lovers* tenían una flexibilidad sorprendente.

"Jodie es mi anfitriona", dijo. "No mi novia. Pero ¿y Fred?".

"¡Oh, Fred!". Jess sintió cómo le daba un vuelco el corazón. "Fred y yo...", su mente trabajaba a toda velocidad. ¿Qué podía decir? No quería reconocer que todo era un montaje para quitarse de encima a Édouard. Podía parecer un poco antifrancés. Además, resultaba un tanto complicado de explicar, incluso en inglés.

"Fred y yo hemos roto", dijo. "Hemos tenido una bronca enorme".

Las cejas de Gérard se alzaron un buen trecho. Desde luego, las expresiones faciales de los *latin lovers* no tenían nada que ver con las de los ingleses. A decir verdad, sus caras eran un auténtico ballet. ¡Y vaya unas cejas más fantásticas que tenía Gérard! A Jess las suyas nunca le quedaban ni la mitad de bien aunque se hubiera tirado dos horas quitándose pelillos.

"¿Fred y tú habéis roto?", preguntó. "Peggo ¿seguís siendo amigos?".

"Oh, sí, ahora solo somos buenos amigos", se apresuró a decir Jess.

Gérard parecía desconcertado. A lo mejor, los franceses nunca quedaban como amigos. A lo mejor, cuando rompían, tenían siempre unas broncas monumentales y acababan tirándose al Sena desde un puente. Eran tan apasionados... Qué maravilla.

"¡Gérard!". Oh, Dios, era la voz de Jodie, que venía hacia ellos como si fuera un Panzer. A pesar de que era imposible ver que estaban cogidos de la mano por debajo del agua, Gérard soltó de inmediato la mano de Jess. También Jess se sentía culpable. "¿Cómo va lo de las bebidas?", preguntó Jodie, mientras se dejaba caer en el suelo entre los dos.

"Ya deben de estar frías", dijo Jess, poniéndose de pie. Ahora que Jodie se había cargado la atmósfera, no aguantaba ahí ni un segundo más. Si se quedaba, acabaría soltándole un guantazo, y considerando que era su tía quien les había prestado el prado, sería un comportamiento muy desagradecido.

"Bueno, voy a arreglar mis bártulos", dijo Jess. Y, acto seguido, comenzó a subir por el prado. Todavía tenía las manos húmedas y hormigueantes, hormigueantes del frío y del recuerdo de los sexis dedos franceses de Gérard. ¡Había estado cogida de la mano con un bombón! ¿Contaría a pesar de que había sido bajo el agua?

El fuego ardía a las mil maravillas, y, en circunstancias normales, aquel ambiente, con Marie-Louise friendo salchichas, Édouard jugando con su escarabajo y Flora contemplando románticamente las llamas, hubiera resultado la mar de acogedor. Pero una parte de Jess seguía junto al arroyo, cogiéndose con Gérard de la mano bajo el agua. Eran tantas las cosas que habían ocurrido en tan solo unos minutos. El mundo había experimentado un cambio radical.

"¿Has mandado un mensaje a tu padre?", preguntó Flora. Durante un instante, Jess se quedó parpadeando sin saber qué decir. Parecían haber pasado siglos, días enteros, desde que envió el mensaje a su padre.

"Sí, el pase privado de su exposición empieza dentro de un par de horas", dijo Jess tras recuperarse. "Oh, espero que le vaya bien", dijo Flora. "Estarás pensando mucho en él".

"Humm", dijo Jess. ¿Pensando en su padre? Para nada. Apenas si podía dar una respuesta coherente a Flora. Solo pensaba que Gérard y Jodie se acercaban por el prado. Ya los veía por el rabillo del ojo. ¡Oh, Dios! Otra vez se le estaba acelerando el corazón. ¿Se sonrojaría cuando la mirara Gérard? ¿Se delataría? Se sentó junto a Flora y se puso a juguetear con su zapatilla para no tener que levantar la vista cuando llegaran Jodie y Gérard.

"Mándale un beso de mi parte", dijo Flora. Durante unos instantes, el cerebro de Jess fue incapaz de comprender lo que le decía. Miró anonada a Flora. ¿A quién? ¿El qué? ¿Qué había dicho? ¿Hablaba de Gérard?

"¿Cómo?".

"Que le mandes un beso a tu padre de mi parte y le digas que espero que la exposición salga de maravilla", dijo Flora. Era tan educada que casi hacía daño. "Cuando le mandes otro mensaje o le llames, me refiero", añadió en un tono aún más educado.

"¡Eh, tarados!", Jodie había llegado, llevándose por delante todo atisbo de educación. "¡Echaos a un lado y dejad sitio al Rey y a la Reina del campamento!". Jess clavó los ojos en el fuego. Sabía que si en ese momento se cruzaba con la mirada de Gérard, se desmayaría.

"Si lo que buscáis es un espectáculo gay", dijo Fred, que acababa de salir de la tienda de los chicos con un libro en las manos, "soy vuestro hombre. Proporcionadme unos zapatos dorados de tacón y os haré el número de la rubia tonta el día de su debut ". Adoptó una pose afectada e hizo un mohín. Todos se rieron. Marie-Louise se volvió hacia Jess con una sonrisa superdulce.

"¡Tu Fred es tan maggavilloso!", dijo. Un nudo de pánico se formó en la garganta de Jess. Ya no podía ser su Fred, eso sería un desastre. Si todo el mundo seguía creyendo que estaba saliendo con Fred, ¿cómo iba a poder enrollarse con Gérard? Jess estaba muda de espanto. ¿Qué podía hacer para salir de esa?

"Ah, querida esposa", dijo Fred con una voz atronadora y un estúpido acento pijo, haciendo como si estuviera borracho. "¡Hazme un hueco!". Luego, se dejó caer junto a ella y, con una enervante imitación de cariño, le rodeó el hombro con el brazo. "La semana que viene es nuestro aniversario, sabes", le dijo a Marie-Louise, que se rio como una tonta. "¿Cuál es, mujercita mía? ¿El de oro, el de plata, o tal vez el de papel? Ya está, te regalaré un rollo de papel higiénico de diseño para celebrarlo".

"¡Suéltame, Fred!", le espetó Jess de muy malos modos. El estúpido numerito de Fred no podía haber llegado en un momento más inoportuno. No le quedaba más remedio que montarle una bronca en ese mismo instante. Era imprescindible que tuvieran un monumental pollo en público. Y como estaba verdaderamente enfadada con Fred, iba a resultar muy convincente. Solo esperaba que Fred lo comprendiera y le siguiera el rollo. Aunque, tratándose de Fred, nunca se sabía.

23

BESO CON LENGUA

Jess se levantó de un salto y se encaró con Fred, que parecía estar perplejo. Jess no podía dejar de pensar en que Gérard la estaba mirando. Sabía que el derecho era su peor perfil y que una cara contraída por la furia no contribuía precisamente a resaltar el *sex-appeal* de una chica.

"¡Fred!", le soltó.

"¿Qué quiere mi querida mujercita?". Fred alzó la vista haciendo una imitación cómica de un hombre asustado. Estaba compitiendo por Inglaterra en un campeonato de acoquinamiento. "¿Qué he hecho esta vez? ¿Me he dejado olvidados en el suelo mis calcetines sucios?".

"¡Deja de llamarme mujercita!", gritó Jess. "¡Suena estúpido! ¡A chiste del siglo pasado! ¡Ven conmigo! ¡Tenemos que hablar!".

Jess se fue corriendo a un árbol que había no muy lejos, y Fred se puso de pie tambaleándose y la siguió, dirigiendo a los demás un encogimiento de hombros para darles a entender que Jess debía de estar padeciendo un ataque transitorio de locura. Y no se equivocaba. Estaba loca de amor.

"¿Y bien?". Fred llegó bajo el árbol. Sus hojas les daban un poco de privacidad. "¿Ahora qué?".

"Tenemos una pelea tremebunda y rompemos", le susurró Jess.

"¿Así, sin más?", balbuceó Fred. "¿Cómo lo hago? ¿Cómo? ¿Y con qué excusa?".

"¡Tú hazlo!", le espetó Jess. "Las clases de teatro se te dan de puta madre, tómatelo como si fuera una improvisación".

"¡Alto! ¡Alto! ¿A cuento de qué viene todo esto?", preguntó Fred.

"¡Ya te lo explicaré luego!".

"¿Cuál es mi motivación?".

"¡Por Dios, Fred!", rugió Jess (un grito como ese seguro que resultaba muy convincente). "Has estado viendo a otra chica".

"¡Eso es mentira!", gritó Fred. "Has sido tú, tú y ese Norman".

"¿Norman?", aulló Jess. "No es más que mi jardinero, ¿entendido? ¡Lo menos debe de tener cuarenta tacos! Y además huele mal. ¡Eso es un insulto! No te vas a salir con la tuya, Fred Parsons. Esto se ha acabado, ¡se ha acabado desde que me enteré de lo tuyo con esa zorra de Gloria!".

"¡Solo la estaba quitando una mota del ojo!", protestó Fred. Ahora sonreía, estaba empezando a divertirse.

"Deja de sonreír, deja de sonreír, tiene que parecer que va en serio", susurró Jess, y, luego, alzando de nuevo la voz, añadió: "¡Eso es una puta mentira! ¡Eres una basura!".

"¿Una basura?", explotó Fred. "¡Tú si que eres una basura! ¡Te pierdes por cualquier cosa que lleve pantalones! Ya que no quieres hablar de Norman, ¿qué me dices de Cyril? ¿Y de Hannibal? ¿Y de Sam? ¿Y, y, y... de Adam?". *"Vaya,* susurró Fred. *¡Por un momento me he quedado sin nombres y he tenido que recurrir a la Biblia!"*.

Jess estaba consternada de que Fred la hubiera hecho parecer una fulana. "¡Ni se te ocurra volver a dirigirme la palabra!", chilló con una furia muy auténtica. "¡Estoy harta de tus mentiras y de tus invenciones! ¿Entendido? ¡Pero basta ya! ¡Le estamos fastidiando a todo el mundo la tarde!".

Fred se encogió de hombros y sacudió la cabeza.

Jess se unió a los demás. Cruzó una mirada con Flora. Parecía cortada, divertida y peligrosamente próxima a ponerse a reír. Ella, por supuesto, sabía que todo era una farsa. Eran los franceses —Gérard sobre todo— los que debían creérselo. Marie-Louise la miró comprensivamente. Parecía que se le iban a saltar las lágrimas.

"No sabes cuánto lo siento, Jess", la susurró, mientras agarraba a Jess del brazo. Esta trató de poner cara trágica y asintió con la cabeza.

"No te preocupes", dijo. "Ya le había dicho a Fred que se había acabado cuando me enteré de que estaba viendo a... ". Durante un instante terrible se olvidó del nombre del rollo ficticio de Fred.

"A Gloria", le apuntó Flora.

"Apenas puedo pronunciar su nombre sin ponerme a llorar", dijo Jess, apretando los dientes.

"¡Es teggible! ¡Teggible!", dijo Marie-Louise, mientras acariciaba compasivamente el brazo de Jess. Era un encanto de chica.

"En fin", dijo Jess, respirando hondo y mirando a todo el mundo menos a Gérard. "¡Ahora que eso ya esta arreglado, a ver si nos divertimos un poco!".

"¿Jugamos a las charadas?", propuso Flora.

"Querrás decir que *sigamos* jugando a las charadas", dijo Jess por lo bajini.

"¡Anda, Fred, ven acá!", le llamó Flora. "¡Vamos a jugar a las charadas! ¡Y tú eres el campeón!". Fred salió de debajo del árbol y se dirigió hacia el fuego.

"Vale", dijo, y le tendió la mano a Jess. "Entonces, estamos divorciados, ¿no? Bueno, quédate con el gato si quieres, que yo me quedaré con el piano de cola y con el Ferrari".

Jess se irguió y le dio la mano. Por una vez, no se le ocurría qué decir. Lo único que quería era que aquel momento pasara cuanto antes, pero estaba muy agradecida a Fred por haberla ayudado a salir del paso.

"Anda, Fred, empieza tú", dijo Flora. En ese tipo se situaciones, se comportaba con mucha inteligencia y tacto. Era experta en apaciguar los ánimos. Aun cuando no fuera más que una farsa.

"Hagamos grupos de música", dijo Jodie. Los franceses parecían desconcertados. Flora palmeó a Marie-Louise en la mano.

"No te preocupes", dijo. "Ya verás como lo pilláis enseguida".

"Bien", dijo Fred, y, acto seguido, se alejó un poco del fuego con sus andares ridículamente desgarbados. Luego, se puso a hacer que tocaba una guitarra y a sacudir la cabeza como un loco.

"¡Vale, vale, es un grupo!", aulló Jodie. "¡Eso ya los sabíamos! Anda, sigue".

Fred levantó un dedo. "¡Una palabra!", chilló Jodie. Era tan escandalosa... Gérard tenía que permanecer sentado a su lado, y debía de resultarle muy difícil mantener la compostura mientras Jodie no paraba de echársele encima. Siempre era muy lanzada y avasalladora.

Fred se metió de lleno en la charada. Se puso a jadear y a dar vueltas de un lado para otro con la lengua fuera. Todo el mundo se empezó a reír, incluso los franceses. Fred podía resultar tronchante. Era un cómico nato.

"¡Agua! ¡Agua!", jadeó Fred, mientras se ponía de rodillas. "¡Perrier! ¡Evian! ¡Ah!". Se arrastró por el suelo con una expresión de ansia en los ojos. Luego, se puso a beber de un charco imaginario. "Obviamente, preferiría que fuera Pepsi,", dijo en un aparte, "pero casi no hay cieno, así que servirá".

"¡Oasis!", gritó Jess con una súbita inspiración. Todo el mundo la ovacionó, y Fred se tiró en la hierba enfrente de Jess al otro lado del fuego.

"¡Tu turno, Jess!", dijo Jodie.

Jess se puso de pie. Se sentía un poco cortada. Todavía no se había atrevido a mirar a Gérard y ahora le iba a tocar hacer una ridícula charada delante de él. Decidió hacer los Gatitos Atómicos. Se puso de cuatro patas en el suelo y empezó a maullar y a levantar la zarpa.

"¡Algo de un gato!", dijo Flora.

"¡Algo de mininos!", dijo Gérard. Ahora tocaba hacer la explosión atómica.

"¡BUUUUUUUUMMMM!", chilló Jess, tratando de reproducir una explosión sobre la hierba. Desde luego, no era uno de sus momentos más elegantes y seductores. Maldita sea, tenía que haber elegido algo que tuviera un poco más de dignidad.

Pero fue precisamente en ese momento cuando se fijó en Gérard. La estaba sonriendo, y sus ojos brillaban con extraña intensidad.

"¡Haslo otrá ves!", dijo. Jodie le lanzó una mirada asesina.

"¡Ya lo tengo! ¡Los Gatitos Atómicos!", dijo Flora justo a tiempo. Jess estaba segura de que su segunda explosión habría sido aún peor. Puede que le hubiera escupido en el ojo a Gérard o algo así.

"¡Me paggese que las salchichas están listás!", chilló Marie-Louise. También las judías estaban ya hirviendo.

"¡Vale, hora de comer!", anunció Jodie. "¡Luego podemos seguir con las charadas!".

La verdad es que estaba empezando a ponerse un poco cargante. Jess lanzó otra mirada furtiva a Gérard, que, para su sorpresa, no estaba mirando la comida. La estaba mirando directamente a ella: sus ojos sonreían y estaban llenos de magnetismo. De golpe y porrazo, a Jess se le quitó el apetito. ¿Sería eso el amor? Gérard la observaba como si fuera una especie de delicioso pastel de chocolate. Como si quisiera zampársela.

¿Qué demonios ocurriría después de la comida? ¿Cómo conseguirían arreglárselas para poder estar un rato a solas? Jess comenzaba a tener una irresistible ambición: que un francés le diera un beso con lengua.

24

La comida estuvo genial: patatas asadas, judías y salchichas. Las patatas las habían hecho dentro de la casa, en el horno de la tía de Jodie; en cierto modo, era hacer un poco de trampa, pero ¿qué más daba? A Jess, sin embargo, le estaba costando bastante comer. A pesar de que su vida entera estaba marcada por una gula desenfrenada, ahora no le entraba nada. En un par de ocasiones, miró fugazmente a Gérard.

La primera vez le pilló comiéndose la patata con piel y todo. Tenía un trozo colgando de la boca y la cara manchada de ketchup, pero eso solo sirvió para que a Jess le gustara aún más. La segunda vez, sus miradas se cruzaron, y durante una milésima de segundo, se produjo un chispazo tan potente que por un momento Jess tuvo miedo de que se hubiera derretido el cierre de su sujetador y que sus pendientes se hubieran fundido con sus lóbulos.

Cuando acabaron, llevaron los platos sucios a la cocina de la tía de Jodie para lavarlos. Junto a la vieja cocina, había un maloliente perro pastor tumbado en una cesta. Cada vez que entraba uno de ellos, movía perezosamente la cola y soltaba un gruñido desganado.

"Se llama Betsy", dijo Jodie. "Está jubilada".

"Yo tampoco pienso molestarme en ladrar cuando esté jubilada", dijo Jess.

Marie-Louise y Édouard lavaron los platos. Jodie había establecido turnos. Al día siguiente, sería ella la que se ocuparía de preparar el almuerzo en compañía de..., cómo no..., Gérard. Resultaba bastante patético.

De todos modos, Jess entendía que Jodie estuviera tan quedada con él. Cada vez que Jess oía su nombre o le veía, su cuerpo entero parecía explotar en secreto. Era la mar de extraño.

"Bueno", dijo Jodie, cuando se sentaron de nuevo alrededor de la hoguera tras haber acabado todas las faenas. "Humm, ¿qué hacemos ahora? ¡Ya lo tengo! ¡Sardinas!".

"¿Sardinas?", protestó débilmente Jess. "¡Pero si acabamos de cenar!".

"No, es un juego", dijo Jodie. "Solíamos jugar a eso cuando era niña. Una chica, o un chico, va a esconderse y todos los demás tienen que buscarlo".

"¿Igual que si fuera el escondite?", preguntó Flora.

"No, es justo al revés, porque en el escondite todo el mundo va a esconderse, y en este juego, solo se esconde uno y los demás van a buscarle. Cuando alguien da con él, tienen que esconderse juntos; así hasta que todos le encuentran".

"¡Oh, paggese muy divergtidó!", gritó Marie-Louise, dando palmadas. Se lo explicó a Édouard, y luego sacaron pajitas para ver a quién le iba a tocar esconderse. (Eran pajitas de verdad, otra ventaja de estar en una granja). Fue Gérard quien sacó la pajita más corta, así que era a él a quien le tocaba esconderse. ¿Lo había apañado Jodie sujetando las pajitas de alguna forma especial? Lo más seguro.

"¡Vale!", dijo Jodie. "Gérard, tú ve a esconderte".

Gérard se encogió de hombros y puso una encantadora cara de despiste.

"¡Bo! ¿Dónde?", preguntó, echando un vistazo alrededor.

"¡En cualquier parte!", dijo Jodie. "En uno de los prados, en los graneros, en el bosque, donde más rabia te dé. Mi tío tiene ciento cincuenta acres", añadió presuntuosamente, dándoselas de rica. "Esperaremos diez minutos. ¡Y luego saldremos a buscarte! Nos meteremos en la tienda de las chicas para no ver adónde vas".

Jodie los condujo a todos a la tienda, como si fuera un perro pastor, y luego echó la cremallera.

"¡Fred!", dijo. "Lleva tú la cuenta del tiempo. Diez minutos, ¿vale?".

"¿Por qué tengo que ser yo?", se quejó Fred. "Estoy agotado". Se tumbó en el saco de dormir de Jess y cerró los ojos. Todos los demás se sentaron. Édouard estornudó y se sonó la nariz. Marie-Louise se puso a limpiarse las uñas mientras charlaba de "la presiosa campiña inglesa". Flora se puso a untarse sus perfectos brazos con una crema contra insectos. Y Jess se dedicó a pasar el rato eligiendo un nuevo tono para su móvil: escogió uno que sonaba como un diminuto grupo de samba que estuviera encerrado dentro de una lavadora.

"¡Bien!", dijo Fred. "¡Ya ha pasado el tiempo!". Jess metió su móvil debajo de la almohada, para ponerlo a buen recaudo, y todos salieron en fila de la tienda. Durante un instante, vacilaron. Había muchas direcciones posibles: si te gustaban ese tipo de cosas, podías elegir entre un sinfín de prados, graneros y bosques, una circunstancia que en ese momento a Jess le parecía de lo más práctica. Lo más probable es que dentro de unos pocos minutos estuviera dándose el lote con Gérard bajo un divino e íntimo matorral.

"¡Desperdigaos, desperdigaos!", gritó Jodie, mientras salía corriendo por el prado en dirección a la casa y los graneros. Parecía un capitán de comandos. "¡Tenemos que separarnos!".

Jess salió disparada hacia el arroyo. Estaba segura de que Gérard habría ido en esa dirección. Al fin y al cabo, era ahí donde habían estado haciendo manitas en el barro. El lugar ya era sagrado para ella. Haría que clavaran en un árbol una placa conmemorativa: *AQUÍ FUE DONDE JESS JORDAN CAYÓ BAJÓ EL HECHIZO ERÓTICO DE GÉRARD*.

Jess llegó al lugar sagrado, agarró la cuerda y cruzó el arroyo. La otra orilla, una ladera bastante rocosa y empinada, conducía a un bosquecillo de aspecto acogedor.

Jess estaba segura de que Gérard la estaría esperando allí con los brazos abiertos. Subió penosamente la ladera y empezó a sudar de una forma muy poco atractiva. Daba igual. También Gérard estaría sudoroso. A ella no le importaba. De hecho, lo que haría sería embotellar el sudor de Gérard para vendérselo a otras chicas más pequeñas. Jess llegó a lo alto de la otra orilla, se detuvo, se olisqueó aprensivamente las axilas y luego se internó en el bosque. Matorrales densos y espinosos le tiraban de las ropas y del pelo. En un primer momento, todo pareció formar parte de un juego mágico.

"¡Dejadme en paz, bestias cornudas y espinosas!", dijo entre risas. "No estamos hechos el uno para el otro. Aceptadlo, vosotras sois plantas y yo un animal. No funcionaría. Y, además, no pienso ponerme a echar brotes hasta que me halla labrado un porvenir".

Pero, al cabo de unos diez minutos, la cosa empezó a resultar bastante agotadora. A esas alturas, Jess estaba casi sin aliento, acalorada y bastante preocupada. Se detuvo y aguzó el oído. En lo alto del bosque cantaban los pájaros. Pero de Gérard ni rastro. Puede que si había tirado por ahí hubiera dejado alguna señal. La maravillosa huella de un pie francés impresa en el barro o una serie de matojos aplastados en medio de una senda que la conduciría a su guarida. Pero no había nada.

Jess volvió a pararse. Estaba empezando a estar hasta las mismísimas narices. Estaba claro que no iba a encontrar a Gérard allí. De hecho, sería un auténtico milagro si lograba encontrar el camino de vuelta. ¡Mierda, mierda!

Eres idiota, Gérard, pensó. *¿Por qué no se te ha ocurrido esconderte por aquí? Ya podríamos llevar lo menos veinte besos.* Jess se dio media vuelta y estuvo cerca de veinte minutos dando tumbos entre los árboles.

De repente, un poco más adelante, vio un arbusto que se movía. Se quedó helada. ¿Se lo había imaginado? Miró atentamente. Sí, temblaba un poco. Ahí detrás tenía que haber un ser vivo. Puede que fuera Gérard. Pero también podía ser un zorro, un tejón, un ciervo o cualquier bicho salvaje que hubiera por allí. Jess se preparó para recibir un mordisco. Aunque, desde luego, prefería que fuera de Gérard.

"¿Hola?", dijo en voz baja. "¡Te he visto!". El arbusto se sacudió un poco.

"¿Gérard?", le llamó. "¿Eres tú?". El arbusto dio una violenta sacudida. En medio de un caos de crujidos de ramas, apareció una figura. ¡Horror! Era Édouard.

25

"¡Édouard!", gritó Jess, tratando de disimular su espanto y el enorme chasco que se había llevado. "¿Qué haces escondiéndote? Se supone que tenías que estar buscando a Gérard". Édouard frunció el ceño y se encogió de hombros, indicando que no entendía ni una palabra.

"Vale, vale, es igual", se apresuró a decir Jess. Él no tenía la culpa de no haber comprendido de qué iba el juego. Ni de haber salido pitando a buscarse un escondite. Ni de no entender ni una palabra de lo que acababa de decirle. No tenía la culpa de nada. Pero aun así, a lo mejor tenía que acabar asesinándolo. La vida puede ser muy dura.

"Yo estioyperdu", dijo Édouard. Jess se llevó un dedo a los labios.

“¡Chiss!”, dijo, arreglándoselas para dibujar en su semblante una sonrisa absolutamente artificial. A saber lo que quería decir eso de “estioyperdu”. ¿Cómo se le ocurría tratar de entablar una conversación en un momento así? ¿Es que no se daba cuenta de que estaban metidos en un buen lío? Por Dios, estaban perdidos en un maldito bosque. No era momento de ponerse a charlar sobre el rollo ese del “estioyperdu”.

Jess, con mucha teatralidad, le hizo una seña para que se acercara. Ya no tenía sentido seguir buscando a Gérard. Era imposible que hubiera tomado aquella ruta. Debían de estar a un montón de kilómetros del campamento. Probablemente, en otro condado. En Gales, por ejemplo. Y aun en el caso de que encontrara a Gérard, las posibilidades de recibir una lección de besos a la francesa era nula con Édouard danzando por ahí y diciendo cosas absurdas.

Solo había una opción razonable. Tenían que llegar al campamento, a sus maravillosas y acogedoras tiendas de campaña, antes de que cayera la noche y salieran los hombres lobo. Jess se puso en camino, en la que suponía sería la dirección correcta. Al cabo de un rato, el terreno volvió a caer en pendiente. Seguro que conducía al arroyo. A esas alturas, Jess ya odiaba a muerte la naturaleza. Lo único que deseaba es que aquella maldita vegetación desapareciera y fuera reemplazada por un pavimento llano, un buen surtido de pizzerías y, por encima de todo, un servicio de autobuses.

En teoría, tener a Édouard haciéndola compañía era una ventaja, pero en realidad era justo lo contrario. Le horrorizaba andar perdida con él en medio de aquel territorio salvaje. Si en vez de estar allí hubieran estado en su casa, seguro que Édouard habría tenido la decencia de encerrarse en su cuarto mientras ella veía la tele en el piso de abajo.

Cuando por fin llegaron al lindero del bosque, Jess miró hacia abajo y vio el arroyo, que relucía a lo lejos. Debía de ser el mismo de antes, aunque no parecía estar en el mismo lugar donde Gérard y ella se habían cogido de la mano. El prado que se vislumbraba al otro lado debía de estar en otra zona del valle. ¡Dios! ¡Cómo odiaba la geografía!

"El arroyo", dijo, pero al instante se arrepintió de haber abierto la boca. Édouard la respondió soltando un torrencial chorro de palabras en francés, que sonaron algo así como: "Onatruve la rivier meon pepa latraversé". Aquel tío se había vuelto majara. Eso no podía ser francés. Parecía más bien una variante hobbit de la lengua de los elfos.

"Estoy totalmente de acuerdo", dijo Jess. Le había gustado el sonido de la palabra "pepa" y ya estaba haciendo planes para tener un gatito con ese nombre. Aunque lo primero de todo era regresar a la civilización antes de que se murieran congelados. El mero hecho de salir del bosque y llegar al arroyo implicaba tener que abrirse paso por una maraña de matojos y trepar un tendido de alambre de espinos roñosos.

Jess respiró hondo y emprendió muy lentamente la marcha por entre las matas de zarza. Por fin, con un humor de perros y con el cuerpo totalmente cubierto de arañazos, llegó a la alambrada. De pronto, Édouard, tomando la iniciativa, se plantó delante de ella de un salto.

"Ye pe sutenir sa pur tassisté" dijo.

"No voy a discutirte eso", comentó Jess. Édouard agarró el alambre de arriba con gran pericia, lo levantó y luego posó su piececito en el de abajo y lo aplastó contra el suelo. Se había formado una especie de apertura lo bastante amplia para que Jess pudiera pasar agachada. *¡Dios mío!,* pensó Jess. *Va a resultar que Édouard sí que sirve para algo.*

Puede que hubiera hecho bien en no matarle hacía un rato. Jess sostuvo el alambre para que Édouard pudiera pasar, pero, después, cuando fue a soltarlo, el alambre salió disparado cruelmente y se le enganchó en la manga.

"¡Ay!", aulló Jess.

"¡Merde!", dijo Édouard. Luego, poniendo mucho cuidado, la desenganchó. Jess se subió la manga e inspeccionó el brazo. El alambre roñoso le había producido un buen arañazo. Estaba sangrando.

De pronto, ante su sorpresa, Édouard le agarró el brazo, se agachó, le chupó la herida y luego escupió al suelo. Jess estaba atónita. ¿Qué era aquel tío, un vampiro? Luego le soltó el brazo, y, del bolsillo izquierdo de sus vaqueros, se sacó un pañuelo, que curiosamente estaba impoluto. Sin mirarla a los ojos ni decir ni una sola palabra, lo sacudió y luego se lo ató al brazo.

"Onne pepa lalesé salir" dijo con un minúsculo y lúgubre tono profesional. Jess no entendió ni jota. Pero estaba claro que aquella especie de hobbit la había salvado de una muerte lenta causada por un envenenamiento sanguíneo o algo así. Se sentía vagamente conmovida. Pero esperaba que Édouard no llevara las cosas hasta el extremo de exigir a cambio una tarde entera jugando a los médicos un día que su madre no estuviera en casa.

Bajaron por la empinada ladera en dirección al arroyo. Parecía más hondo y más peligroso que el tramo que había cerca del campamento. A Jess le hervía la sangre. ¿Cómo se habían metido en aquel follón? Maldita sea, ya no eran ningunos niños. ¿Por qué no se habían quedado tranquilamente sentados alrededor de la hoguera jugando a las charadas?

¿A quién se le había ocurrido aquella idea tan peregrina? A Jodie, a quién si no. Era evidente que lo que único que pretendía era procurarse la oportunidad de estar a solas con Gérard. ¡Qué astuta era la muy zorra!

(Perdóname Dios, pensó, *pero a veces una necesita desfogarse un poco).*

Se quedaron de pie contemplando con mirada torva el arroyo. Ahí no había cuerda que valiera. Ni siquiera había unas míseras pasarelas de piedra. Iban a tener que vadear la corriente. El prado que había al otro lado no era el del campamento, pero Jess suponía que el campamento no debía de andar demasiado lejos porque olía a leña quemada. A menos que fuera otra acampada, la excursión anual del Club de los Asesinos en Serie, por ejemplo. Con su suerte, no le extrañaría nada.

Se sentó y se quitó las zapatillas, profiriendo una sarta de palabrotas en voz bien alta. No importaba, Édouard no las entendería. También él se sentó y se quitó las zapatillas y los calcetines. Jess se sacó de un tirón sus calcetines, se puso de pie y se acercó con cautela a la orilla. Ni siquiera miró a Édouard. No quería discutir sobre el asunto. Al menos, no en elfo.

Metió un pie. ¡Guau! ¡Estaba helada! Casi se le desprende el pie de la impresión. Pero había que aguantarse: no había otra forma de regresar. Jess se puso en marcha, plantó un pie en una piedra afilada, perdió el equilibrio, se tambaleó y, lanzando un extraño y terrible chillido, cayó al agua.

¡Dios mío!, pensó. *Voy a ahogarme. Y ni siquiera he dado un grito como Dios manda. Lo que es peor,*

Édouard me estará mirando y debo de tener una pinta lamentable. De todas las muertes posibles, el ahogamiento era la que más miedo le daba. Su ilusión era morir en Hollywood en privado, dentro de unos noventa años, en una cama con dosel, atendida por un nutrido grupo de jóvenes admiradores vestidos con libreas de seda blanca.

Y ahora esto. Llegaría al más allá echando las entrañas, con un collar de huevas de rana y coronada con un velo de limo verde.

26

Sintió que una mano la agarraba. Una mano minúscula pero fuerte. Édouard la había rescatado: otra vez. Mientras Jess se esforzaba por levantarse, se dio cuenta de que el agua solo cubría hasta las rodillas. Pero, al caerse, había soltado sus zapatillas y sus calcetines. Y en ese momento, un calcetín, hecho una especie de ovillo, se alejó navegando alegremente río abajo, como si se lo estuviera pasando bomba, y desapareció tras un recodo.

Tras rescatar sus zapatillas y el otro calcetín, Jess se arrastró como pudo hasta la orilla y, agarrándose a Édouard, se aupó fuera del agua y se quedó de pie, empapada y temblorosa. Además de sus viejas heridas, ahora estaba calada hasta los huesos y tenía los pies llenos de arañazos y cubiertos de barro. La naturaleza le había propinado una buena paliza. Nunca más volvería a salir de la ciudad.

Se sentó en la orilla. Estaba tan furiosa que ya ni siquiera podía ponerse a soltar palabrotas. Édouard le ofreció sus calcetines. Jess alzó la vista. Édouard no sonreía. Simplemente trataba de actuar de la forma más práctica posible.

"Toma", dijo con firmeza. Jess no se atrevió a desobedecerle. Desde que se perdieron, Édouard había ido adquiriendo un cierto grado de autoridad. "Toma", dijo de nuevo, obligándola a coger los calcetines. Jess sonrió con desgana y se los puso. Estaba intentando cuidar de ella, Dios le bendiga. A él y a sus calcetines de algodón.

Édouard se puso sus zapatillas, y Jess se ató los cordones de las suyas. *Bueno,* pensó, *supongo que ya no puede ocurrir nada peor.* Luego, se pusieron de pie y se dieron la vuelta para emprender la ascensión del prado. Fue entonces cuando vieron las vacas. *Delante de ellos, tenían una manada de vacas que les miraban fijamente.*

Debían de estar a unos cincuenta metros de ellos. ¡A lo mejor, había algún toro! ¡A lo mejor, todos eran toros! El corazón de Jess se le subió como un cohete a la garganta y asomó fugazmente por su boca, palpitando como si fuera un parásito alienígena de una película de ciencia ficción. Se lo volvió a tragar. Sabía a rayos.

Jess era consciente de que era importante aparentar que no tenía miedo, pero la verdad es que estaba a punto de cagarse en los pantalones. A unos cien metros había un seto. Y desde un poco más allá, llegaba el olor de una hoguera. Ya no le importaba que fuera la excursión anual del Club de los Asesinos en Serie. Cualquier cosa era preferible a ser corneada por una manada de vacas enfurecidas.

Jess corrió hacia el seto dando tumbos. Lo de dar tumbos no entraba en sus planes, pero el suelo estaba sembrado de rocas, bastos matojos de hierba y boñigas frescas que relucían a la luz del atardecer. Jess oía el trote retozón de las vacas que la seguían.

Tenía la vaga idea de que Édouard se había rezagado. ¡Puede que en ese preciso instante le estuvieran corneando! Tenía que pararse y volver la vista atrás para ver si estaba bien. Jess trató de girar la cabeza para echar un vistazo por encima del hombro: una idea muy poco aconsejable. Vio a Édouard unos metros más atrás. Las vacas casi le rodeaban, pero seguía en pie. Jess tropezó con una piedra y aterrizó sobre una boñiga gigantesca.

Podía haber sido peor. Podía haber caído de cara. La caca de vaca "solo" le había embadurnado un lado de su top y de sus vaqueros. Se levantó como pudo y salió disparada hacia el seto. Pero no había manera de cruzarlo. Estaba reforzado por una alambrada.

Una joven y su intercambio francés mueren corneados durante una acampada, pensó. *"Vamos a celebrar un funeral bilingüe",* declara la profesora de francés. Tal vez no hubiera estado tan mal morir ahogada en el río.

Jess, jadeando, se dio la vuelta para hacer frente a su trágico destino. Las vacas se encontraban un poco más abajo del prado, pero no habían cejado en su persecución. Édouard se había dado la vuelta y las estaba encarando. De repente, lanzó un chillido agudo y se puso a correr hacia ellas, haciendo aspavientos con los brazos y aullando una sarta de palabras francesas como si fuera un alma en pena.

A las vacas no pareció hacerles mucha gracia. Se detuvieron, se dieron la vuelta y salieron huyendo prado abajo. Jess, invadida de una intensa sensación de alivio, exhaló un hondo suspiro. Con esta ya eran tres las veces que Édouard la había salvado. Aquello empezaba a adquirir dimensiones bíblicas.

Vale, estaba machacada, amoratada, desgarrada por el alambre de espinos y arañada por las zarzas. Por si eso fuera poco, estaba mojada, había perdido un calcetín, tenía las ropas empapadas y estaba embadurnada de caca de vaca. Pero tenía que reconocer que peor era verse perseguida por una manada de animales de un tamaño bastante considerable. Jess decidió renunciar a su fantasía sobre el equipo de fútbol.

Édouard se unió a ella. Solo parecía un poco corto de aliento. Jess le recibió con lo que esperaba fuera una sonrisa agradecida.

"Gracias", dijo. "Para serte sincera, no me atraía demasiado la idea de que una manada de vacas furiosas me matara a cornadas. Te parecerá una tontería, pero es superior a mis fuerzas". Se encogió de hombros de una forma que esperaba resultara cordial.

"Yepasé devacans a la campañe", dijo Édouard. Por fortuna, no parecía tratarse de un comentario que requiriera una respuesta. Jess se limitó a asentir con la cabeza y, en un intento de transmitirle su gratitud, levantó el pulgar. Édouard la respondió con idéntico gesto, y por primera vez desde que se conocieron, sus semblantes se iluminaron con una sonrisa espontánea.

No voy a llegar hasta el punto de llamarle amor mío, pensó Jess, riéndose para sus adentros, *pero parece que ya hemos superado la etapa del odio asesino.*

Caminaron cuesta arriba bordeando el seto. Tarde o temprano tenían que encontrar una verja, ¿no? ¿Cómo demonios había entrado si no el ganado? ¿En helicóptero? Poco probable, a no ser que las técnicas agropecuarias hubieran cambiado mucho desde que leyó en su infancia el libro de cuentos del *Viejo granjero MacDonald*.

Finalmente, dieron con una verja y la treparon sin sufrir mayores desperfectos. ¿Estaría cambiando su suerte? ¡Sí! A Dios gracias, allí delante estaba su campamento. Jess distinguía unas figuras agachadas en torno a una hoguera que ardía alegremente.

Cuando los demás chicos vieron a Jess y a Édouard, prorrumpieron en unos estúpido gritos de júbilo, como dando a entender que sospechaban que habían estado haciendo manitas en secreto.

Jess pasó olímpicamente de ellos y se acercó al fuego cojeando. Gérard la iba a ver cubierta de caca de vaca y despellejada viva, pero a esas alturas le traía al fresco.

"¡Oh cariño, me encanta tu nuevo look!", gritó Fred con voz de falsete cuando se acercó Jess. "¡Debe de haberte costado un dineral! ¡Pero te sienta muy bien!".

"¡Oh, Dios mío!", gritó Marie-Louise. "¡Pobgre Jess! ¡Estás susia!". Se levantó y se puso a sacudirla con muy buena intención, pero sin ningún resultado apreciable. Jodie, por la razón que fuera, parecía estar hecha una furia.

"¿Has visto a Gérard o a Flora?", inquirió. *¿Gérard y Flora?* A Jess se le pasó una idea terrible por la cabeza.

"¿Es que no han vuelto todavía?", preguntó, echando un vistazo a las sombras que había alrededor. Allí solo estaban Jodie, Marie-Louise y Fred.

"Bueno, no me parece verlos por aquí, ¿no?", le soltó Jodie. "Nadie pudo encontrar a Gérard, así que al final todos acabamos regresando aquí, todos menos Flora. Supongo que ella sí que lo ha encontrado. Si no regresan pronto, se les va a hacer de noche. Tú móvil ha sonado dos veces, a lo mejor te ha enviado un mensaje".

Jess fue corriendo a la tienda, cogió su teléfono y miró los mensajes. El primero era de su madre, preguntándole si iba bien abrigada. Pero el segundo sí que era de Flora.

HOLA TÍA, decía. ENCONTRÉ A GÉRARD PERO NOS PERDIMOS. AHORA ESTAMOS BIEN. TOMANDO T CON UNA VIEJECITA MUY MAJA. DICE QUE NOS DEJARÁ UNA LINTERNA. NO ESPERÉIS LEVANTADOS. BESOS. FLO. XXX.

Jess regresó a la hoguera y transmitió a los demás el mensaje de Flora. Jodie casi estalla.

"¿Perdidos?", soltó. "¿Que se han perdido? ¡Se suponía que no tenían que largarse juntos! ¡Es típico de Flora! ¡Es una cabeza hueca!".

Durante un instante, se produjo un tenso silencio. Todo el mundo estaba pensando lo mismo, pero nadie se atrevía a hablar. Incluso Fred estaba manteniendo la boca cerrada.

"La pobgre Jess está hecha una pená", dijo Marie-Louise. "¿No podría dargse un bañó en la casa de tu tía, Jodie?".

"Sí, claro", dijo Jodie, encogiéndose de hombros. "Vamos".

Jess siguió a Jodie en dirección a la casa. Había luz y las ventanas brillaban en medio del azul del atardecer. Tenían un color alegre y acogedor parecido al del zumo de naranja. Pero en el corazón de Jess no había luz, solo una profunda e impenetrable oscuridad. ¿Podía haber salido peor el día? Lo dudaba mucho.

27

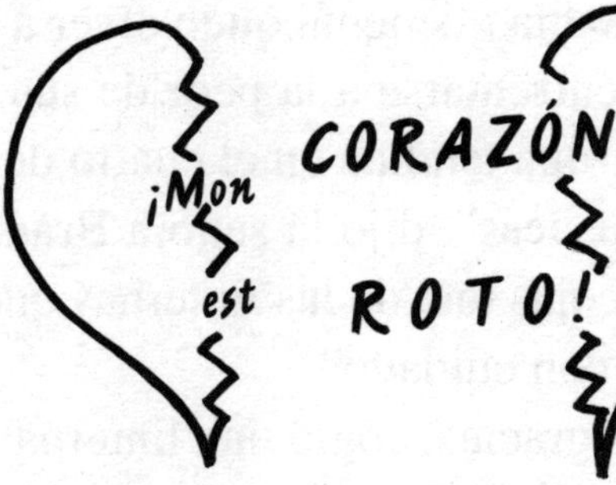

Mientras se duchaba, la cabeza de Jess daba vueltas a diversas posibilidades. ¿Por qué se habrían ido juntos Flora y Gérard? Solo podía haber una razón. Y el tono un tanto festivo del mensaje de Flora parecía confirmarla: ¡NO ESPERÉIS LEVANTADOS! Jess trató de imaginarse lo que sería andar a oscuras por los caminos seguramente con Gérard cogiéndote la mano... ¡Una maravilla! Pero era *ella* la que había ligado primero con él junto al arroyo. Gérard, de hecho, la *había* cogido de la mano. ¿Es que eso no significaba nada?

Una vez duchada, seca y vestida con ropa limpia, Jess salió del cuarto de baño. El tío de Jodie ya había llegado, y su esposa estaba muy atareada preparándole la cena. Betsy levantó la vista desde su cesta y movió el rabo con un gesto aburrido e indolente. Aquel perro era la pereza personificada. Durante una milésima de segundo, Jess tuvo la tentación de unirse a Betsy en su cesta. La cocina de la granja parecía un lugar seguro y acogedor. Pero sabía que tenía que volver a la inhóspita naturaleza y enfrentarse a la peor de sus pesadillas.

"Te dejaré la ropa tendida en el cuarto de la plancha cuando esté lista, Jess", dijo la señora Bradshaw. "Ah, y más vale que cojas una de las linternas que hay en la entrada y vayas con cuidado".

Jess le dio las gracias, cogió una linterna y salió a la oscuridad. De camino al campamento, se encontró con otra luz que avanzaba hacia ella. Era Fred.

"Voy al servicio", dijo. "Las criaturas del bosque ya han vuelto. Todo resulta muy misterioso. A Jodie le han crecido unos largos colmillos amarillos. Me parece que estamos metidos en un cuento gótico. Puede que antes del amanecer me vea obligado a amputarte los pies".

"Estupendo", repuso Jess. "Nunca me han gustado. Para serte sincera, preferiría tener un par de ruedas".

"Ah, por cierto, ¿qué hay del otro misterio?", dijo Fred. "Me refiero a nuestro divorcio. Por muy maravilloso que sea, la verdad es que ha me ha parecido un tanto brusco. ¿Ha sido para poderte enrollar con tu novio de juguete?".

Bajo ningún concepto iba Jess a revelar que lo que pretendía era enrollarse con Gérard. Ahora sonaría completamente ridículo.

"No, es simplemente que me harté de estar casada contigo", dijo Jess. "Tu forma de llenar el lavavajillas me resultaba MUY enervante. Y el ruido que haces cuando le das una calada a tu pipa es asqueroso. Además, tus zapatillas huelen".

"Bueno, bueno", dio Fred. "Entonces mi destino es el monasterio. ¡Estupendo! Me muero de ganas".

"Y en cuanto a Édouard", añadió Jess. "Todavía nos seguimos repeliendo mutuamente. Aunque en el camino de regreso me salvó tres veces la vida, puedes estar seguro que cuando me clavó los dientes en el brazo, no estaba disfrutando en absoluto".

"No me extraña", dijo Fred. "Yo, personalmente, antes que eso preferiría comerme vivo un elefante. Empezando por la parte de atrás".

Se propinaron unos cuantos puñetazos de broma y luego cada uno siguió su camino. Mientras avanzaba en dirección al campamento, Jess se sintió un poco mejor. Pero su bienestar apenas duró unos segundos. Bien pronto volvieron a asaltarle los nervios. Iba a tener que ver a Gérard e intentar no cruzar ninguna mirada con él. Lo mejor sería ignorarlo: hacer como si el maravilloso momento en que se habían cogido las manos bajo el agua no hubiera ocurrido nunca.

Gérard y Flora estaban sentados juntos, pero no demasiado pegados. De hecho, ni siquiera se tocaban.

“¡Ah, hola, Jess!”, gritó Flora al verla llegar. Tenía un tono un tanto histérico y la voz un poco chillona. “¡Me han contado que te perdiste y te caíste encima de una boñiga! ¡Nosotros también! Bueno, quiero decir que también nos perdimos, aunque por suerte nos libramos de lo de la boñiga. ¿Estás bien?”.

“Sí, perfectamente. La verdad es que ha sido una experiencia muy estimulante”, dijo Jess, mientras se sentaba.

“¿Te apetese una coca-colá, Jess?”, preguntó Marie-Louise. Parecía haber asumido el papel de anfitriona, probablemente porque Jodie estaba con el ceño fruncido, tenía el forro polar subido hasta la boca y contemplaba las llamas con gesto iracundo.

“Gérard se escondió en un bosque que hay un poco más allá de la casa”, dijo Flora. “Le encontré enseguida. Estuvimos esperando y esperando, pero no apareció nadie. Luego nos pareció oír el ruido de una cascada. Así que fuimos a buscarla y nos perdimos. Al final, llegamos a una extraña carretera donde había una granja y allí encontramos una ancianita que nos ofreció una taza de té y nos indicó cómo se volvía”.

“Las ancianitas ya no son lo que eran”, dijo Jess, forzando un chiste. “Debería haber encerrado a Gérard en una jaula para cebarle y haberte retenido a ti para que le hicieras de esclava doméstica”. La verdad es que a Jess se le revolvía el estómago solo de pensar que Flora y Gérard habían tenido juntos esa romántica aventura tipo cuento de hadas tan poco después de que el francés la hubiera cogido de la mano y la hubiera mirado de esa forma tan embelesadora junto al arroyo. Jodie no era la única a la que se le había partido un poco el corazón.

Flora se rio, pero fue una risa un tanto nerviosa. Luego, de golpe y porrazo, se hizo un profundo silencio. Jodie, estaba claro, no pensaba abrir la boca en toda la noche, puede incluso que durante el resto de su vida.

Marie-Louise se dispuso a echar otro leño al fuego. Jess se negó a fijarse en el carismático borrón que era Gérard. Y Édouard se puso a jugar con su Game Boy. Enseguida, Fred, una luz vacilante que se acercaba en la oscuridad, regresó.

"¿Eres Fred Parsons o un fantasma?", dijo Jess. En fin, alguien tenía que decir algo.

"Soy el fantasma de Fred Parsons", dijo Fred, y luego se sentó junto a la hoguera.

"¡Dios! Espero que este lugar no esté hechizado", dijo Flora con una risa nerviosa. "¿Está encantada la casa de tu tía, Jodie?". Como intento de forzar a Jodie a hablar, tenía su encanto. Pero esta se limitó a encogerse de hombros.

"¡Oh, espeggo que no!", dijo riéndose Marie-Louise. "No me gustan nada ese tipo de rollos".

"Mi abuela está convencida de que puede comunicarse con el espíritu de mi abuelo", dijo Jess. "Incluso le oyó hablar en voz alta el otro día".

"¡Qué escalofriante!", dijo Flora. "¿No podríamos esperar a mañana para hablar de eso? De noche da un poco de miedo".

"Yo tuve un gerbo que se me murió", dijo Fred. "Me pregunto si sería posible ponerse en contacto con su espíritu para pedirle perdón por la desgraciada vida que llevó en nuestra casa. Seguro que en California tienen médiums para animales".

"Puede que los propios médiums sean animales", dijo Jess. "A lo mejor Betsy, el perro pastor de la tía de Jodie, puede conectar con el más allá y está en comunicación con el anterior perro pastor".

"Pergdona, Jess", dijo Marie-Louise, que tenía pinta de estar desconcertada. "Peggo no entiendo nada de lo que decís".

"No te preocupes, tía", dijo Jess. "Yo tampoco".

Aquella noche no se le estaba dando demasiado bien el intercambio de comentarios ingeniosos. No podía quitarse a Gérard de la cabeza. Sus ojos estaban deseando ponerle la vista encima, aunque fuera mínimamente. ¡Oh, no! Habían escapado a su control y se habían girado hacia donde estaba Gérard.

La estaba mirando. A Jess le dio un vuelco el corazón. Gérard sonrió. El sujetador de Jess se derritió.

Gérard se encogió ligeramente de hombros, como si quisiera dar a entender que la vida a veces escapa a nuestro control. Jess se apresuró a apartar la vista. No le había gustado ese encogimiento de hombros. Debería de ser posible tener un poco más de control sobre la vida.

"A mí me parece muy bonito", dijo Flora. "Imaginaos lo que debe ser estar tan enamorada de alguien que puedas comunicarte con él después de muerto". Se produjo un tenso silencio. Marie-Louise sorbió por la nariz. La comunicación entre los vivos parecía haberse agotado.

"Bueno", dijo de repente Jodie. "Yo me voy a acostar. Fred, encárgate tú del fuego". Fred la miró asombrado. "Cuando todo el mundo se vaya a acostar, apágalo de alguna manera". Luego, se alejó dando fuertes pisotones en el suelo y se metió en la tienda. De haber sido posible cerrarla de un portazo, a buen seguro que lo habría hecho, pero tuvo que conformarse con el leve zurriagazo de la lona y con el mordaz silbido de la cremallera.

"En fin, parece que ha llegado el momento de ponerse a cantar canciones estúpidas", dijo Fred. "Pero, por alguna misteriosa razón, he perdido las ganas de vivir".

"Tomemos otra coca-cola", dijo Flora. "¡Ay, pero si están calientes! ¡Qué horror! Bueno, voy a llevar unas cuantas al arroyo". Se levantó, y Gérard también se puso de pie.

"Yo te acompaño" dijo, cogiéndole caballerosamente las botellas. Sin duda, sus dedos se habían rozado durante un breve y muy excitante instante. Flora cogió una linterna.

"Enseguida volvemos", dijo un tanto azorada, y, acto seguido, los dos tiraron prado abajo.

"Bueno. ¡Ya está bien por hoy!", dijo Fred, poniéndose de pie. "Hora de acostarse. En ausencia de pelis violentas en la tele, no hay ninguna razón para estar levantado hasta tan tarde". Y, dicho esto, se fue a la tienda de los chicos. Édouard se apresuró a levantarse también y le siguió mascullando algo: "Buenas noches", posiblemente.

"Yo también me voy a retirar, Jess", dijo Marie-Louise con cara de angustia. "¡Peggo Fred se ha ido! ¿Quién se va a ocupar del fuegó?". Era una madraza.

"Ya se encargara Flora de eso", dijo agriamente Jess. "Las cosas calientes se le dan muy bien". Jess estaba bastante quemada por aquella afición que le había cogido Flora a jugar con fuego.

En la tienda de las chicas estaba muy oscuro. Jodie estaba tumbada de espaldas a todo el mundo, casi completamente oculta en su saco de dormir. Jess y Marie-Louise se desnudaron en silencio y se metieron en sus respectivos sacos.

Jess se quedó un rato tumbada con los ojos abiertos. En teoría, el suave rumor de las respiraciones, los crujidos de la lona, el rumor del viento entre los árboles y el ocasional ulular de una lechuza debían de ser maravillosos. Pero Jess estaba demasiado enfadada para disfrutar de todo aquello. Lo único que deseaba era encontrarse a millones de kilómetros de distancia. De hecho, lo que quería era estar en su propia casa. Vale, la había mordido un francés, pero ni había sido de la forma en que ella había soñado ni había sido el chico que ella quería.

Al cabo de un rato, Jodie empezó a roncar. Y Marie-Louise también parecía estar dormida. Jess echó un vistazo a su móvil para ver qué hora era. Ya había pasado hora y media desde que Flora y Gérard bajaron al arroyo para enfriar las botellas de coca-cola. No se había oído ruido de voces ni nada que indicara que habían vuelto. Jess no podía conciliar el sueño. Lo único que podía hacer era permanecer ahí tumbada con un nudo en el estómago mientras se imaginaba a Flora y a Gérard juntos en el arroyo. Oh, probablemente, a esas alturas ya estarían besándose bajo el agua o algo así. La presencia a su lado del saco vacío de Flora casi resultaba una ofensa.

De pronto, alguien se deslizó dentro de la tienda. Era Flora. Jess la oyó desvestirse y meterse en su saco. Flora se le arrimó y susurró: "¡Jess! ¿Estás despierta?".

Jess se movió y la respondió con otro susurro: "Sí. No puedo dormir". Jodie estaba roncando, y Marie-Louise estaba tumbada con la boca abierta. Podían contar con un poco de intimidad. Jess estaba de espaldas a Flora, pero Flora se apoyó en un codo, se inclinó hacia ella y le susurró al oído.

"Jo, Jess. ¡Gérard es alucinante! ¡Estoy totalmente colada por él! Dice que siempre le he parecido especial. Dice que se fijó en mí desde el día en que llegaron a Inglaterra. Tengo muchísimas ganas de contártelo todo".

"Genial", susurró Jess. Ella no tenía ningunas ganas de oírlo. Parecía que sus peores temores se habían confirmado, y el único plan que se le ocurría para tratar de minimizar los daños era aparentar que la cosa no le afectaba en absoluto.

"Esta noche no voy a poder pegar ojo", susurró Flora. "Tengo un hormigueo por todo el cuerpo".

"Ahórrate los detalles escabrosos", susurró Jess. "Los simples mortales sí que tenemos que pegar ojo". Pero sabía que ella tampoco iba a poder dormir demasiado.

"Apóyame mañana si Jodie está cabreada conmigo", susurró Flora. Al parecer, Jess no solo iba a tener que aceptar que ahora Gérard era cosa de Flora, sino que además le iba a tocar hacer de relaciones públicas para tratar de presentar la situación como si fuera la mejor noticia desde que Romeo y Julieta empezaron a salir juntos.

"Vale", graznó. Mañana iba a tener que recurrir a todas sus reservas de bondad. Lo único que esperaba era que Dios estuviera mirando. La iba a tener que dar varias estrellas doradas por su santidad. ¿Debía de prevenir a Flora de que Gérard era un rompecorazones y un maldito ligón traicionero? ¿O debía de mantener un diplomático silencio? ¿O tal vez perder la compostura, ponerse a gritar como una loca y arruinarles a todos el fin de semana? La última opción parecía de lejos la más atractiva.

28

Jess se despertó muy temprano con los pies helados. Los pájaros cantaban a pleno pulmón alrededor de la tienda. Marie-Louise se estaba vistiendo. Jess se asomó desde el saco de dormir y pudo comprobar que, a pesar de que vestida del todo Marie-Louise tenía un aspecto una pizca maternal, e incluso petardo, parecía ser adicta a la ropa interior de encaje. Jess apretó con fuerza los ojos y aguardó a que Marie-Louise acabara de vestirse y saliera de la tienda. No estaba de humor para entablar una conversación insustancial, ni siquiera sobre lencería. Y es que también había advertido otro pequeño detalle. El saco de dormir de Flora estaba vacío.

Eso solo podía significar una cosa. Era de suponer que Flora, torturada por el recuerdo de su *latin lover,* apenas había podido dormir. Debía de haber salido de puntillas antes de que amaneciera, probablemente porque tenía una cita con su galán, y habían vagado por los bosques cogidos de la mano escuchando embelesados el coro del amanecer.

Finalmente, Marie-Louise abandonó la tienda y Jess salió del saco de dormir como si fuera un hipopótamo embarrancado en el fango. *Bueno,* pensó. *Espero que Flora haya disfrutado de sus últimas doce horas de éxtasis, porque hoy va a morir.* Jess tenía pensado matar a Flora después del desayuno con el arma homicida que tuviera más a mano. ¿Se habría asesinado alguna vez a alguien con una espátula antiadherente? Bien, pues Flora sería la primera. Era sorprendente, pero lo cierto es que la aparición de un tío bueno podía hacerte odiar a tu mejor amiga.

Jess se puso varios jerséis y un forro polar. Aquellas mañanas de primavera seguían siendo bastante frías, sobre todo si no disponías de una cita caliente que te ayudara a entrar en calor. Luego, salió de puntillas de la tienda, dejando a Jodie arrebujada dentro de su saco. No quería despertarla. En cierta manera, aun dormida, Jodie seguía dando la impresión de estar enfurruñada y de tener la intención de seguir así todo el fin de semana.

Fred y Marie-Louise deambulaban por los alrededores de la hoguera. De Gérard y Flora no había ni rastro. Édouard salía de la tienda de los chicos poniéndose una capucha. Al verla, sonrió y levantó el pulgar.

"Buenes días", dijo.

"Hola, Ed", respondió Jess. Ya casi parecían amigos. Pero, de todos modos, Jess esperaba que Édouard no se hiciera ilusiones. Tendría que conformarse con una sonrisa cordial. No estaba dispuesta a que las cosas fueran más lejos. Vale, le había chupado el brazo. Pero había sido una mera intervención de carácter médico y no implicaba para nada que fueran pareja.

"¡Bueno, aunque está mal que yo lo diga, me parece que he logrado encender un fuego divino!", gritó Fred, arrastrando las palabras con voz amanerada mientras hacía aspavientos con las manos. "¡Obviamente, se trata de un fuego gay, por eso tiene esos colores rosados y dorados tan chic y lanza esas chispas tan monas por los bordes!".

"¿Te apetesen unos huevos revueltos, Jess?", preguntó Marie-Louise. Aquella chica era un encanto. "¿Con beicon y tomate?".

"¡Vaya que si me apetecen!", dijo Jess. "A por ellos, échalos a la sartén". Marie-Louise sonrió satisfecha. Aunque en Francia lo único que tomaba para desayunar era un cruasán, le había cogido afición al "Desayuno inglés". Una afición desmesurada, para ser sinceros.

"¿Has visto a Flora esta mañana?", le preguntó Jess a Fred.

"Por más extraño y extravagante que parezca, no", dijo Fred. "Y a Gérard, tampoco. A lo mejor los han raptado las hadas".

"Eso espero", dijo Jess. "Y también espero que hayan convertido a Flora en una cerda vieja y sebosa con un hocico cubierto de pelos. Es lo menos que se merece".

"Jess", dijo Marie-Louise . ¿Puedes corgtar los tomates?".

Jess y Fred ayudaron a Marie-Louise a preparar un pantagruélico desayuno. Édouard, entre tanto, se fue a dar una vuelta por el bosque para coger algo de leña y, sobre todo, porque sabía que debajo de cada leño encontraría algún escarabajo sexi. Jodie seguía sin aparecer.

"¿Despergtamos a Jodie?", preguntó Marie-Louise, cuando el desayuno ya casi estaba listo.

"Me parece que la desilusión la ha matado", dijo Jess, mientras miraba con avidez el jugoso revuelto que llenaba la sartén. Marie-Louise era una cocinera estupenda. Pero ahora se la veía algo preocupada.

"¿Está Jodie... enfadadá con Flogga?", susurró. "¿Por culpa de Gérard?".

Jess asintió y trató de aparentar que el asunto le resultaba entretenidísimo. En secreto, por supuesto, tenía el corazón hecho trizas, pero no ignoraba que una vez que se hubiera tomado un plato repleto de aquel delicioso desayuno, se sentiría mucho mejor.

"Déjala", dijo Jess. "Si este aroma no la ha despertado todavía, es que no se merece desayunar".

Marie-Louise titubeaba. Antes de ponerse a servir la comida, echó un vistazo a su alrededor. Entonces, frunció el ceño y señaló en dirección al río.

"¡Flogga y Gérard!", dijo. "¡Oh, no! No hay sufisiente desayuno...".

En efecto, se los veía a lo lejos: Flora estaba cruzando el arroyo con la cuerda, y Gérard la aguardaba al otro lado para cogerla. Jess vio el momento exacto en que Flora cayó en sus brazos, y como luego se quedaba allí lo menos seis años. Finalmente, se dieron la vuelta y empezaron a subir por la ladera cogidos de la mano.

"¡Qué les den por saco!", dijo Jess. "Venga, Marie-Louise. Esto es solo para ti, para mí, para Fred y para Édouard. Si quieren algo, que se lo preparen ellos".

Pero Marie-Louise seguía teniendo cara de sentirse culpable y angustiada. En vista de ello, Jess le quitó la sartén de las manos y vertió una ración de huevo revuelto en cada uno de los cuatro platos. Luego, repartió el beicon y los tomates. Édouard llegó y soltó una carga de leños cerca del fuego.

"¡Flogga!", la llamó Marie-Louise, cuando los amantes errantes estuvieron más cerca. "¡Gérard! Lo siento, no sabía si... No hay desayuno sufisiente".

"¡Oh, no te preocupes por eso!", respondió Flora con una sonrisa enigmática, mientras se sacudía el pelo hacia atrás como una rubia de un anuncio de champú. Era evidente que Gérard y ella eran tan fabulosa y románticamente felices que no necesitaban alimentarse. "No tenemos hambre, ¿verdad, Gérard?".

Gérard pareció sorprenderse un poco, pero luego dijo que no con la cabeza. Saltaba a la vista que con mucho gusto se hubiera comido un cerdo crudo entero y una docena de huevos recién salidos del trasero de una gallina.

"Hemos dado un paseo precioso", dijo Flora, sentándose al lado de Jess como si siguieran siendo íntimas amigas. Gérard se sentó junto a Flora al otro lado. Eso significaba que Jess no podía verle, lo cual le venía de perlas. Una vez que estuvieron sentados, Flora y Gérard volvieron a cogerse de la mano. Durante un instante, Jess sintió unas intensas ganas de vomitar, pero, haciendo un esfuerzo heroico, consiguió reprimirlas y siguió comiendo su ración de huevos revueltos.

"¿Dónde está Jodie?", preguntó Flora, mirando alrededor.

"Sigue en brazos de Morfeo, como suele decirse", dijo Fred. "Por cierto, ¿quién era el tal Morfeo?".

"Ni idea", dijo Jess. "Pero el condenado es un ligón. Siempre tiene a alguien entre sus brazos. Debe ser todo un seductor". Esperaba que Gérard sintiera el aguijón de su comentario sarcástico, pero estaba demasiado ocupado jugueteando con los dedos de Flora y estaba claro que no había prestado atención a lo que había dicho.

"Morgfeo es el dios del sueñó", dijo Marie-Louise. Aunque era un encanto, a veces tenía un irritante ramalazo de empollona.

"¿Te importa si te gorroneo un poquitín de tu beicon, tía?", dijo Flora, con un tono de voz de "que mona y enrollada soy".

"Claro que no, tú misma", dijo Jess. Una frase cuya traducción era: *Es que siempre tienes que meter tus manos de ladrona en todas partes, so zorra.* Pero, como es natural, Flora lo ignoraba.

Flora partió el trozo de beicon de Jess por la mitad (¡Sí, por la mitad! Toda una ***mitad***). Luego, lo mojó en ketchup y lo utilizó a modo de cuchara para cogerse una buena porción de huevo revuelto: la parte mejor, que Jess estaba deseando comerse.

"¡Ñaaaaammmm!", se relamió Flora.

"Anda, no te cortes, coge más", dijo Jess. "¡Venga! ¡Atibórrate! ¡Por mí no te preocupes!". Casi consiguió que pareciera una broma amistosa en lugar de un aullido salvaje. Pero Flora no pensó que fuera ni una cosa ni la otra. Ni siquiera la estaba escuchando. De ahora en adelante, nada de lo que Jess dijera le iba a interesar gran cosa.

El primer bocado se lo había tomado Flora, pero el segundo se lo ofreció a Gérard, que abrió la boca y la lanzó una adorable mirada de reojo. Flora se lo metió en la boca, e incluso le quitó con un dedo una mancha de ketchup que tenía en la barbilla y luego se chupó el dedo. ¡Qué asco! El trozo de beicon y el huevo revuelto que Jess tenía en la boca empezaron a saberle a calcetines sucios y a cartón mojado.

"Hemos visto unos pájaros preciosos esta mañana", dijo Flora. ¡Ahora resultaba que eran una pareja de ornitólogos locos y que la única razón por la que se habían escabullido aquella mañana había sido para observar tordos y otros bichos por el estilo! ¡Pero si todos sabían que, en realidad, se habían estado metiendo la lengua hasta la garganta de una forma que a cualquier pájaro le habría resultado absolutamente repulsiva!

Espero que se contagien el uno al otro una mononucleosis infecciosa, pensó Jess.

"¡Oh, a mí también me encantan los pájaros!", trinó Marie-Louise.

"Yo, personalmente, prefiero los sapos gigantes de Australia", dijo Fred. "Según parece, al atropellarlos revientan haciendo un ruido muy agradable".

"¡Puag, Fred, cierra el pico!", bufó Jess. "¡Estamos intentando comer lo que nos queda de desayuno!". Jess se concentró en su desayuno y se zampó rápidamente lo que le quedaba antes de que Flora y Gérard pudieran seguir gorroneándola.

En cuanto acabaron, Flora se puso de pie y dijo que iba a hacer una escapadita al servicio. Jess se levantó también.

"Voy contigo", dijo. Tenía que hablar urgentemente con Flora y, si no aprovechaba esa ocasión, ¿cuándo iba a poder hacerlo? En la tienda no podía ser porque Jodie seguía dentro. Y Jess tenía claro que Flora se iba a pasar todo el resto del día pegada a Gérard.

Subieron por el prado y dejaron atrás unos cuantos matojos que tapaban el campamento de la casa. Flora había cogido a Jess del brazo y caminaba muy arrimada a ella. Miró hacia atrás un instante para asegurarse de que no podían oírlas.

"¡Oh, Dios, Jess, Gérard es un alucine!", susurró. "Es absolutamente maravilloso. Ya sé que es una tontería, pero... ¡dice que soy la tía más guapa que ha visto en su vida!".

Jess se soltó bruscamente de Flora, se paró en seco y le lanzó una mirada furibunda.

"¿Te das cuenta de que le estás reventando a todo el mundo el fin de semana?", inquirió. "Jodie está tan furiosa que ni siquiera sale de la tienda, y es un corte para todos eso de que vayáis siempre a vuestro aire. Podíais tener un poco de delicadeza y dejar de una maldita vez de toquetearos y chuparos el uno al otro el dedo, al menos en público. Al menos mientras estemos de acampada".

Flora torció el gesto. Luego se puso roja. Los ojos azul transparente de Flora, que solían tener una expresión muy dulce, refulgieron como una tormenta en el Mediterráneo.

"¿Se puede saber qué mosca te ha picado?", inquirió. "Pensé que te alegrarías por mí. Gérard no es propiedad de Jodie. ¡Yo salgo con quien me da la gana, y si no puedes soportarlo, peor para ti!".

Y, dicho aquello, se alejó dando zancadas en dirección al servicio, se metió dentro y cerró de un portazo. Jess seguía hecha una furia. Casi sentía que le salía el humo por las orejas. ¿Y ahora qué? ¿Debía de dirigirse al servicio y continuar la bronca a través de la puerta cerrada? ¿Debía de decirle a Flora que hacía menos de veinticuatro horas Gérard había estado haciendo manitas *con ella*? *¿Sería demasiado cruel partirle el corazón a Flora?*, pensó Jess, cuya cabeza era un auténtico torbellino. *Bueno, ¿y por qué no? Al fin y al cabo, aunque no lo sepa, ella me ha partido el* ***mío****.*

29

Hirviendo de rabia, Jess regresó al campamento. Marie-Louise sostenía lo que parecía ser una intensa conversación privada con Gérard, hablando en un francés muy rápido. Era como si le estuviera soltando una arenga. Édouard, que parecía bastante cortado, estaba jugueteando con un escarabajo que tenía metido en una caja de cerillas. Fred miró a Jess e hizo un gesto que Jess entendió de inmediato. *¿Noto un poco de tensión? ¿Va a ocurrir algo peligroso? ¿Por qué se me están erizando los pelos de la base del cuello?*

Jess alzó las cejas, como diciendo: *¿A mí qué me cuentas?, yo nunca me pondría en ridículo por un absurdo noviete francés.* Marie-Louise interrumpió su apremiante conversación con Gérard, como si no quisiera que Jess la oyera. Aunque bien sabe Dios que los conocimientos de francés de Jess eran tan pobres que le habría resultado bastante más sencillo entender las risas de una hiena. Jess se sentó, procurando dirigir a todos una amplia sonrisa, como si todo fuera a las mil maravillas.

"¡Vale! ¡Genial!", dijo. "Bien..., ¿qué hacemos hoy? Ya hemos jugado al escondite, ya hemos hecho charadas...".

"¿Qué os parece esa nueva y maravillosa diversión que llaman dormir?", dijo Fred. Pero mientras hablaba, le cambió la cara. Estaba mirando por encima del hombro de Jess y, de pronto, se había puesto pálido. Como si detrás de Jess estuviera el mismísimo King Kong. Jess se giró a toda prisa. Jodie acababa de salir de la tienda. Iba embutida en un forro polar y el pelo le colgaba alborotado por delante de la cara. Sus ojos echaban chispas, y sus fosas nasales lanzaban llamaradas de furia.

"¿Dónde coño está mi desayuno?", rugió. La sartén y los platos vacíos lo decían muy a las claras. Marie-Louise puso cara de susto y se incorporó, apoyándose en sus rodillas.

"Te prepararé algo, Jodie", dijo, y se puso a hurgar en el "almacén de las provisiones": un revoltijo de tarteras.

"O sea que os lo habéis comido todo, cerdos glotones", gruñó Jodie, avanzando hacia la hoguera dando patadas. La tierra pareció temblar. Fred se volvió hacia Jess y se encogió como si estuviera aterrorizado. Gérard se puso sus gafas de sol y trató de aparentar un elegante desinterés por todo el asunto. Édouard, muerto de miedo, se había quedado boquiabierto.

"Me despierta un aroma a beicon frito, ¿y qué es lo que me encuentro? ¡Que no queda nada!". Jodie se detuvo al llegar al fuego y propinó una patada a uno de los leños. La hoguera se descompuso un poco y unas cuantas chispas saltaron entre el humo.

"¡Oh, no!", exclamó Marie-Louise, mientras revolvía entre las provisiones. "¡No queda beicon! Peggo te puedo prepaggar unos huevos con tomate, Jodie".

"¡Para qué te vas a molestar!", soltó Jodie. "Al fin y al cabo, solo es MI prado. La idea de la acampada fue MI idea. Y el apestoso beicon lo compró MI madre. ¿Por qué razón iba a tener yo derecho a desayunar?".

Marie-Louise estaba desconcertada. No le resultaba fácil pillar el sarcasmo de Jodie. Su estado de ánimo, en cambio, estaba clarísimo. Con los ojos humedecidos, Marie-Louise se puso a registrar frenéticamente las cajas de plástico en busca de algún manjar tentador que pudiera aplacar a Jodie y hacerla desistir de su propósito de comérselos vivos a todos.

Jess cayó en la cuenta de que era a ella a quien le correspondía decir algo. Los franchutes no podían defenderse por sí mismos, porque..., bueno, porque eran franceses. Y en cuanto a Fred, huía de las broncas como de la peste. En ese momento, se había puesto bocabajo y estaba haciendo como si leyera su libro de Stephen King.

"Tranquilízate, Jodie", dijo Jess. "Hay mogollón de comida. Mi madre me puso en un paquete unos cruasanes. Están en esa tartera verde".

"¡No quiero unos cruasanes de mierda! ¡Me sientan MAL!", le espetó Jodie, que seguía de pie. Al estar sentada, Jess se sentía en desventaja. Era como si la estuvieran bombardeando. Se puso de pie.

"¡No hay que ponerse así!", dijo Jess. "¡Es solo un desayuno! Si lo que te apetece es beicon, estoy segura de que podemos conseguirlo. Seguramente, tu tía tendrá algo".

"¡No quiero MOLESTAR a mí tía!", dijo Jodie. "¡No quiero estar todo el tiempo GORRONEÁNDOLE cosas! ¡Está MAL DE SALUD!". Jodie lanzó una mirada asesina a Jess, como si ella tuviera la culpa de que su tía no se encontrara bien.

"¡Por lo que más quieras, cálmate!", gritó Jess. Había decidido no interesarse por los problemas de salud de la tía de Jodie, por si acaso se trataba de algo embarazoso. "¡Tómate una tostada, unas judías, lo que sea!". A esas alturas, Marie-Louise ya estaba llorando a lágrima viva. Gérard se levantó y se fue a dar un paseo por el prado. "¡Jodie!", prosiguió Jess, bajando un poco la voz. "¡Estás fastidiando a todo el mundo! ¡Contrólate! ¡Se supone que somos los anfitriones! ¡Mira el disgusto que se ha llevado Marie-Louise!".

"¡YO TAMBIÉN ESTOY DISGUSTADA!", rugió Jodie, con una voz tan atronadora que incluso se podía oír cómo le hervía la saliva en la garganta. "¿Es que YO no cuento?".

En ese momento, Flora volvió del servicio con cara avinagrada y pinta de tener ganas de pelea. Jodie se volvió hacia ella.

"¡Ah, la divina FLORA!", aulló. "¡Maldita tragona, ya me he enterado de que te has zampado mi desayuno!". Flora pareció sorprendida e indignada a un tiempo.

"¡Eso *no* es verdad!", repuso. "Que te lo diga Jess. Literalmente NO he probado el desayuno. Gérard y yo no teníamos hambre. ¡Díselo, Jess!".

"Bueno, yo no diría que NO lo has probado", dijo Jess. Estaba furiosa con Flora y con Jodie a partes iguales. "Si no recuerdo mal, has gorroneado parte del mío".

"¡Eso *no* es verdad!", gruñó Flora. "Solo he cogido un pedazo de beicon y una microscópica porción de huevo revuelto del tamaño de un guisante".

"¡Di más bien toda una loncha de beicon y una buena cucharada de huevo!", dijo Jess.

De repente, Fred cerró su libro, se levantó de un salto e hizo como si tuviera un micrófono en las manos y estuviera hablando para una cámara de televisión.

"A primera hora de la mañana, de resultas de una disputa provocada por las provisiones, han estallado las hostilidades", dijo con la voz apremiante de un reportero. "La Cruz Roja ha reclamado un alto el fuego a las diez y media para poder enterrar a los muertos, evacuar a los heridos y dar la oportunidad a todo el mundo de ir al servicio. Ha informado Fred Parsons desde el frente bélico en Walnut Farm".

"Cállate, Fred. ¡Eres un IMBÉCIL!", aulló Jodie.

"¡Fred no es un imbécil!", gritó Jess. "¡Aquí la única que se esta comportando como una imbécil eres tú!".

"¡Sí!", terció Flora. "¡Se supone que tenemos que ocuparnos de que Marie-Louise, Édouard y Gerry se lo pasen bien, no hacérselas pasar canutas!".

"¿Gerry?", dijo Jodie en tono burlón. "¿Quién coño es *Gerry*?".

"Gérard", dijo Flora. "No es más que un diminutivo. ¿Pasa algo?".

"Por lo que más queráis, tranquilizaros las dos", dijo Jess. "¡Se supone que hemos venido aquí a pasar un fin de semana divertido, no ha montar un conflicto internacional!".

"¡Me trae al fresco!", gritó Jodie. "¡Además, no trago a Francia!".

"¡Jodie! ¡He encontrado algo de beicon!", gimoteó Marie-Louise desde una pila de cajas de plástico revueltas, levantando en alto una loncha envuelta en papel celofán. “¿Quiegges que te la prepagge?”.

“¡Vete a la mierda!”, gritó Jodie. “¡No quiero tu apestoso beicon! ¡Métetelo por tu gordo culo francés!”. Y, acto seguido, se fue dando zancadas en dirección a la casa de su tía.

Se produjo un breve silencio, durante el cual Édouard aprovechó para ponerse de pie y marcharse a un seto cercano para disfrutar de la compañía mucho más grata de los insectos. Se notaba que estaba haciendo un esfuerzo para no salir corriendo.

“¡Puff!”, dijo Fred. “¿Qué mosca le ha picado?”.

A Jess le parecía increíble que Fred no supiera qué era lo que le pasaba a Jodie. ¿Es que no se había fijado que Gérard y Flora se habían estado comiendo el uno al otro durante el desayuno?

“Tensión premenstrual”, dijo Jess, mientras lanzaba una mirada acusadora a Flora. Marie-Louise se restregó los ojos. “No hagas caso a Jodie”, le dijo Jess. “Suele tener estos prontos”.

“¿Prontos?”, dijo Marie-Louise con voz quebrada. “¿Qué es eso?”.

De repente, Flora se giró bruscamente y se fue. Gérard estaba junto al arroyo, mirando el agua apoyado en un árbol. Tal vez estuviera pensando comportarse de una forma decente y tirarse al río. A pesar de que su intercambio de francés estaba llorando, era evidente que Flora había salido pitando para reunirse con él. Jess rodeó a Marie-Louise con un brazo.

"Venga, venga, no te pongas así, no llores, anda", dijo. Pero, por la razón que fuera, la amabilidad de Jess solo sirvió para que Marie-Louise se sintiera aún peor. Se arrojó en los brazos de Jess y se puso a llorar como una Magdalena.

Jess miró a Fred por encima del hombro de Marie-Louise. Este se encogió de hombros y comenzó a retroceder. Luego, hizo una mueca, que venía a decir: *No aguanto las efusiones de emotividad femenina, así que, si no te importa, voy a desaparecer durante unas cuantas horas.*

Jess le lanzó una mirada asesina. Con lo que necesitaba su apoyo en aquel momento crucial: sus bromas, su tosco ingenio. Pero Fred seguía retrocediendo, encogiéndose de hombros y haciendo muecas. Jess le dirigió otra mirada llena de furia: una promesa de que a la primera oportunidad se las iba a hacer pasar canutas. En cuanto hubiera acabado de hacérselas pasar canutas a todos los demás, claro está.

"¡Oh, Jess!", sollozó Marie-Louise. "¡Estoy tan tristé!".

"Pasa de Jodie", dijo. "Es una imbécil gruñona".

"No es Jodie", dijo Marie-Louise. "¡Es otra cosá!

Jess se preparó para lo peor. ¿Qué sería lo siguiente?

30

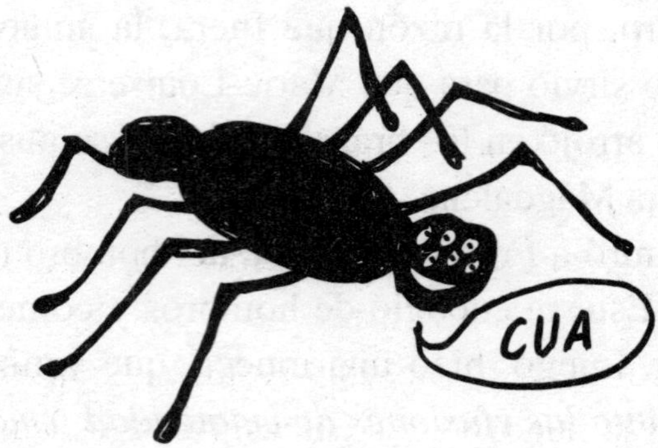

"¿Qué ocurre, Marie-Louise?", dijo Jess. "Tienes morriña o algo así".

Marie-Louise hizo un gesto negativo con la cabeza y, entre sollozos, trató de pronunciar una frase. Por desgracia, su dominio del inglés parecía estarle fallando.

"Es mi..., cómo se dise, mi Miami".

"¿Miami?", dijo Jess desconcertada. "¿La ciudad de Florida?". ¿Por qué demonios le consternaba tanto a una chica francesa una ciudad americana como otra cualquiera?

"No, no", sollozó Marie-Louise. "¡Monami!". ¡Oh, no! Estaba hablando en francés. No había derecho. Hasta ahora Marie-Louise había sido la única persona francesa con un buen dominio del inglés.

"¡Espera!", dijo Jess. "¡Voy a traer mi diccionario!".

"¡Yo voy a ir al servisio!", dijo Marie-Louise. "¡Ahogga mismo vuelvo!".

Y, dicho esto, salió corriendo hacia la granja. Jess vaciló un instante. A lo mejor, Marie-Louise estaba enferma. Desde luego, era un martirio verse atrapada en una acampada si una no se encontraba bien. Puede que hubiera una enfermedad que se llamara Miami, Monami o algo por el estilo.

Sea como fuera, necesitaba un diccionario. Jess se dirigió a la tienda de las chicas. Aquella acampada estaba empezando a resultar agotadora. Aunque mil veces peor lo tenía Marie-Louise: debía de ser horrible estar enferma en un país extranjero. En todo caso, Jess confiaba que no le pegara el Miami ese.

Cuando reapareciera Fred, se lo iban a pasar en grande pensando en ciudades del mundo que tuvieran un nombre que sonara a enfermedad. Seattle sonaba un poco a trastorno digestivo. Como Kuala Lumpur o Rotterdman. Luego, podrían pasarse otro buen rato pensando en enfermedades que sonaran a nombres de ciudades. "Me carteo con un chico de Acné, Ohio". "Este verano nos vamos de vacaciones a Escorbuto". Les serviría para pasar el rato. Diez minutos, por lo menos. Aquel maravilloso fin de semana que tanto les había costado organizar se estaba convirtiendo en un suplicio interminable.

Ir de camping, en teoría, consistía en reírse con un grupo de colegas alrededor de una hoguera. Pero ¿dónde estaban los colegas? Jodie había desaparecido en la casa. Gérard y Flora había desaparecido por los alrededores del río. Marie-Louise había desaparecido en el servicio. Fred acababa de desaparecer. Solo Édouard seguía a la vista, merodeando por un seto lejano.

Jess exhaló un hondo suspiro y entró en la tienda de las chicas. A ver ¿dónde había metido el diccionario? Se arrodilló sobre su saco de dormir y, de pronto, lo vio. No, no era el diccionario, era *una araña*. Una araña enorme de aspecto letal, *tan grande casi como su puño*. Estaba agazapada malignamente junto a su almohada, mirándola con un mueca burlona... ¡a menos de un metro de distancia!

Jess estuvo a punto desmayarse. Casi le da un ataque de Rotterdam en plena tienda. Un cohete de terror al rojo vivo le estalló en la garganta. Durante un instante, permaneció paralizada de miedo; luego, salió disparada de la tienda corriendo hacia atrás como si fuera una película en retroceso.

"¡Socorro!", trató de gritar, pero ¿quién la iba a socorrer? ¿Quién iba a deshacerse de la araña antes de que Jess se muriera literalmente de miedo? Solo había una persona: Édouard.

"¡Ed!", le llamó Jess, corriendo hacia él. De pronto, se dio cuenta de que por una vez las cartas que le había repartido el destino eran dos ases. La única persona que había por ahí era Édouard. Pero Ed era precisamente la persona más adecuada para llevar a cabo la misión. A fin de cuentas, estaba muy metido en el rollo de los bichos. Cuando se abalanzó hacia él, Édouard levantó la vista.

"¡Ed!", jadeó, cuando llegó a su lado. "¡Hay una araña en mi tienda!". Ed frunció el ceño. ¡Oh, no! ¡Se había olvidado de que no hablaba inglés!

"¡Una araña!", gritó.

"¿Cua?", dijo Édouard. *¿Qué? ¿Ha dicho "cua"?,* pensó Jess. *No, no es posible. Debo de haberlo soñado.*

"¡Una a-ra-ña!", repitió.

"¿Cua?", dijo Édouard.

Sí, ha dicho "cua", pensó Jess. *Se esta convirtiendo en un puñetero pato. Esto tiene que ser un sueño.*

"¡Una araña en la tienda!", dijo desesperada Jess.

"¿Cua?", volvió a decir. Pero entonces Édouard tuvo una brillante idea. Sacó su propio diccionario. Jess se lo arrebató. Con mano temblorosa, fue pasando las páginas hasta que encontró la entrada ***araña:*** *araigneé.* Señaló la palabra y luego señaló la tienda.

"¡*Araigneé* en la tienda!", aulló. "¡Socorro, por favor! ¡Acaba con la *araigneé*!".

El semblante de Édouard se iluminó con una expresión de enorme placer. Y, acto seguido, salió disparado hacia la tienda como si allí le aguardara una caja gigante de galletas de chocolate. Jess le siguió con cautela. Desde luego, no pensaba acompañarle en la misión. Eso era de su exclusiva competencia.

Édouard desapareció dentro de la tienda. Jess aguardó fuera. Se produjo un breve silencio y luego se oyeron unos ruidos.

"Yene pepa latruvé", dijo Édouard desde dentro. Oh, no. Otra vez no. De nuevo volvía a hablar en elfo.

Jess se asomó dentro con mucha cautela. Édouard estaba levantando los sacos de dormir y mirando debajo de ellos.

"¡Encuéntrala, Eddie!", dijo Jess. Iba a hacer caso omiso de lo que dijera Ed y a decir ella lo primero que se le ocurriera. "¡Busca, busca! ¡Buen perro!".

De pronto, Édouard se quedó muy quieto. Miraba fijamente el saco de Jodie, que se encontraba en la esquina opuesta. Jess se quedó helada. De repente, Édouard pegó un salto hacia delante. Y —¡puuuaaag! — la cogió con los dedos y la metió en una de sus cajitas. Luego, salió con la cara radiante de felicidad y se metió la caja en un bolsillo. A Jess no le cabía en la cabeza que fuera capaz de hacer eso. Qué Francia ni que narices, aquel tío venía de otro planeta.

"C'est magnifique!", dijo. Hasta Jess sabía lo que significaba eso.

"Merci!", dijo Jess, y le dio unas palmaditas en la espalda. No de una forma especialmente cariñosa.

Solo como si fuera un perrito muy mono. "Oye, dime una cosa...". Jess no pudo contenerse. "¿A qué venía el rollo ese del 'cua' de antes?".

"¿Cua?", dijo Édouard.

"¡Otra vez lo estás haciendo!", exclamó Jess. "¡Cua! ¿Qué es 'cua'?".

Por suerte, en ese preciso momento, llegó Marie-Louise. Estaba claro que se había pasado un rato en el servicio respirando hondo y todos esos rollos, porque parecía bastante recuperada.

"Marie-Louise", dijo Jess. "¿Qué quiere decir 'cua'? Édouard no hace más que decírmelo".

"¡Ah!", dijo Marie-Louise. "*Quoi* significa 'qué' en inglés. Como en '¿qué dices?' ".

"Ahora entiendo", dijo Jess. "Bueno, al menos he aprendido una maldita palabra francesa, así que el fin de semana no está echado a perder del todo".

"¿Quoi?", dijo Marie-Louise en plan pato. Jess había hablado demasiado deprisa.

"Nada", dijo Jess. "Anda, Marie-Louise, cuéntame qué es lo que te pasa".

"Es estupide", dijo Marie-Louise. Jess la rodeó con el brazo. Confiaba que ese gesto le diera más confianza. Los gestos son importantes cuando la comunicación verbal resulta un tanto problemática.

"Estoy segugga de que no es estupide", dijo Jess. ¡Oh, no! Se estaba esforzando tanto por empatizar con

Marie-Louise que también ella estaba empezando a hablar a la francesa.

"Es *mon ami*", dijo Marie-Louise. "Mi novió, Pascal".

"¿Qué le pasá?", inquirió Jess.

"Mis amigos me han mandadó mensajes desde la Fransia. Disen questá conotrás shicas". A Marie-Louise le temblaba la voz y su acento francés cada vez se volvía más marcado. Como siguiera así, de un momento a otro iba a ponerse a hablar en elfo.

¿Que Pascal estaba viendo a otras tías? *¡El muy cabrone! ¡Los tíos son todos unos cergdós!,* pensó Jess. *Oh, no. Ahora hasta pienso con acento francés.* Pero tenía que hacer algo para que Marie-Louise se tranquilizara. No quería tener que vérselas con una llantina en francés.

"¿Por qué no le llamás por telefonó?", preguntó Jess. "Pregúntale si es vergdad".

"¡Mi telefonó no funsioná!", gritó desesperada Marie-Louise. "¡Se ha quedadó sin saldó!".

"¡Bueno, pues coge el mío!", gritó Jess mientras lo sacaba haciendo una floritura. Marie-Louise sonrió. Luego, agarró a Jess y le estampó un beso en cada mejilla.

"¡Grasias, Jess!", dijo. "¡Egges muy buena!".

"¡Anda, vete a llamarle!", dijo, recuperando su acento inglés. "Habla todo lo que quieras".

Jess se acercó con paso vacilante a la hoguera y echó otro leño. Luego, se tumbó en una de las mantas. Marie-Louise se había alejado por el prado para buscar algo de privacidad, y Édouard se había ido a jugar con su maravillosa araña último modelo. Durante un rato, reinó el silencio y la calma.

Jess cerró los ojos. Estaba exhausta. No había nada tan agotador como los traumas emocionales. Exceptuando quizás los traumas emocionales en un idioma extranjero. Reconfortada por el calor de la hoguera y bañada por el cálido sol primaveral, Jess se quedó adormilada. Sabía que seguía en el campamento, pero se sentía profundamente relajada.

De pronto, oyó unos pasos que se acercaban. Debía de ser Marie-Louise que había vuelto para recibir otra tanda de buenos consejos. Con un poco de egoísmo, Jess decidió hacer que estaba dormida. Apretó con firmeza los ojos y trató de aparentar que dormía como una bendita. Entonces, alguien se sentó a su lado. Pesadamente.

"¡Bien!", dijo la voz de Jodie con un tono muy seco y lleno de veneno. "He decidido que me vuelvo a casa".

Jess abrió de golpe los ojos. Al parecer, había una nueva crisis a la que hacer frente. La verdad sea dicha, hubiera resultado bastante más reposado tomar parte en un motín.

31

Jess se incorporó, y para ganar un poco de tiempo, se puso a frotarse los ojos. ¿Cómo se las ingeniaría para calmar a Jodie y conseguir que antes de que volviera Flora al campamento dejara de ser una leona herida y se convirtiera en una encantadora y juguetona gatita? Por un momento, pensó en lo tranquilos que se quedarían si se fuera Jodie. Pero, no, sería un corte, a fin de cuentas estaban acampando en el prado de su tía.

Si se volvía a su casa hecha una furia, Jodie se pasaría el resto del mes de morros: puede que incluso hasta pasada la Semana Santa. Y, al fin y al cabo, a Jess le caía bien Jodie. Cuando estaba de buen humor, era una tía divertidísima. Por otra parte, debía de ser muy embarazoso que tu intercambio se colara por otra cuando todo el mundo sabía que tú estabas pillada por él. En ese aspecto, Jess se identificaba con Jodie, vaya si se identificaba.

"Vale", dijo. "Déjame que lo asimile. Pero antes, dime una cosa, ¿has desayunado?".

"Bueno, he cogido una tostada en la cocina de mi tía", dijo Jodie.

"¡Genial!", dijo Jess. "¿Y con qué la has tomado, con mermelada?".

"Ya que tanto te interesa, te diré que ha sido con beicon", le espetó Jodie.

"¡Vamos, que te has zampado un sándwich de beicon!". Jess empezaba a sentir un ramalazo de envidia. "¡Estupendo! ¿Con ketchup?".

"Oh, para ya de hablar de comida, Jess", dijo Jodie. "Eres una cerda tragona. Lo creas o no, hay cosas más importantes en la vida".

"Escucha", dijo Jess, pasando por alto el insulto de Jodie. "Soy tu hada madrina. Todos mis hechizos están a tu disposición. ¿Qué quieres que haga? Tus deseos son órdenes para mí". Jodie seguía enfurruñada, pero saltaba a la vista que estaba tomando en consideración la propuesta.

"Quiero que hagas volar a una manada de elefantes", dijo finalmente. "Quiero que los hagas volar en formación sobre la cabeza de Flora y que se vayan cagando encima de ella uno por uno".

"Así será", dijo Jess. "¿Puedo sugerirte también algún tipo de deformación física? A fin de cuentas, la mierda de elefante se limpia, pero unas fosas nasales que parezcan dos cráteres es algo que dura toda la vida". Un atisbo de sonrisa asomó al semblante de Jodie.

"Deformación, muy bien, sí...", caviló. "Pongámosle también el culo de un ogro".

"Me permito sugerir el culo de un ogro verde y flatulento", dijo Jess. "El verde está a la ÚLTIMA. Es el nuevo negro. ¿Y qué tal unos dientes color verde moho a juego?". Jodie sonrió, y la sonrisa se fijó en su rostro. Hummm. La cosa parecía estar funcionando.

"Aunque no te creas que yo renunciaría al negro del todo", dijo Jess. "Unos puntitos negros por la cara me parecen una opción bastante interesante".

"¡Por toda la cara!", dijo entusiasmada Jodie. "Y en vez de pelo, tendrá cerdas".

"¿Qué tal escamas?", propuso Jess. "¿Con montones de limo, tal vez? Y cada vez que abra la boca que en vez de palabras le salgan pedos".

Jodie se rio. Se rio a carcajadas. Jess se sintió invadida de una sensación de triunfo. ¿Podría sacarle partido a su cambio de humor? ¿Podría completar su terapia cómica y camelar a Jodie hasta convertirla en una mansa gatita?

"¡Dios! ¡Casi me da pena de ella!", dijo Jodie. Pero acto seguido, apretó los dientes y emitió una especie de gruñido. "Pero no lo bastante".

"A mí quien sí que me da pena es Marie-Louise", dijo Jess, apresurándose a cambiar de tema. "Al parecer, su novio en Francia le está poniendo los cuernos, y Marie-Louise no para de recibir mensajes advirtiéndola".

"¡Oh, Dios!". Durante un instante, Jodie hundió la cabeza entre las manos. "¿He estado muy borde con ella?".

"Bastante borde, sí", dijo Jess, manteniendo un tono ligero. "En una escala del uno al diez, yo probablemente te daría un nueve y medio. Me parece haber oído algo del tipo, métete el beicon por tu gordo culo francés...". Jodie soltó un gemido. "Hablando de traseros", prosiguió Jess, "si mantienes los ojos abiertos la próxima vez que Marie-Louise se vaya a acostar, podrás atisbar un tanga de lamé dorado".

"¡Oh, no!", gimió Jodie. "Ahí viene. En fin, tendré que pedirle perdón de rodillas. Pero no esperes que me disculpe con Flora. Se merece arder en el infierno".

Jess se abstuvo de hacer comentario alguno. Se quedó mirando a Marie-Louise mientras se acercaba a ellos, tratando de adivinar por medio de su lenguaje corporal si la conversación con su novio la había tranquilizado o no.

"¿Cómo ha ido?", preguntó cuando llegó Marie-Louise.

"No estoy segugga... Dijo que todo egga mentigga, peggo...". Marie-Louise se encogió de hombros. "Hasta que no le vea carga a carga... Grasias por prestarme el telefonó, Jess". Y se lo devolvió. "Aunque por telefonó no es fásil comunicargse, ¿vergdad?".

"Incluso cara a cara es muy difícil comunicarse", dijo Jess. "Jodie quiere pedirte perdón por el pollo que te montó antes".

"Sí", dijo Jodie. "Estaba fuera de mis casillas. Lo siento. Tienes un culo de puta madre, de veras". Marie-Louise parecía inquieta, pero también complacida.

"Sí, es mucho más pequeño que el de Jodie o el mío", añadió Jess. Marie-Louise sonrió.

"No te preocupes, Jodie", dijo sonrojándose. "Entiendo que estuvieggas enfadadá".

"Bah, ya no me importa", dijo Jodie, tumbándose de espaldas casi como un gatito que estuviera pidiendo que le hicieran caricias. "Gérard tiene todo el derecho a liarse con Flora si quiere. Espero que todo les vaya bien".

"¡Oohh, estupendó!", dijo Marie- Louise. "Pergdonadme un momentó. Tengo un poco de frío. Voy a por un jersey". Y, dicho esto, se fue a la tienda.

"Bueno", dijo Jodie en voz baja con un tono gruñón. "Lo de las disculpas ya está solucionado".

"¡Fantástico! ¡Así se hace!", dijo Jess. "Ahora, por lo que más quieras, no te vuelvas a casa. Aquí se está fenomenal. Y si te vas, le fastidias a todo el mundo. Además, acabas de decir que Gérard tiene todo el derecho a liarse con Flora si quiere".

Pese a haber pronunciado aquellas palabras tan civilizadas, por dentro, Jess estaba apretando los dientes de rabia. Jess se preguntó si Gérard habría sometido también a Jodie al factor seducción. ¿La habría cogido de la mano, mirado a los ojos e inundado de piropos antes de irse a pillar a la siguiente de la lista?

"Solo he dicho eso para que Marie-Louise se sintiera mejor", masculló Jodie. "Solo me quedaría —y está por ver que me quede— si les gastamos a los dos una broma bien pesada".

Jodie miró a Jess a los ojos. Básicamente, aquello era un ultimátum. Jess tenía que apuntarse a la idea. Puede que incluso tuviera que encargarse de suministrar el brillante plan para ejecutarla. "Tenemos que humillarles, a los dos", prosiguió Jodie, como un león que estuviera mascando un hueso. "¿De acuerdo?".

Jess sintió que se le formaba por detrás del ombligo un nudo de estrés y de tensión. Vale, Flora se había portado fatal al apropiarse de Gérard sin pensar en nada ni en nadie. Pero, después de todo, era su mejor amiga.

¿Debía de prevenir a Flora de que Gérard había estado haciendo manitas con Jess solo una hora antes de haberse liado con Flora? Si su nuevo rollo era un rompecorazones, ¿no tenía derecho Flora a saberlo? Pero, ¿no tenía derecho también a saber que Jodie estaba tramando una venganza humillante? Jess suspiró.

Sabía que de haber sido ella la que se hubiera enrollado con Gérard, el resto del fin de semana, y el resto de la pandilla, se habrían convertido en algo completamente irrelevante. De hecho, la presencia de otras personas habría sido un suplicio. Flora y Fred eran los dos mejores amigos de Jess, pero ante la perspectiva de estar entre los brazos de Gérard y de pasarse varias horas dándose el lote a la sombra de un solitario y romántico árbol, bueno..., la amistad tendría que conformarse con pasar a un segundo plano durante un buen rato.

Estaba claro que eso mismo era lo que sentía Flora y que esa era la razón por la que Gérard y ella se largaban en cuanto podían. ¿Dónde estarían ahora? Probablemente abrazados en un paraje de incomparable belleza. El alma de Jess se hundió en un amargo ataque de celos.

"Piensa un astuto plan", dijo Jodie. "Tú eres el cerebro de la operación. Quiero a Flora y a Gérard untados en una tostada para esta noche. Si tengo que pasarme otra día viendo cómo se meten mano, no respondo de mis actos". Acto seguido, se fue dando zancadas hasta la tienda, agarró su toalla y luego se dirigió a la casa.

"Voy a darme una ducha", le dijo a Jess. "¡Ponte a pensar! ¡Recuerda que estás en período de formación para convertirte en una perversa madrastra!".

Se supone que era un hada madrina, pensó Jess. Marie-Louise salió de la tienda envuelta en un forro polar y se sentó al lado de Jess.

"Qué bien que Jodie ya se sienta mejor", dijo. "¿Vergdad?".

Pobre ilusa francesa, pensó Jess. Si supieras. Pero se limitó a hacer unos ruidos alentadores mientras atizaba el fuego con un palo.

"¡Ah, ahí viene Fred!", dijo Marie-Louise. Jess alzó la vista. En efecto, Fred estaba trepando una verja, la misma que Jess había trepado la otra noche cuando estaba empapada y cubierta de caca de vaca. Fred llevaba el libro de Stephen King. "¡Me encanta Fred!", dijo Marie-Louise. "¡Es tan divergtido!".

De pronto, Jess se dio cuenta de que solo había una persona que podía rescatarla de aquella situación potencialmente explosiva. El profesor Fred.

32

Jess se puso de pie y corrió hacia él. Fred puso cara de susto. “¿Qué pasa?”, dijo. “¿Se ha muerto alguien?”.

“No, pero como no hagamos algo rápido, sí que va a haber una muerte pronto”.

“¿Qué?”. Fred alzó una ceja con gesto interrogativo. “Por favor, ¿cómo se me puede haber ocurrido abandonar mi guarida secreta en este preciso momento? La culpa la tiene Stephen King. La parte que estaba leyendo me estaba revolviendo el estómago y me ha parecido conveniente tomarme un respiro”.

“¡Escucha!”, dijo Jess. “Jodie me ha ordenado que elabore un plan contra Flora y Gérard, y como no se me ocurra algo antes del mediodía, me va a arrancar la cabeza de un mordisco y luego la va a escupir al río”.

"Comparado con lo que acaba de suceder en mi libro, un mero caso de decapitación no es nada del otro mundo", dijo Fred.

"¡Cállate, Fred! ¡Esto es serio! Jodie quiere vengarse de Flora y de Gérard, pero yo no puedo elaborar un plan para fastidiar a Flora, por mucho que la odie ahora".

"¿Por qué la odias ahora?", preguntó Fred. "El mundo de las emociones femeninas se mueve a una velocidad vertiginosa".

¡Oh-oh! La mente desbocada de Jess se paró en seco. Fred no podía enterarse de que también a ella le había gustado Gérard, y menos aún de que habían hecho manitas. Eso sería una humillación horrible.

"Bueno, veras", dijo atropelladamente, "me parece que no hay derecho a que se largue con ese petardo francés en vez de pasárselo de miedo conmigo todo el fin de semana. Ese tío es un gilipollas".

"Estoy perdido", dijo Fred. "¿De qué va todo esto? Explícamelo con palabras de una sola sílaba y preferiblemente de una sola letra".

"Jodie está que bufa por lo de Flora y Gérard", dijo Jess. "Básicamente, porque a ella también le gusta Gérard. Así que me ha ordenado que piense alguna broma pesada para hacerles. Pero no puedo, porque se supone que Flora y yo somos muy buenas amigas. Así que lo que te pido es que pienses en algo que pueda distraer a Jodie".

"¿Qué piense en algo... ?", titubeó Fred. "¿En qué? ¿En organizar karaoke? ¿O una excursión en globo? ¿O una cena con champán en el Ritz?".

"Exactamente", dijo Jess. "A poder ser, las tres cosas. Organízalo, Parsons, o seré yo quien piense un ingenioso plan para humillarte a ti".

"A mí no hay manera de humillarme", repuso Fred, mientras se sacaba el móvil. "Pertenezco a una de las formas inferiores de la especie humana. Carezco de personalidad e incluso de columna vertebral que me sostenga. Las piedras y la hierba envidian mi condición".

Encendió el móvil y se puso a escribir un mensaje a gran velocidad. Jess trató de echar un vistazo, pero Fred la apartó. Cuando acabó el mensaje, se guardó el móvil en el bolsillo.

"¿A quién le estabas mandando un mensaje?", inquirió Jess fascinada.

"Secreto" respondió Fred. "Bueno, y ahora volvamos al fuego y vamos a picar algo. Tanta violencia ha hecho que me entre el apetito".

Se reunieron con Marie-Louise junto al fuego, y, al cabo de un momento, se presentó también Édouard, cargado con otro haz de leña.

"¡Este pequeñín es un tesoro!", dijo Fred.

"No digas eso delante de sus narices aprovechando que está de espaldas", dijo Jess. Empezaba a sentirse protectora con Édouard. Al fin y al cabo, la había salvado varias veces durante el fin de semana. Le sonrió, y Édouard le devolvió la sonrisa.

"¡Madera! ¡Bien!", dijo Jess, sonriendo de oreja a oreja y levantando el pulgar. "¡Gracias!".

"¡Maderabien!", dijo Édouard en plan simpático. "¡Eres un placer!". ¡Guau! Empezaba a haber comunicación. Bueno, casi.

Marie-Louise había preparado un aperitivo fabuloso a base de galletas danesas, cruasanes franceses y bollos de Chelsea, un representante de la infame repostería británica. Luego, pusieron un calentador para preparar chocolate. De pronto, del bolsillo de Fred llegó el atronador ruido de un coche de carreras. Era el tono de Formula 1 de su móvil. Lo sacó y miró el mensaje.

"¿De quién es?", dijo Jess. "¿Es una respuesta a tu SOS?". Fred ignoró su pregunta y respondió al mensaje con unas pocas palabras. "¿Qué está pasando?", le rogó Jess.

"He llamado a la caballería", dijo Fred. "Pronto lo verás".

Jess estaba superintrigada, pero no le quedó más remedio que mantener una larga conversación con Marie-Louise sobre distintas clases de perros. Finalmente, el calentador comenzó a pitar, y justo en ese momento, regresó Jodie.

"Jess", dijo, "la tía Rosie dice que tu ropa ya está seca y que puedes ir a plancharla cuando quieras".

"¡Genial!", gritó Jess. "¡Me encanta planchar! ¡Nada podía apetecerme más!". Jess se puso rápidamente de pie.

"He oído decir que la gente que inventó las vacaciones en la nieve van a lanzar al mercado las vacaciones de plancha", dijo Fred.

"¡Fantástico! ¡Voy a empezar a ahorrar ya mismo!", dijo Jess. A pesar de que odiaba planchar, se alegraba de tener una excusa para huir de Jodie.

"Te acompaño", dijo para su horror Jodie. "Espera un momento, voy a ir a coger mi ropa sucia". Cogió unas cuantas prendas de la tienda de las chicas y luego se unió a Jess. Mientras se daban media vuelta para irse, Jess se despidió de Fred lanzándole una mirada. Fred estaba haciendo una imitación de la cara de "Jodie enfadada": tenía los ojos fuera de las órbitas y el labio inferior doblado haciendo un puchero. Jess estuvo a punto de partirse de risa, pero en el último momento consiguió reprimirse.

"Bueno", dijo Jodie, mientras se dirigían a la casa, "¿cuál es el plan?".

"Va a ser una sorpresa", dijo Jess.

"¡Cuéntamela!", la ordenó Jodie. "Porque a mí ya se me han ocurrido unas cuantas ideas estupendas. Podríamos buscar huevas de rana y metérselas en los sacos de dormir. O podríamos seguirlos la próxima vez que se escapen juntos para darse el lote, escondernos entre los arbustos y hacer ruidos de chupetones y gemidos".

"No te preocupes", dijo Jess, horrorizada de la pobreza de la imaginación de Jodie; aunque, la verdad sea dicha, a ella no se le había ocurrido nada de nada. "Descuida, todo está arreglado. No hace falta que hagas nada".

"Ya, pero ¿qué es exactamente lo que va a suceder?", dijo Jodie, rezongando al lado de Jess. "Tiene que ser algo muy bueno y *absolutamente* humillante. Quiero a Flora servida en *una tostada*. ¿Entendido? ¡Así que suelta todos los escabrosos detalles ahora!".

La mente de Jess se puso a trabajar a toda marcha. Lo que había esperado que fuera una pausa relajante con la tabla de planchar se estaba convirtiendo en un interrogatorio a manos de la Gestapo.

33

"Escucha, va a ser una sorpresa, ¿vale?". Jess trataba de ganar tiempo desesperadamente. ¿Por qué, oh, por qué le había dicho que ya se le había ocurrido la devastadora jugarreta que les iban a hacer a Flora y a Gérard? Por extraño que pareciera, lo había hecho para tratar de proteger a Flora —bueno, a todo el mundo—del terrible carácter de Jodie, que ya había estado a punto de provocar un conflicto internacional.

Qué irónico, pensó Jess. *Yo tengo muchas más razones que Jodie para estar cabreada. A fin de cuentas, Gérard me tiró los tejos, y estoy segura de que a Jodie ni se le ha acercado, porque si lo hubiera hecho, a estas alturas ya lo sabríamos todos.*

"Tiene que ser una sorpresa para *ellos*" dijo Jodie. "Pero no para *mí* ".

"Ya, pero hemos pensado que será mejor si también es una sorpresa para ti", dijo a la desesperada Jess.

"¿Cómo que *hemos*?", inquirió Jodie.

"Me refiero a Fred, por supuesto", dijo Jess, justo antes de que entraran en la casa. "Ya sabes que es un genio para estas cosas".

Pasaron adentro. La tía de Jodie estaba sentada a la mesa de la cocina, distribuyendo en varias hileras un montón de calcetines. Betsy se revolvió un poco en su cesta, soltó un ladrido, hizo una mueca y movió la cola.

"Parece que llevara una agencia de contactos para calcetines sin pareja", dijo la tía Rosie. "Ya sé que es ridículo..., pero no me siento capaz de tirar los calcetines sueltos. Me da como pena". La tía de Jodie exhaló un suspiro. Obviamente, era una vieja soñadora sentimental.

"A nosotros en casa nos pasa lo mismo", dijo Jess. "Algunos calcetines necesitan independencia para poder labrarse un porvenir".

"¿Te importa que ponga un poco de ropa a lavar?, preguntó Jodie.

"Claro que no", dijo la tía Rosie. "Ya sabes dónde está todo". La tía de Jodie se levantó y se acercó a la ventana. "Vaya, qué día más bonito hace".

Jess y Jodie cruzaron la cocina y se metieron en el cuarto de la plancha. Jodie cerró la puerta al entrar, y una vez que la lavadora se puso en marcha, ya hubo suficiente ruido para que no se oyera su conversación.

"Anda, cuéntame", dijo ansiosamente Jodie, mientras Jess se ponía a planchar sus vaqueros. "¿Qué va a pasar? Me muero de ganas de saberlo".

"Adivínalo", dijo Jess, que a esas alturas estaba dispuesta a oír cualquier sugerencia.

"¿Habrá boñigas?", preguntó Jodie.

"Es posible", dijo Jess. "Para darle el toque final".

"¿Habrá barro?", preguntó Jodie.

"Por supuesto", dijo Jess, mientras planchaba las perneras de sus vaqueros a la velocidad del rayo para poder escapar del acoso de Jodie lo antes posible.

"¿Habrá dolor?", preguntó Jodie.

"Puedes estar segura", dijo Jess. "Dolor de cinco estrellas, cien por cien, de primera, dolor de puro lujo".

"¿Y sangre y lágrimas?", pregunto con avidez Jodie. Vaya un monstruo que era cuando se calentaba.

"Bueno, lo de las lágrimas y la sangre no te lo puede garantizar", dijo Jess. "Pero con un poquito de suerte...".

"¿Qué más? Dame una pista", dijo Jodie, como si fuera un juego de salón.

"¿Qué más?". La mente de Jess vagó al azar por el universo. "Aceitunas negras", dijo pensativamente. "Perros rabiosos. Una cucharada de chile en polvo. Cuchillas de afeitar. Una rata muerta untada con mayonesa. Una pizca de zumo de limón".

"¡Ja, ja!". Jodie se tronchaba. "¡Jess eres la repanocha! Me alegro de que hayas roto con Flora. Oye, ¿te apetece pasarte por casa el próximo fin de semana? Podríamos ir a jugar a los bolos, seguro que nos lo pasábamos de miedo".

Jess sufrió un violento estremecimiento de repulsión ante la idea de realizar ejercicio físico, y con Jodie, para más inri. Jodie estaba bien, era maja, incluso podía resultar divertida cuando no estaba de malas pulgas, pero ¿tenerla como mejor amiga? Ni loca.

Durante unos instantes, un corto vídeo de Flora pasó por la mente de Jess. Guapa, elegante, lista, risueña. La sensible y gentil Flora. Por lo general, al menos. Pero, de pronto, el vídeo cambió al modo demoníaco y le ofreció una escena en la que aparecían Gérard y Flora paseando por un prado cogidos de la cintura. Flora se volvía luego hacia Jess y la ponía verde por haberse atrevido a criticarla.

"*¿Jugar a los bolos?...* Humm, no lo tengo fácil el próximo fin de semana, Jodie", dijo Jess. "Los franceses aún estarán aquí, ¿no? ¿Cuándo regresan?".

"Ah, sí, el domingo", dijo Jodie. "Bueno, entonces, al otro fin de semana. ¿Por qué no te vienes a casa? Puedes quedarte a dormir si quieres. Nuestro cuarto de invitados tiene televisión".

Una súbita sensación de pánico se abatió sobre Jess. Tenía que escapar de las amenazadoras invitaciones de Jodie. No tenía ni la más mínima intención de sustituir a Flora por Jodie, por mucho que la relación con Flora estuviera averiada por el momento.

"Oh, lo siento", dijo. "Ese fin de semana viene mi padre y, como no le veo casi nunca, me tengo que quedar en casa".

"Que lástima", dijo Jodie. "Podríamos haber aprovechado para celebrar el final de la invasión francesa. ¡Dios, no sé cómo voy a aguantar una semana más! No pienso dirigirle la palabra a Gérard. Si quiere hablar con alguien, que hable con la tonta de mi madre. La verdad, estoy deseando que se largue".

"Oye, alguna vez te..., ya sabes...". Jess titubeó. "Antes de que se enrollara con Flora, me refiero... ¿Alguna vez te tiró los tejos?".

Jodie vaciló. Luego, frunció el ceño. Su labio inferior se retorció haciendo un puchero idéntico al que Fred había imitado antes.

"Bueno, no exactamente", reconoció. "No, la verdad es que no. Pero sí que hubo algunas miradas. Y cuando le mande mi foto, en la carta que me envío decía que era muy guapa". *Otro caso de retoque digital,* pensó Jess, mientras planchaba a toda prisa su camiseta.

"¿Alguna vez, ya sabes, te cogió de la mano y eso?".

"Bueno". Jodie frunció los labios pensativamente. "Cuando llegó me dio dos besos en las mejillas. Y todas las noches, antes de irse a acostar, también me los da".

"Hombre, eso no parece precisamente sexo duro, ¿no?", dijo Jess. "Los franceses siempre están dándose besos. Hasta su presidente trató de besar a nuestro primer ministro la última vez que estuvo aquí. Salió en la tele".

"Sí, sí, ya lo sé", dijo Jodie. "Mira, no es que piense que Gérard me pertenece ni nada por el estilo. Quiero decir, que no es mi novio. Eso lo tengo claro. Pero es mi intercambio, y desde que Flora lo ha pillado por banda, pasa olímpicamente de mí".

"Entonces, ¿no estás celosa?", preguntó Jess.

"¿Bromeas? Estoy supercelosa", dijo Jodie. "A veces, odio mortalmente a Flora. Ya sé que habéis sido muy buenas amigas, pero te juro que a veces me saca de quicio".

"Eh, yo no he dicho que ya no seamos buenas amigas", dijo Jess. "Lo que pasa es que de momento nuestra relación está un poco averiada".

"Ya, ya, claro", dijo Jodie. "Pero el caso es que se merece un buen escarmiento".

"Sí", se apresuro a decir Jess. "Claro que sí. Bueno, esto ya está listo. El forro polar no hace falta plancharlo". Desenchufó la plancha, agarró su ropa limpia y se dirigió a la puerta.

"¿Cuándo *va* a ser?", insistió Jodie, pegándose a los talones de Jess como si fuera un perrito que estuviera persiguiendo al cartero.

"¡Ya verás!", dijo Jess, con un deje travieso y juguetón y, acto seguido, se metió en la cocina. La tía Rose estaba mirando por la ventana.

"Oh, qué nubes", suspiró la tía de Jodie. "¡Mirad, chicas!". Jodie y Jess se asomaron obedientes a la ventana.

"Qué preciosidad", dijo Jess. "Nunca había visto unas nubes como esas".

"Estoy pensando apuntarme a un curso de fotografía", dijo la tía Rose. "Quiero especializarme en hacer fotos del cielo. Soy Libra, sabes. Un signo de aire".

"Lo que tiene lleno de aire es la cabeza", le susurró Jodie a Jess mientras huían de la casa.

"A mí me parece que tu tía es un encanto", dijo Jess, que estaba deseando desviar la conversación del tema de Flora y de Gérard, y de la terrible venganza que Jess iba a inflingirles en cuanto se le ocurriera alguna idea. "Me da mucha pena que tenga problemas de salud. ¿Qué le pasa exactamente?".

"Oh, nada", dijo Jodie. "Estaba tan cabreada que me lo inventé".

Al rodear el seto de espino, sus ojos se toparon con una singular escena. ¡Había muchísima gente alrededor de la hoguera! Bueno, en realidad, no era muchísima gente. Flora y Gérard habían vuelto y estaban sentados muy juntos, lo cual, por supuesto, resultaba vomitivo. Pero no era el momento de sentir náuseas, porque había llegado gente nueva.

Eran dos chicos del instituto: unos chavales a los que tanto Jess como Flora les tenían echado el ojo aunque no los conocieran demasiado. Uno se llamaba Mackenzie. Un tío bajo, moreno y muy hablador. En aquel momento, parecía estar tratando de ligar con Marie-Louise, soltándola un torrente de palabras en una lengua que pretendía ser francés.

Pero la verdadera sorpresa era su compañero: Ben Jones, el capitán del equipo de fútbol del instituto. Ben llevaba mucho tiempo sin aparecer por clase. Había sufrido un ataque agudo de apendicitis y había tardado varias semanas en recuperarse. Pero saltaba a la vista que ya estaba en plena forma.

Estaba repatingado junto al fuego, atizándolo indolentemente con un palo. A Jess le pareció que había cambiado mucho desde la última vez que lo vio. Tal vez fuera por su pelo, que ahora parecía salpicado de mechas rubias californianas. O tal vez fuera por sus piernas, que parecían mucho más largas que antes. *Si esto es lo que el apendicitis le hace a la gente,* pensó Jess, *debería ser obligatorio pasarlo. Menos poción mágica y más dolor de tripa.*

"¡Hola, tíos!", soltó Jodie, tirándose entre los dos como un lobo voraz que se acercara a un par de suculentos corderos. "¡Bienvenidos al prado de mi tía!".

"¡Este sitio es alucinante!", dijo Mackenzie. "Si hubiera sabido que eras una terrateniente, Jode, hace mucho que te hubiera tirado los tejos, Claro que, ahora que lo pienso, a lo mejor todavía estoy a tiempo. ¿Qué te parece si nos prometemos ahora mismo?".

Todos se rieron, y Jodie más que nadie. Luego se volvió hacia el lugar donde Ben estaba tumbado de forma muy sugerente.

"¡Eh, Ben!", dijo. "¿Ya estás mejor? Te hemos echado mucho de menos. ¿Nos enseñas la cicatriz?".

Ben Jones puso cara de corte y le dirigió una sonrisa indolente y supersexi. ¡Guau! Dentro de nada, el recuerdo de Gérard se habría borrado por completo de la memoria de Jodie.

"Humm..., bueno, no, verás, es bastante repugnante", dijo Ben. Hablar no era su fuerte. Mackenzie charlaba como una cotorra, pero Ben apenas si decía palabra; de modo que, muchas veces, Mackenzie hablaba por dos. Pero, en aquel momento, los dos sonreían a Jodie en un estéreo muy potente y muy sexi.

Jess cruzó una mirada con Fred, que alzó levemente las cejas, como diciendo: *Bueno, ¿qué te parece mi astuto plan?* Jess le respondió asintiendo satisfecha con la cabeza, como si dijera: *No está mal para empezar.* Era evidente que la llegada de Ben y Mackenzie había logrado que a Jodie le cambiara el humor. Fred había tenido una brillante idea: probablemente, Ben y Mackenzie habían recibido estrictas órdenes de ligar con Jodie de forma ininterrumpida.

Seguro que ahora todo el mundo podría relajarse y dejar que el fin de semana transcurriera plácidamente envuelto en el reconfortante aroma de una barbacoa.

¿Seguro? De pronto, Jess sintió que le caía una gota de lluvia en la cabeza. El sol había desaparecido, y las fabulosas nubes de la tía Rose estaban a punto de calarlos hasta los huesos. Genial. A lo lejos, se vio el resplandor de un rayo, y luego se oyó un trueno.

"¡Oh, Dios!", gritó Jodie. "¡Rápido! ¡Vamos todos a nuestra tienda!".

Era la única tienda lo bastante grande para que cupieran todos. *Me parece que no va a ser posible apelotonarse ahí dentro sin que haya un grado bastante alto de... contacto, ¿no?,* pensó Jess, mientras corría hacia la tienda. Se moría de ganas de comprobarlo.

34

SOS

Todo el mundo se apresuró a entrar en la tienda de las chicas, y Jess sintió una rápida oleada de vergüenza al darse cuenta de que su pijama descansaba todo arrugados encima de su saco. Lo cogió a toda prisa, lo metió debajo de la almohada y se sentó encima. Entró Marie-Louise, que casi se le cae encima, y tras ella vino el resto de la pandilla: Édouard, Flora y Gérard, luego Jodie con Ben Jones y Mackenzie, y, en último lugar, Fred.

"¡Hagan sitio! ¡Hagan sitio!", aulló Fred. "¡Se acerca un ciclón! ¡Va a caer granizo del tamaño de pelotas de golf!". Apenas había sitio para Fred. Tuvo que quedarse de pie junto a la entrada. "¡Dejadme un hueco! ¡Se me ha quedado el trasero fuera! ¡A ver si me lo va a partir un rayo!".

"¡Eh, poneos de pie!", dijo Jodie, dirigiéndose a Jess, a Marie-Louise y a Édouard. "Habrá más sitio si todo el mundo se queda de pie. Esta tienda no está hecha para nueve personas".

Jess, Marie-Louise y Édouard se levantaron a trancas y barrancas. En el curso de la operación, Jess se pasó unos segundos angustiosos con la cara pegada al trasero de Marie-Louise, e inmediatamente después el codo de Édouard se le clavó dolorosamente en las costillas. Nada que ver con el tipo de contacto íntimo que ella esperaba.

¡BRRRUUUUUMMMM! Otro trueno retumbó en el cielo. Flora lanzó un chillido y se agarró a Gérard. Jodie gritó y se aferró a Ben Jones. Y, cosa bastante menos excitante, Marie-Louise lanzó un alarido y se agarró a Jess. La lluvia comenzó a martillear el techo de la tienda. Aquello no era el maravilloso y mágico repiqueteo que produce sobre el techo de la tienda una llovizna a la luz de la luna, un sonido muy grato de oír mientras se está cómodamente tumbada en un saco de dormir. No, aquello era pura *guerra* meteorológica.

"Estimados amigos, tal vez sería mejor que buscáramos refugio en la casa", dijo Fred, poniendo una voz que sonaba a otras épocas. "Sería trágico que nos alcanzara un rayo y nos matara. Bueno, al menos sería trágico si me matara a mí ".

"¡NO!", dijo Jodie. "¡Estamos mucho mejor aquí!".

Ella desde luego que estaba mejor donde estaba: entre los brazos de Ben Jones. Aunque Ben, a juzgar por su expresión, no parecía estar precisamente extasiado. Nunca era fácil adivinar qué pensaba Ben, pero resultaba evidente que, si se lo hubiera propuesto, podría haber abrazado a Jodie de una forma mucho más convincente.

Finalmente, tras el retumbar de unos cuantos truenos más, acompañados de los gritos de rigor, comenzó a escampar, y el ruido de los truenos se fue perdiendo en la distancia. Al salir fuera, se encontraron el prado totalmente encharcado. El nubarrón se alejaba en dirección al horizonte. Había vuelto a salir el sol, y la hierba soltaba una especie de vaporcillo.

"¡Dios mío!", gritó Flora. "¡El arco iris!".

Sí, ahí estaba, tendido con elegancia por encima de la casa de la tía Rosie. Al cabo de un momento, apareció la tía Rosie con su cámara en la mano. Enfocó al cielo y disparó una foto. Luego, se dio la vuelta y los saludó con la mano.

"¿Estáis todos bien?", preguntó. "¿Nadie se ha ahogado o ha recibido el impacto de un rayo?".

"¡Todo en orden!", gritó Jodie. Y, luego, en un susurró, añadió: "¡Dios mío! ¡Acordaos que había dicho que solo podíamos ser seis! Rápido, vamos corriendo al río".

Todo el mundo salió disparado hacia el río. Jess y Fred iban a cola. Jess odiaba los deportes y nunca hacía ejercicio. Y Fred era como el típico empollón flojucho.

"¡La animosa representante inglesa está perdiendo fuelle!", jadeó Fred, poniendo voz de locutor deportivo. "¡Los franceses llevan la delantera! ¡Van a ganar el oro y la plata! ¡No hay ni rastro del equipo británico!".

El relato de los acontecimientos que estaba haciendo Fred no se ajustaba del todo a los hechos. Ben parecía haber sido el primero en llegar al río, y Gérard había quedado segundo. Édouard, que tenía las piernas más cortas, fue el tercero.

"¡Eh! ¿Por qué no hacemos un picnic aquí!", dijo Flora.

"Peggo la hierba está mojadá", objetó Marie-Louise, mirando con horror la reluciente hierba.

"Podemos coger una manta o algo así", dijo pensativamente Jodie. "Creo que mi tía tiene una lona impermeable. Me parece haber visto una en el granero".

De pronto, Jess sintió una gota en la nariz. ¡Oh, no! ¡Otro chaparrón! Antes de que nadie tuviera tiempo de decidir qué hacer, volvió a caer otra tromba de agua. Esta vez no venía acompañada de rayos y de truenos, pero llovía a mares. En un primer momento, todos buscaron cobijo debajo de un árbol, pero al poco, el propio árbol empezó a gotear. A Flora le entró la risa floja.

“¡Oh, qué más da!”, gritó, y a continuación, salió danzando a la hierba. Alzó la vista, extendió los brazos y se puso a reír. “¡Lluéveme encima todo lo que quieras!”, aulló. El agua le corría por la cara, y Flora se reía y bailaba. “¡Si no puedes vencerla, únete a ella!”, gritó.

“Flora Barclay, natural de Ashcroft Harriers, parece haber perdido el juicio”, dijo Fred, con su voz de locutor. “Ya se ha solicitado una ambulancia al Hospital de San Juan y todo parece indicar que la joven va a ser trasladada al pabellón psiquiátrico levantado en memoria de Fred Parsons”.

Gérard se unió a Flora en el prado. Se cogieron de la mano y se pusieron a girar a toda velocidad.

“Paggesen un poco ridículos”, dijo en voz baja Marie-Louise, que trataba de resguardarse pegándose todo lo que podía al tronco del árbol, mientras echaba miradas anhelantes a las tiendas e incluso a la casa.

“Oye, Ben, ¿cuándo vuelves al instituto?”, preguntó Jodie, sonriendo con ansia. La visión de Flora y de Gérard bailando bajo la lluvia no parecía haberla afectado lo más mínimo.

“Humm..., el lunes”, dijo Ben. Tenía una voz divina: profunda y como dorada.

La lluvia paró y salió el sol, seguramente para celebrar que Ben había hablado. Todos estaban un poco mojados, pero Flora y Gérard estaban calados hasta los huesos.

El grupo se relajó, y todos salieron de debajo del árbol. Como el suelo estaba demasiado húmedo para sentarse, permanecieron de pie. Ben Jones cogió las dos cuerdas que colgaban por encima del río sujetas a la rama de un árbol y las desenredó.

Comprobó que estaban bien atadas, escogió una, la agarró con cuidado y, tomando carrerilla, se lanzó hacia el otro lado del río. Pero en lugar de dejarse caer en la otra orilla, se quedó balanceándose en el aire. Todo el mundo le miraba. Las chicas estaban como hipnotizadas. Incluso Flora dejó de bailar un rato con Gérard y se quedó mirando admirada a Ben.

De repente, Gérard cogió la otra cuerda y se puso también a balancearse de un lado a otro. Alzó los pies y, cuando volvió a pasar al lado de Ben, le dio un empujón amistoso pero bastante contundente. A Ben no pareció afectarle en lo más mínimo, pero Gérard se desequilibró totalmente. Su cuerda se puso a girar fuera de su trayectoria normal, y al volver hacia atrás, fue justo en la dirección donde se encontraba Ben.

"¡Levantad los pies!", aulló Mackenzie desde la orilla. Los dos levantaron los pies y se chocaron: o, al menos, se chocaron sus zapatillas. La cuerda de Gérard volvió a girar fuera de control. Pero ahora la de Ben también se balanceaba peligrosamente.

"Pierde el francés", dijo Fred, con su voz de locutor. "Eso, casi sin lugar a dudas, ha sido falta. No me sorprendería que le sacaran la tarjeta amarilla, o que pitaran penalti y le cortaran una mano por hacer trampas".

Gérard y Ben volvieron a precipitarse el uno contra el otro, pero, esta vez, el estúpido de Gérard levantó los pies con tanto impulso que la cuerda se le escapó de las manos. Soltó un taco (en francés) y comenzó a caer. Las chicas lanzaron un grito. Todo parecía ocurrir a cámara lenta.

Jess confiaba en que no cayera al río o se diera un golpe en la cabeza. A Dios gracias, aterrizó de pie en la orilla. Pero chocó contra el suelo colocando mal el pie, se le torció el tobillo y se desplomó de costado lanzando un aullido escalofriante. Se agarró el tobillo y siguió aullando: "*¡Ma cheville! ¡Ma cheville!*". Su tez empezaba a adquirir una alarmante coloración verde.

Flora corrió a su lado, se arrodilló junto a él y se puso a hacer aspavientos de una forma la mar de irritante, como si fuera una actriz de cine mudo. Le acarició la cabeza, trató de cogerle la mano, le tocó la pierna; un montón de gestos totalmente inútiles.

"¿Qué hacemos?", chillaba. "¿Qué hacemos? ¿Qué hacemos?".

"¡Que alguien vaya a por la tía Rosie!", dijo Jodie, mientras se arrodillaba también junto a Gérard. Marie-Louise corrió unos pasos prado arriba, pero luego se dio la vuelta.

"¡Mi inglés no es lo bastante bien!", dijo.

"¡Ben!", gritó Jodie. "¡Corre!", Ben salió pitando. "¡No, espera, vuelve!", le chilló Jodie. "Ni siquiera conoces a la tía Rose. No sabes donde está la cocina ni nada. Fred, ve tú". Fred se encogió de hombros, puso cara de inútil y emprendió la marcha. Ben regresó y se puso en cuclillas al lado de Gérard.

"Puede estar roto o simplemente torcido", dijo Mackenzie. "Dadle tiempo al chico".

"Lo siento, tío", dijo Ben, mirando a Gérard con una expresión de sincera preocupación. Gérard no le hizo ni caso.

Jess contemplaba la escena como si fuera un fotograma fijo. ¿Y si Gérard se había roto el tobillo? ¿Y si el dolor era tan intenso que vomitaba? Su cara tenía un horrible color verde. Jess confiaba en que, aun en el caso de que se hubiera roto el tobillo, tendría la suficiente presencia de ánimo para no echar la pota. Pero Gérard hizo algo peor. Se puso *a llorar*.

Era un corte. Flora le cogió y acarició la mano, pero él la apartó. Marie-Louise iba de acá para allá con su pañuelo en la mano, pero estaba claro que le daba vergüenza ofrecérselo. Édouard se mantenía cerca por si acaso se requería de algún insecto curativo. Ben Jones permanecía junto a Gérard apoyando una mano en su hombro. Mackenzie hablaba atropelladamente.

"Seguro que no está roto, porque si no habríamos oído un chasquido. ¿Alguien ha oído un chasquido o algo parecido? Yo desde luego no he oído ningún chasquido".

Tras un tiempo que pareció un siglo, apareció la tía Rose corriendo por el prado. Fred la seguía andando. Era demasiado guay para dejarse ver corriendo, más aún en compañía de una mujer de mediana edad con una bolsa de la compra.

La tía Rose llegó e inspeccionó el tobillo de Gérard, le habló en voz baja en francés, hurgó en la bolsa, sacó un paquete de guisantes congelados y se lo plantó en el pie.

"Eso detendrá la hinchazón", dijo. "He llamado al móvil de Geoff y le he pedido que venga con el 4x4. Solo tardará unos minutos. No parece que esté roto, pero puede que sea mejor llevarle a urgencias por si acaso. Geoff sabrá qué es lo que conviene hacer. Los animales siempre se están dando golpes".

"Menos mal que no es un caballo de carreras", dijo Fred. "Porque, si lo llega a ser, habríamos tenido que pegarle un tiro".

"¡Cállate, Fred!", le espetó Jess. Cuando no era brillante, Fred podía resultar el idiota más grande del mundo.

35

Geoff, el tío de Jodie, apareció con un 4x4 generosamente decorado con caca de vaca. Era un tipo enorme, cubierto de briznas de paja, y tenía pinta de estar un tanto molesto. Entre la tía Rose y él ayudaron a subir a la parte de atrás a Gérard (que seguía apretando la bolsa de guisantes contra su tobillo) y le condujeron hasta la casa. El resto de la pandilla regresó caminando pesadamente al prado. Otra vez se había puesto a llover.

"¡Dios mío, espero que Gérard no se haya roto el tobillo!", dijo Flora.

"Pues claro que no", dijo Jodie. "Lo que pasa es que le gusta llamar la atención. Es un llorica".

"No seas tan dura con él", dijo Jess. "Yo lloro muchas veces cuando veo por la tele anuncios de pan artesanal, sobre todo si sale algún abuelo. Y basta con que digas la palabra "gatitos" para que a Flora le entre la llorera".

"Vale, pero él es un tío", dijo Jodie. "Se supone que los tíos son fuertes, varoniles y todos esos rollos. A mí nunca me atraería un tío que se pusiera a llorar porque se ha torcido un tobillo. Cortaría con él al instante".

"¿De veras?", dijo con tono gélido Flora. "Pues a mí hace que me guste todavía más".

Caminaron en silencio hasta las tiendas. Fred y Édouard se metieron en la de los chicos. Ben Jones y Mackenzie se dirigieron hasta el árbol bajo el que tenían aparcadas sus bicicletas de montaña y cogieron sus cazadoras. Las chicas se metieron en su tienda para buscar ropas secas. Jodie tenía el gesto torcido y cara de mártir.

"Me imagino que será mejor que vaya a la casa, me siente a su lado y le coja de la maldita mano", dijo sin dejar traslucir más que un atisbo de su siniestro triunfo. Flora, que estaba secándose el pelo, paró de golpe, se puso a juguetear con sus anillos y clavó la vista en el suelo.

"¿Puedo ir yo también?", preguntó tímidamente. A Jess aquello le pareció humillante. ¿Es que no podía conservar un poco de dignidad? ¿Por qué tenía que mendigarle a Jodie otra oportunidad de ponerse a babear delante de Gérard?

"El caso es que", comenzó a decir Jodie, lanzando una mirada furtiva parecida a la que ponen los políticos cuando mienten en una conferencia de prensa, "empiezo a pensar que será mejor que suprimamos la acampada y nos vayamos todos a casa. Con toda esta lluvia estamos calados. Tú sobre todo". Y lanzó una mirada asesina a Flora, que estaba empapada debido a su "loca danza de amor" bajo la lluvia. Flora se sonrojó un poco.

"Sí, claro...", dijo, encogiéndose de hombros y tratando de aparentar sin demasiado éxito que le daba igual no volver a ver a Gérard. "Mi padre me ha mandado un mensaje diciéndome que ha cambiado el pronóstico del tiempo y que va a volver a llover. Y con más fuerza todavía".

"Además hace un frío que pela", dijo Jess, mientras se ponía un segundo forro polar. El rollo aquel de la acampada se había vuelto un asunto la mar de amargo.

"Bueno, voy a ver cómo está Gérard", dijo Jodie.

"Yo también voy, solo un minuto", dijo Flora.

"Toc, toc", dijo una voz desde fuera de la tienda. Era Mackenzie. Ben Jones estaba detrás de él, mirando hacia el río con aspecto soñador, como si le trajera al fresco volver a ver o no las chicas. "Nos vamos", dijo Mackenzie. "Con tanta lluvia y un tío al que se le queda colgando la pierna, parece que el plan se ha escachiflado".

"Bueno", dijo Jodie, "nos vemos el lunes. Una cosa, Ben, no te olvides de que nos tienes que enseñar tu cicatriz, ¿eh?". Jodie sacó fuera una mano y le tiró en broma de la cintura del pantalón. ¡Por favor, aquella tía era un zorra desvergonzada con unos modales propios de un bulldozer!

Ben Jones pareció sorprendido y cortado a partes iguales, pero se las arregló para poner una sonrisa compungida. Durante una milésima de segundo, sus ojos y los de Jess se cruzaron e intercambiaron mentalmente un mensaje. *Siento que Jodie sea una ninfómana,* fue el mensaje de Jess. *No te preocupes, no me molesta,* le respondió telepáticamente Ben. *Eres tú quien me intriga. Quiero estar a solas contigo. Quiero mirar fijamente tus maravillosos ojos. Quiero cogerte de la mano durante un siglo entero. Quiero ser tu compañero en el equipo olímpico británico de besos.*

Bueno, al menos eso fue lo que Jess se imagino que decía. El nuevo Ben Jones mejorado estaba ultrabueno. Cuando había estado antes tumbado junto al fuego, le había parecido un hermano menor de Brad Pitt en una película de vaqueros. Cuando había corrido hacia el río, le había parecido un hermano pequeño de David Beckham en la final de la Copa de Europa. Y cuando se había balanceado en la cuerda, le había parecido como tener a Tarzán delante. *Tú Tarzán, yo Jess...* Jess dejó escapar un suspiro. Ben había vuelto a mirar para otro lado.

Jodie y Flora se dirigieron hacia la casa, y Ben Jones y Mackenzie se despidieron y se fueron a recoger sus bicis donde las tenían aparcadas. Jess se quedó un rato admirando la espalda de Ben. Tenía un trasero de cinco estrellas. Mackenzie, aunque era un poco bajo, era más o menos mono, pero en aquel momento no cabía en la foto. Flora había dicho en cierta ocasión que se parecía un poco a Elijah Wood. Pero del mismo modo que Flora solo tenía ojos para Gérard, Jess solo los tenía para Ben.

Jess se subió la cremallera de su forro polar y volvió a meterse en la tienda. Marie-Louise estaba haciendo el equipaje. Al sentirla entrar, alzó la vista.

"Nos vamos a casá, ¿no?", preguntó.

"Eso parece", suspiró Jess. "El plan se ha escachiflado".

"¿Cómo dises?". Marie-Louise frunció un poco el ceño. Jess volvió a suspirar.

"Perdona", dijo. "Es una expresión. Quiero decir que todo se ha ido al carajo". Marie-Louise volvió a fruncir el ceño. "Perdona", dijo Jess. "Es otra expresión. Humm... ¿qué tal, la fiesta ha terminado?".

"¡Ah!". Marie-Louise sonrió. "Entiendo". Y siguió haciendo el equipaje. Lo hacía con una pulcritud increíble: doblaba cada prenda de vestir y luego la estiraba suavemente en su bolsita. Parecía estar pasándoselo muy bien.

"Bueno, me parece que voy a ir a decírselo a Fred y a Édouard", dijo Jess. Salió de la tienda y volvió a suspirar. Se le apareció una imagen de Ben Jones, envuelto en una luz reverberante y levitando por encima del suelo. Haces sobrenaturales rodeaban su dorada cabeza, y parecía sonreírla mientras le hacía señas para que le acompañara a algún paraje divino, preferiblemente decorado con palmeras.

"¡Joder, para ya de una vez!", se dijo en voz alta. "Está buenísimo, sí, pero no es el hijo de Dios. ¡Contente, mujer!". Se obedeció a sí misma y dejó de pensar en Ben Jones. Pero le guardó en un rincón de su mente con vistas a volver a visitar aquel lugar en secreto en un futuro próximo.

Fred salió de la tienda de los chicos con su libro de Stephen King, que tenía el tamaño de un ladrillo.

"Bueno, ¿qué es lo siguiente en este carnaval de placer?", preguntó, mientras se metía el libro en la cazadora para protegerlo de la lluvia. "¿Alguien ha mencionado la palabra granero? ¿Cambiamos de ambiente? ¿Quieres que me ponga a leerte algunos pasajes perturbadores hasta que te vuelvas loca de remate?".

"En otras circunstancias, no dejaría pasar una oportunidad como esa", dijo Jess. "Pero, según parece, hay que ponerse a hacer las maletas. Cosa de Jodie. Normal. El tobillo de Gérard, la lluvia, en fin, todas esas cosas".

"Alabado sea el Señor", exclamó Fred. "Ya creía que este martirio no iba a acabar jamás".

"Voy a ir a decirle a Édouard que empaquete sus arañas y se prepare para que nos marchemos", dijo Jess. Entró en la tienda de los chicos, que, como cabía prever, apestaba a calcetines. Édouard estaba jugando con la Game Boy sentado en su saco, que se encontraba primorosamente doblado.

"Nosotros irnos a casa", dijo Jess hablando, por la razón que fuera, como un guía indio de una vieja película del Oeste. "Lluvia no buena. Nosotros ir a casa hoy. Yo llamar a mi madre". Y, dicho eso, sacó el teléfono.

Sorprendentemente, Édouard pareció comprenderla. Apagó la Game Boy y se puso a hacer el equipaje. Jess llamó a su madre.

"¡Menos mal que has llamado!", dijo su madre. "Estaba empezando a preocuparme. ¿Estás bien?".

"Perfectamente, pero Gérard se ha hecho daño en el tobillo", dijo Jess.

"¡Oh, no!", exclamó horrorizada su madre. "¡Lo sabía! ¡Lo sabía! ¿Qué le voy a decir a sus padres?".

"He dicho Gérard, no Édouard", dijo Jess. "Por lo que más quieras, cálmate, mamá".

"Perdona, perdona", dijo su madre. "Por un momento me he confundido. Como los dos nombres acaban en 'ard' ".

A Jess le olió que se podía sacar un buen chiste de aquello, pero en aquel momento no tenía tiempo para ocuparse de esas cosas.

"Bueno, escucha", dijo Jess. "¿Podrías venir a recogernos? ¿Tal que ya? Según parece, la lluvia va a ir a peor". Fred apareció junto a Jess y empezó a hacer muecas. "Ah, y ya de paso, ¿te importaría llevar también a Fred a su casa?".

"Claro que no, ahora mismo voy para allá", dijo su madre. "Estaré ahí dentro de una media hora". Cuando colgó, se notaba que estaba inmensamente aliviada, como si se hubiese imaginado a Jess perseguida por una manada de vacas, cayéndose al río y partiéndose el corazón de mil formas diferentes.

Claro que, bien pensado, eso era más o menos lo que le había pasado, aunque ya no importaba.

"No soporto la forma que tiene Jodie de tirarse encima de Ben", dijo Jess, guardando el móvil. "Si fueras un tío, y más o menos lo eres, ¿no te echaría para atrás?".

"Ni lo dudes", dijo Fred. "Saldría por patas".

"Prefiero ser una vieja solterona excéntrica que tirarme encima de los tíos como Jodie y Flora", dijo Jess.

"Me parece genial", dijo él. "Sobre todo, considerando que, aunque lo hicieras, ibas a acabar siendo una solterona excéntrica, porque, ¿quién va a quererte a ti?".

Jess le tiró del pelo y le dio un puñetazo de broma en las costillas. Fred, por su parte, la retorció el brazo.

Édouard puso cara de susto y alzó la vista de su equipaje, pero pronto se dio cuenta de que no iba en serio.

"Bueno, te dejo para que recojas", dijo Jess. "Venga, mi madre estará aquí dentro de treinta minutos".

"Solo tardo dos minutos en hacer el equipaje", dijo Fred. "¿Qué más hay que hacer?".

"Si no me equivoco, está tienda es tuya", dijo Jess en tono burlón. "Alguien tendrá que desmontarla, ¿no te parece? Y luego doblarla bien para que quepa en el maletero del coche de mi madre, ¿o no?". Fred se había puesto pálido.

"¡Oh, Señor!", exclamó. "¡Anda, ayúdame!".

"Lo siento", dijo Jess. "¡Tengo cosas que hacer!". Se agachó para salir de la tienda y se dirigió al servicio brincando bajo la lluvia. Antes de llegar, apareció Jodie corriendo atropelladamente por el camino.

"Vamos a llevar a Gérard a urgencias, solo por precaución", dijo, dándose importancia. "Ya sabes, para que le vean por rayos X y tal... Flora le está besuqueando para despedirse de él, estará aquí dentro de un minuto. Solo quería decirte una cosa...". Jodie se inclinó hacia Jess y bajó la voz, bueno, la bajó bastante para lo que ella era, "... ¡felicidades, ha sido una venganza perfecta! Agua, barro, dolor de cinco estrellas: lo tenía todo. ¡Justo lo que me habías prometido!".

De pronto, se interrumpió bruscamente. Flora se acercaba por el camino hablando por el móvil. Jess estaba alucinada. ¿Realmente pensaba Jodie que Fred y ella habían provocado el accidente de Gérard? Si era así, era una estúpida de marca mayor.

"¡Tengo que irme!", dijo Jodie, volviéndose hacia la casa. "¡Fin de la acampada! ¡Nos vemos el lunes!".

Jodie tiró por el camino y pasó junto a Flora sin hacerla ni caso. Incluso mirándola de espaldas, se notaba que Jodie se sentía una triunfadora. La forma en que pasó al lado de Flora, decía: *Ahora Gérard es mío; soy yo quien le va a acompañar al hospital, yo quien le va a llevar luego a casa y yo quien va a cuidar de él... Pero ¿sabes una cosa? Ya me da igual. Eso tío es una basura y ahora mi nueva fijación es la cicatriz del apendicitis de Ben Jones.*

Flora llegó adonde estaba Jess y zanjó rápidamente su conversación por teléfono.

"¡Vale, mamá, nos vemos dentro de media hora, gracias! ¡Sí, Marie-Louise está bien!". Flora se guardó el móvil en un bolsillo y se quedó mirando a Jess con expresión compungida. Tenía los ojos llorosos.

"Bueno, Jess", dijo con una sonrisa tensa y triste. "¿Volvemos a ser amigas?".

"No puedo pensar en nada hasta que no haya visitado el servicio", repuso Jess y, a continuación, se metió dentro. Mientras se encontraba sentada en la paz y la tranquilidad del servicio, se preguntó si no habría sido tal vez algo dura con Flora. Bien pensado, tal vez no.

36

“Pues claro que seguimos siendo amigas”, dijo Jess, mientras caminaban hacia el campamento. Pero no había conseguido decirlo con ese tono cantarín, sincero y rendido que seguramente le habría salido hacía apenas una semana.

No se trataba solo de que Flora se hubiera liado con Gérard después de que él hubiera parecido interesado en Jess. Al fin y al cabo, Flora no sabía que Gérard la había cogido de la mano y la había piropeado. Era sobre todo la forma en que se había comportado Flora después de que ella y Gérard se hubieran enrollado: como si Jess apenas existiera.

Desde que Flora había probado los placeres de darse el lote con Gérard al aire libre, apenas había intercambiado un par de palabras con Jess. Lo único que había hecho era esperar a la noche para cuchichearle al oído los detalles de su celestial velada. Y, a la mañana siguiente, solo había vuelto al campamento para gorronearle una buena porción de su desayuno, tras haber proclamado a los cuatro vientos que no tenía hambre.

Ese último acto de desconsiderada codicia tal vez fuera lo peor de todo. Robarle un tío a otra chica era algo que, en fin, a veces podía ser inevitable, pero robarle a alguien el desayuno era un delito horrible. O al menos a Jess así se lo parecía.

Pero, en cierto modo, aquello resumía muy bien el carácter de Flora. Era codiciosa. Aunque tampoco es que ella tuviera la culpa. Simplemente, daba por sentado que tenía derecho a apropiarse de lo que le diera la real gana: los intercambios franceses de los demás, los huevos revueltos de los demás... Era tan voraz como un enjambre de preciosas langostas doradas.

"¡Oh, cuánto me alegro!". Flora le apretó el brazo. "Entonces, ¿otra vez somos buenas amigas?".

"¿Por qué no íbamos a serlo?", dijo Jess, con un encogimiento de hombros. Pero no había duda de que flotaba cierta tensión en el ambiente. Jess lo estaba disfrutando de lo lindo. Ver a Flora cortada estaba siendo el mejor momento de todo el fin de semana.

"Bueno, verás, es que..., en fin, no me parece que hayamos estado mucho tiempo juntas estos dos últimos días", dijo Flora.

"Bueno, ¿y de quién es la culpa?", dijo Jess. "Me parece que has estado bastante liada, ¿no?".

"Lo siento", dijo con voz culpable Flora. "Lo siento de veras, Jess. Pero dentro de un par de días, Gérard se volverá a su país, y tenemos que aprovechar al máximo el tiempo de estar juntos. Puede que tarde varios meses en volverle a ver".

"Bueno, ¿cuáles son los planes?", preguntó Jess. "¿Prometeros la próxima Navidad?".

"Oh, no digas tonterías, Jess. ¡Claro que no!", se rio Flora de una forma ansiosa y esquiva. Daba toda la impresión de que su dorada y glamourosa cabeza ya le estaba dando vueltas al asunto. "Aún es muy pronto para eso".

Conque aún es muy pronto, ¿eh?, pensó Jess. Una frase muy reveladora. Demostraba que Flora estaba pensando a lo grande. A Jess le parecía oír ya campanas de boda... en francés.

"Además", prosiguió Flora. "A partir de ahora, tengo que andar con mucho cuidado, porque Jodie me la tiene guardada. Me ayudarás, ¿verdad, Jess? Ni siquiera me dirige la palabra. Ni que hubiera cometido un crimen horrible o algo así".

Llegaron a la hoguera, que ya empezaba a extinguirse debido a la humedad. Marie-Louise estaba guardando todas las tarteras y los cacharros de cocina, tratando de recordar a quién pertenecía cada cosa. Flora se arrodilló al instante y se puso a ayudarla. Fred y Édouard estaban desmontando la tienda de los chicos, muy torpemente, mientras soltaban insultos estereofónicos bilingües. El campamento tenía el aspecto triste de los lugares que se van a abandonar.

La madre de Jess fue el primer progenitor en llegar. Como siempre, vestía unas horrendas ropas de segunda mano de Oxfam, pero, como para entonces ya llovía a mares, nadie se fijó. Jess, Édouard y Fred se apretujaron en la vieja ranchera junto con la tienda y los sacos de dormir.

"Bueno, ¿cómo ha ido todo?", pregunto la madre de Jess, mientras enfilaba la pista de la granja.

"Estupendamente", dijo Jess. Desde su punto de vista, con esa información era suficiente.

"¿Estupendamente?", dijo su madre. "¿A pesar de que el chico ese se ha roto el tobillo, a pesar de las tormentas?".

"Bueno, pues entonces horrible", dijo Jess. El mero hecho de estar en el coche hacía que se sintiera más animada. Comenzaba a sentirse seca, caliente, cómoda, y ahora se daba cuenta de cuánto había echado de menos esas cosas.

"¿A ti que te ha parecido, Fred?", preguntó la madre de Jess.

"Bueno, el ejercicio y el aire libre no son lo mío", dijo Fred. "Prefiero apalancarme en un sofá y ver la tele comiendo patatas fritas. En lo que a mi respecta, la lluvia no ha podido ser más oportuna".

"Las charadas te han divertido, reconócelo", dijo Jess.

"¿Charadas?", dijo su madre con tono satisfecho. Seguramente porque pensaba que jugar a las charadas era una diversión de escaso contenido erótico.

"Oh, sí", dijo Fred. "Y el bingo también estuvo bastante bien. Y no digamos ya las lecturas bíblicas".

Jess esbozó una sonrisa soñadora mientras las palabras de Fred vagaban perezosamente por los alrededores de su mente. En realidad, estaba repasando los archivos secretos de su disco duro, donde aguardaba comprimido Ben Jones. Con suma cautela, se aproximó a un arcón con incrustaciones de piedras preciosas. Y abrió la tapa...

Como impulsado por un resorte, apareció Ben Jones, vestido con unos maravillosos calzones de futbolista: todo un detalle por su parte. Durante unos segundos, estuvo dando vueltas al trote alrededor de la mente de Jess y luego la cogió en volandas y se la llevó entre risitas a un sofá de terciopelo rojo donde...

"¿Tienes hambre?", preguntó su madre, desde algún lugar situado a miles de kilómetros de distancia.

"¿Cuándo no tengo hambre?", respondió Jess mecánicamente. Aunque, cosa rara en ella, en aquel momento no tenía demasiada. Habían pasado siglos desde el desayuno, y además Flora le había gorroneado casi la mitad. Pero cada vez que pensaba en Ben Jones, sentía en la panza una extraña y deliciosa sensación que resultaba aún más placentera que atiborrarse a huevos con beicon.

Dejaron a Fred y, de camino a su casa, pararon un momento para comprar unas raciones de pescaditos fritos con patatas.

"Al fin y al cabo, es algo típicamente inglés", dijo Jess. "Y, además, a Édouard también le gustan las patatas fritas".

"Me imagino que forma parte de nuestra cultura", suspiró su madre.

Se quedaron en el coche comiendo los pescaditos y las patatas directamente del envoltorio de papel de periódico, porque resultaba más divertido y más inglés que llevárselos a casa. Seguía lloviendo, y las ventanas se habían cubierto de vaho.

"Cuéntame, mamá", dijo Jess. "¿Qué ha pasado en el mundo durante este tiempo?".

"Ha habido un atentado con bomba en Oriente Medio", dijo acongojada su madre. Al instante, Jess volvió a reunirse con Ben Jones en el sofá de terciopelo rojo. Ben la rodeó con sus brazos y se quedaron mirándose a los ojos.

"Dios, qué guapa eres", dijo Ben, con un leve acento yanqui y en un tono que recordaba al de Brad Pitt.

"Y hay montado un buen follón con los impuestos", añadió su madre. "A causa del presupuesto".

"El lunes empiezo a rodar un *thriller* cómico en Hollywood", prosiguió Ben, mientras seguía acariciándola el pelo, que, por arte de magia, se había convertido en una larga melena rubia. "Quiero que te vengas conmigo. He alquilado una casa en Malibú frente a la playa. Hay doncella, chófer y mayordomo, y en el alquiler va incluida también una pareja de perros a juego".

"Y ayer llevé a la abuela a su casa", dijo su madre. "Ya está bien. Ha recobrado el juicio. Pero estoy absolutamente hecha polvo, en cuanto llegue a casa, me voy a echar un rato".

"Somos almas gemelas", suspiró Ben, mientras acercaba poco a poco sus labios a los de Jess...

"Jess, ¿no te comes las patatas?", dijo con voz preocupada su madre, tras acabarse su comida y poner el envoltorio en un bolsita que llevaba en el coche para guardar desperdicios. "No estarás enferma, ¿verdad?".

"No, claro que no, es solo que estoy un poquito cansada", dijo Jess, mientras se apresuraba a meterse en la boca otra de aquellas relucientes, alargadas y algo flácidas obras maestras. "Esta noche no he dormido muy bien. Marie-Louise ronca. En francés. Aunque, en cierto modo, creo que todos roncamos en francés".

"No hagas comentarios racistas, a ver si los va a entender", dijo su madre.

“Supongo que lo que has querido decir es: no hagas comentarios racistas porque está fatal, ¿no?”, dijo Jess.

“Claro, claro”, dijo su madre. Luego, se limpió las manos en el abrigo (era ese tipo de madre) y arrancó el coche. “¿Qué tal se lo ha pasado la Reina?”.

“Pregúntaselo tú”, dijo Jess. “Ya sé que te mueres de ganas de demostrar tu impecable dominio del francés”.

La madre de Jess le dijo algo a Édouard en francés, y este la contestó. La conversación se prolongó durante unos minutos. Jess volvió a reunirse con Ben Jones en la casa de Malibú y se lo pasó de miedo echando carreras por la playa con los perros, que iban vestidos con unos pantaloncitos cortos de licra monísimos.

“Parece que se lo ha pasado estupendamente”. La madre de Jess volvió a interrumpir cruelmente las ensoñaciones de su hija. “Creo que ya va saliendo de su concha y que la experiencia le ha sentado de maravilla”.

A Jess, la idea de que Édouard se lo hubiera pasado bien le resultaba sorprendente. La verdad es que apenas había advertido su presencia. Su cabeza había estado tan ocupada con Flora, Gérard, Jodie y Ben Jones que apenas había prestado atención a Édouard. Pero durante todo el tiempo ahí había estado él, pasando un pequeño fin de semana de su pequeña vida. ¡Y encima se lo había pasado bien! ¡Qué mono!

“Me sacó del paso en toda una serie de percances”, dijo Jess, recordando de pronto que, aunque apenas hubiera reparado en él, se había aprovechado con todo descaro de su natural amable y sus habilidades de excursionista. “Nos perdimos dando un paseo y me sacó de un río, luego me arañé con un alambre roñoso y él me extrajo el veneno chupándome el brazo”.

“Este chico es todo un héroe”, dijo su madre. “Qué calladito se lo tenía”.

“Y, luego, para rematar la faena, nos libró de una araña que había en nuestra tienda”, añadió Jess.

Ahora que lo pensaba, no era de extrañar que Édouard se lo hubiera pasado bien. De pronto, Jess se dio cuenta de que Édouard había protagonizado varias escenas haciendo el papel de héroe salvador. Pero como era una persona pequeña y un poco raro, casi ni se había dado cuenta. De todos modos, le estaba agradecida, de todo corazón.

Tan agradecida que, cuando llegaron por fin a su casa y Édouard se encerró en su cuarto, casi le dio pena y confió en que no se sintiera solo. Pero, al poco rato, Édouard bajó con la funda de un CD, se plantó delante de Jess, como si fuera un soldado en un desfile, y dijo: “Jess, ¿quieres jugar con el ordenador?”.

¡Dios mío! ¡La estaba hablando! Jess no perdió la oportunidad de apoderarse del ordenador durante varias horas, más aún considerando que su madre se había ido la cama y se disponía a echarse una de sus trágicas siestas para ver si así se le pasaba el dolor de cabeza.

37

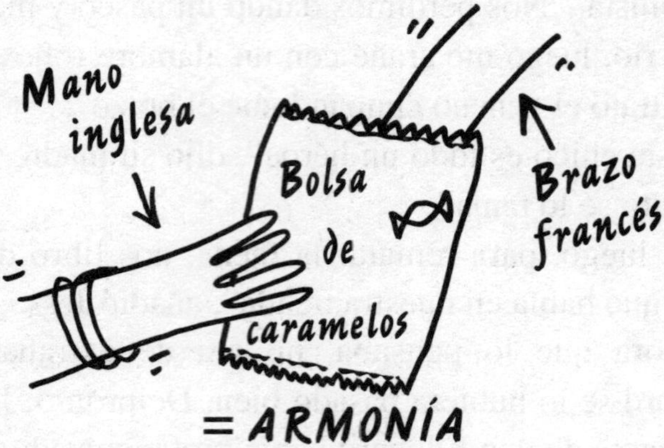

"Flora es una zorra", susurró Jodie. Otra vez estaban de vuelta en la escuela, y los cotilleos viperinos seguían siendo un plato digno de ser saboreado. Flora y Gérard estaban sentados en un muro apartado, soltando risitas y haciéndose carantoñas. Jodie y Jess, por su parte, estaban zampándose unos bocadillos en el banco del pabellón de Ciencias.

"¡Casi hubiera preferido que su noviete se hubiera roto el maldito tobillo!", prosiguió Jodie, mientras masticaba un trozo de pollo. El sagrado tobillo de Gérard solo estaba torcido, y la única secuela que le había quedado era una glamourosa cojera. "¡Bah!", añadió Jodie. "Mi próxima misión es conseguir verle la cicatriz del apendicitis a Ben Jones. Pienso sacarla una foto con mi móvil y ponerla de salvapantallas".

"Tía, tú estás enferma", dijo Jess.

De pronto, se acercaron dos chicas, las mismas que habían largado de allí hacía unas semanas. Vaya, ¿cómo se llamaban?

"Hola", dijo la que tenía el pelo oscuro y muchos granos en la cara. "Zoe y Chloe, ¿os acordáis de nosotras? Ya sabes que soy fan incondicional tuya. ¿Se te ha ocurrido algún chiste nuevo?".

"¿Qué te parece usar la foto de la cicatriz de una operación de apendicitis como salvapantallas?", dijo Jodie.

"¡Eso no es gracioso, es repugnante!", chilló Chloe.

"Me pregunto qué habrán hecho con su apéndice", caviló Jess en voz alta.

"¿El apéndice de quién?", preguntó Zoe.

"El de Ben Jones".

Ante la mención del divino nombre, Zoe y Chloe pusieron las caras de desmayo de rigor.

"Parece una pena desperdiciarlo echándolo al incinerador del hospital", prosiguió Jess, "Yo le hubiera buscado mejor acomodo. Lo habría guardado en una cajita, como si fuera una mascota". Zoe y Chloe se troncharon de risa.

"O, si no, lo habría transformado en un paté de lujo y me lo habría comido untado en una rebanada de pan", prosiguió Jess. "Sería como tener un hijo". Zoe y Chloe aullaron de placer.

“Pues yo lo hubiera usado de pasador para el pelo”, dijo Jodie. Zoe y Chloe se rieron por cortesía.

“Una cosa”, dijo Chloe. “¿Querríais contribuir a una causa? Estamos organizando un maratón de ajedrez”.

“No”, dijo Jodie. “No tengo ni blanca. Largaos”.

“No seas así, Jodie”, dijo Jess. “Te estás convirtiendo en una cascarrabias”.

“Es para ayudar a la Fundación para la Lucha contra el Cáncer entre los Adolescentes”, dijo Zoe esperanzada.

“Vale”, dijo Jess. “Apuntadme con dos libras. Luego os las doy, ¿de acuerdo? Pero a Jodie no la vais a sacar nada. Es una roñosa profesional”.

Zoe y Chloe se fueron y, al poco, sonó el timbre que anunciaba el inicio de las clases de la tarde. Flora se separó a regañadientes de Gérard, se acercó a Jess y la cogió del brazo. Jodie se apartó de ellas con cara de pocos amigos.

“Jodie es una vaca malhumorada”, susurró Flora, mientras caminaban hacia la clase de Historia. “Gérard dice que en casa siempre está de malas pulgas. No sé, me parece que él no tiene la culpa de que estemos enrollados. Son cosas que ocurren. Ya sabes cómo es, de repente parece como si perdieras pie y sientes que algo te arrastra sin que puedas hacer nada para evitarlo, ¿verdad?”.

“Si tú lo dices”, dijo Jess. Estaba pensando en lo que había sentido cuando Gérard la cogió la mano por debajo del agua y en lo fácil que habría sido entonces dejarse arrastrar por esos sentimientos.

“No me hace gracia que pases tanto tiempo con Jodie”, dijo Flora. “A veces, tengo la impresión de que pretende ponerte en mi contra”.

“No tengo otra alternativa”, dijo Jess. “Mi mejor amiga está muy ocupada, y lo mismo le ocurre al intercambio de Jodie”.

“Es solo hasta el final de esta semana”, le rogó Flora. “Siento mucho tenerte un poco abandonada. Pero Gérard vuelve a su país el sábado, y no sé cuándo le volveré a ver”. Flora hizo una pausa. “O incluso si..., bueno, ¡si nos volveremos a ver!”. Luego soltó uno de sus trágicos suspiros. “No te enfades conmigo. En fin, no sé, espero que algún día también tú experimentes algo así. Espero que sientas lo mismo que siento yo cuando estoy con Gérard”.

“¡No, gracias!”, dijo Jess, simulando un escalofrío. “Pienso ser una especie de señorita Marple, una glamourosa solterona, dotada un excelente olfato para los homicidios y dedicada a las labores de punto”.

No podía contarle a Flora que ya había experimentado el tipo de sentimiento que percibía ella cuando estaba con Gérard, y —qué coincidencia— con el propio Gérard”.

"Jess, de veras que te adoro", le susurró Flora, mientras se acercaban al aula de Historia. "Eres una persona estupenda y la mar de divertida. Tienes que ser siempre mi amiga y cuidar de mí. Prométemelo. Ya sabes que yo soy una tontorrona debilucha".

Así hablaba la guapísima Flora, la mejor amiga de Jess, una chica que siempre sacaba sobresalientes y estaba saliendo con el único tío que había cogido la mano de Jess debajo del agua y había hecho que su corazón se pusiera a dar saltos mortales. Y, sin embargo, de alguna manera, lo que decía Flora era cierto. A pesar de sus excelentes dotes. Flora era una persona muy vulnerable. Era conmovedor, aunque también bastante inoportuno.

A Jess le costaba Dios y ayuda soportar las fascinadas confidencias que le hacía Flora sobre Gérard. Pero lo último que haría sería herir los sentimientos de Flora y destruir su felicidad contándole que Gérard también le había tirado los tejos a ella..., y solo unos minutos antes de que se los tirara a Flora.

Pero, qué demonios, todo eso ya es agua pasada, pensó Jess de forma muy pertinente en el momento en que entraba en el aula de Historia. De todos modos, estaba emocionalmente exhausta. Y, para más inri, Fred se había quedado en casa con un catarro. El *muy* debilucho.

Jess estaba deseando que llegara el momento de regresar a casa en compañía de Édouard. El paseo tendría lugar en una atmósfera de silencio, roto tan solo por alguna oferta ocasional de caramelos.

Últimamente, se llevaban bastante bien. Tenían una "relación" centrada en el intercambio de delicias gastronómicas, los juegos de ordenador y el compromiso tácito de no intentar bajo ninguna circunstancia comunicarse ni en inglés ni en francés. Tal vez fuera el inicio de una pequeña amistad.

38

Au Revoir! Adieu! Goodbye!

Por fin, llegó la mañana del sábado, el día en que se iban los franceses. Édouard bajó de su cuarto tratando de disimular su alivio y trayendo dos diminutos regalos envueltos en papel plateado. Depositó uno en el plato de la madre de Jess y el otro se lo dio directamente a Jess.

Jess tenía la boca llena de pan con mermelada.

"¡Grrruuuuummmmpf, ñaaammmmm, hummmm, mmmmmuchas gracias!", farfulló. Luego, desenvolvió con cuidado el paquete. Édouard la contemplaba todo cortado.

Apareció una cajita, que contenía unos pendientes preciosos de tres aros. Édouard los miró como si fuera la primera vez que los viera.

"Apuesto a que la idea de este detalle encantador se le ha ocurrido a la Reina Madre", dijo la madre de Jess, mientras abría también su regalo. Aparecieron dos diminutos pendientes de perla. La madre de Jess pegó un chillido de un júbilo manifiestamente exagerado.

"Bueno, sería un poco mosqueante que un tío que no te conoce de nada te regalara unos pendientes primorosamente empaquetados. A no ser que se tratara de Elton John y compañía, claro", dijo Jess.

Luego, se pusieron sus respectivos pendientes y se admiraron en el espejo.

"Vieja bruja luciendo unos pendientes de perla", dijo su madre, piropeándose para no perder la costumbre.

"Reina del Porno luciendo su fabulosa pedrería", dijo Jess, dirigiendo un mohín horrendo a su reflejo.

Dieron cada una un beso a Édouard, que los soportó estoicamente, y, poco tiempo después, ya fue hora de marcharse. Jess tenía la impresión de que Édouard tenía el equipaje listo desde hacía siglos. En fin, se iba su enamorado *(Gracias a Dios)*.

El parking del polideportivo estaba atestado de coches. Los profesores franceses de inglés, los profesores ingleses de francés y los alumnos se fundían en abrazos, algunos de ellos con afecto sincero.

"Grasias por su hospital", dijo solemnemente Édouard. Se intercambiaron unos besos formales y cortados. Por encima del hombro de Édouard, Jess vio a Flora y a Gérard engarzados en un último morreo de despedida.

Édouard fue el primero en subirse al autocar. Era obvio que no tenía intención de hacerse el remolón. Pero, una vez instalado en su asiento, pareció acometerle un súbito ataque de ternura. Se puso a lanzarles besos y a agitar la mano con auténtico frenesí, como si fueran las dos personas que más quería en el mundo.

"Parece muy contento", dijo Jess. "¿Crees que se lo habrá pasado un poquito bien?".

"Ni se me pasa por la cabeza esa posibilidad", dijo su madre. "Si está tan entusiasmado es porque sabe que ya no tendrá que volver a dirigirnos la palabra".

"¿Y qué pasará cuando me toque a mí ir a verle el año que viene?", gruñó Jess.

"Ah, es verdad, casi se me había olvidado", dijo su madre. "Entonces, te tocará a ti padecer el interminable tormento de sentir morriña y tener que soportar una comida extraña. Los franceses son capaces de comerse cualquier bicho, por muy repugnante que sea".

"Bienvenidos sean los kebabs de burro, hipopótamo y mangosta", dijo Jess. Aunque, en secreto, ya había tomado la decisión de sufrir un ataque de apendicitis el año que viene. Su viaje a Francia tendría que ser suspendido, y Ben Jones la cogería por banda en los pasillos y le diría: "Me he enterado de que te han operado de apendicitis. ¿Qué tal está la cicatriz? Si me enseñas la tuya, yo te enseño la mía".

"¡Jess!". Una voz la arrancó de su ensoñación. Era Marie-Louise, que se despidió de ella propinándole dos besos tan enérgicos que le dejaron las mejillas doloridas. Marie-Louise le entregó luego una tarjeta con su dirección, y Jess prometió mantener el contacto.

De pronto, alguien le dio unos golpecitos en el hombro. Jess se dio media vuelta. Era Gérard. Sus ojos verdes estaban clavados en los suyos. Le cogió las manos y la besó: primero, en el lado izquierdo y, luego, en el derecho. Jess no pudo evitar sentir un ligero estremecimiento de placer, en memoria de los viejos tiempos.

Luego, la rodeó con sus brazos para darle un achuchón de despedida. Olía la mar de bien. Jess procuró no disfrutarlo demasiado. Sabía que Flora, y puede que también Jodie, la estarían mirando, y, aunque sintiera la tentación de quedarse ahí un poco más de tiempo, convenía no alargar la cosa.

Pero, una milésima de segundo antes de soltarla, Gérard le susurró algo al oído.

"¡Jess..., queggida Jess! Me gustaría comergte a besos. Por favor, escríbeme".

Jess estaba estupefacta.

La soltó, le entregó su tarjeta y luego se alejó encogiéndose de hombros y se puso a besar a otra gente y a repartir tarjetas. ¿Le estaría susurrando a todo el mundo eso mismo? Jess se había quedado paralizada y totalmente patidifusa, como si se encontrara en un fotograma congelado. ¿No le habrían engañado sus oídos? ¿Realmente había dicho *me gustaría comerte a besos*? ¿Comerla a ella? ¡El muy guarro! ¡El muy cabrón traicionero!

No, no podía haber oído bien. No podía haber dicho eso. A lo mejor había dicho: *me gustaría mandarte unos quesos*. Jess se había quedado sin habla, estaba alucinada, conmocionada, anonadada. Lo único que quería era largarse de ahí cuanto antes.

"Anda, mamá", dijo. "Vámonos".

"Espera un momento", dijo su madre. "Tenemos que quedarnos hasta que se vayan".

El resto de la despedida apenas dejó huella en la memoria de Jess, y, finalmente, los autocares de los franceses salieron del aparcamiento, dejando tras de sí un desagradable olor a monóxido de carbono.

"Bueno", dijo su madre, suspirando aliviada, "este es el final de esta pequeña epopeya".

Pero no lo fue.

39

Ben Jones

Al día siguiente, Jess y Flora fueron a patinar sobre hielo. Flora estaba bastante alicaída.

"Jo, le echo tanto de menos...", dijo. Estaban dando vueltas por el amplio espacio al ritmo de una horrenda música de los años 80, y Flora tenía vidriosos sus enormes ojos azules.

Jess permaneció en silencio. No podía contarle a Flora lo que Gérard le había dicho. Eso la hundiría. Jess apretó los dientes y se concentró en la tarea de no caerse de culo.

"Ayer me mandó cinco mensajes por el móvil mientras estaba de viaje", dijo Flora.

"Fantástico", dijo Jess. "Debe de ser todo un récord". Le estaba costando mucho no estallar.

"Pero hoy, ni uno", dijo Flora.

"Bueno, lo más probable es que después de un viaje tan largo se pase todo el día durmiendo", dijo Jess.

"El tiempo ya no significa nada para mí", suspiró Flora. "Me parece que hubiera pasado un mes desde ayer. En cuanto vuelva a casa, voy a enviarle un correo electrónico".

El lunes llegó, y, con él, la rutina colegial. Ahora, el principal objetivo de Jess era tratar de ver a Ben Jones. No estaba en su misma clase, pero siempre cabía la posibilidad de encontrárselo por los pasillos.

Jess inició un diario sobre Ben en la parte de atrás de unos de sus borradores. Empezaba así:

Lunes, 11:30 a.m. : Avistamiento del sospechoso junto a la puerta del aula de Dibujo. De espaldas sólo. El corazón se me subió a la boca y el estómago se me enredó formando un lazo palpitante.

Lunes, 2:00 p.m.: Avistamiento en la lejanía del sospechoso jugando al fútbol en el campo de deportes. Puesto de observación: un murete junto a las rosales. Mierda, no he traído los anteojos. El corazón estuvo martilleándome en el pecho durante veinte minutos como si fueran las pezuñas de un búfalo en una estampida.

Lunes, 4:00 p.m.: Un sujeto con cierto parecido con el sospechoso avistado en las puertas del instituto. Resultó ser Toby Williams. La misma estatura, el mismo pelo rubio, pero, al darse la vuelta, resultó tener una cara que *parecía una empanadilla. Aullé a la luna como si fuera una loba en celo.*

Jess regresó paseando a casa con Flora, muy satisfecha con la labor realizada aquel día. Dos avistamientos de Ben Jones no estaba mal para empezar, aunque, por supuesto, esperaba que finalmente se tropezaría con él en lugar de tener que limitarse a contemplar con anhelo cómo su trasero se perdía en la distancia.

Un día —¿mañana, quizás?— se produciría un encuentro en los pasillos. Él la sonreiría. Y diría: "Hola, Jess". Luego, la rodearía con sus brazos y añadiría: "He estado rezando para ver si te encontraba a la salida de la clase de Geografía".

"No me ha mandado ningún correo electrónico", dijo con voz angustiada Flora, irrumpiendo en la divina fantasía de Jess. "Y desde el domingo por la noche, no me ha enviado ningún mensaje".

"¡Anímate!", dijo Jess. "Ya llegarán".

La semana transcurrió con angustiosa lentitud para Flora; en cambio, para Jess, los días estaban salpicados de momentos emocionantes. El jueves a las 2.30 p.m. fue el punto álgido.

¡Encuentro cara a cara con Ben Jones frente a la puerta de la sala de profesores! Estaba hablando con el señor Monroe, el profesor de Educación Física. Pero me sonrió. El corazón se me salió volando por la boca, fue despejado por Beckham, y luego cabeceado por Rooney al

fondo de la red. ¡Gol! El corazón vuelve a estar dentro del cuerpo, solo que cubierto de barro y palpitando extrañamente. Nota: tengo que hacer un esfuerzo por interesarme por el fútbol.

El viernes era el último día de colegio antes de las vacaciones de Semana Santa. Todo el mundo estaba que no cabía en sí de contento. Pero, por una vez, Jess hubiera estado encantada de seguir asistiendo a clases, por si acaso Ben Jones la obsequiaba con otra de esas sonrisas que hacían que se le parara el corazón. O incluso —oh, por favor, dios del amor— con una palabra. Se conformaba con un "Hola, Jess". Sabía que pertenecía al grupo de los tíos callados. Excepto en sus ensueños, donde la leía poemas de amor, escritos por él mismo, mientras las olas rompían a su alrededor y los perros jugueteaban dándose mordiscos a sus respectivos pantaloncitos de licra.

El viernes a la hora del almuerzo, Jess y Flora se sentaron en el banco del pabellón de Ciencias. Flora había perdido las ganas de comer. Ya no podía hacer los honores a un bocadillo. También había perdido las ganas de hablar. Mientras Jess se devoraba su tortita mejicana, Flora jugueteaba con su ensalada griega. De pronto, apareció Jodie dando botes.

"¿Me dejáis un hueco?", preguntó. La hicieron sitio y se dejó caer en el banco. "¿Tienes noticias de tu noviete?", inquirió. Flora se sonrojó.

"No", respondió. "Bueno, no recientes".

"Yo tampoco las tengo", dijo Jodie, dando un descomunal mordisco a un perrito caliente. "Bah, qué más da. Olvídale. Es una pérdida de tiempo. ¿Os habéis enterado de lo de la función de final de trimestre? Al parecer, van a dejar que preparemos escenas cómicas y números musicales. Creo que deberíamos escribir algo".

"Humm", dijo Jess. No quería comprometerse. Puestos a escribir una escena cómica, lo haría con Fred y con Flora. Fred ya había vuelto al colegio después de haberse pasado varios días acatarrado. Se le había quedado una voz tan ronca como la de Shaggy, el dueño miedica de Scooby Doo. Fred había jurado solemnemente no volver a ir de camping en su vida. Era un petardo.

El timbre que anunciaba las clases de la tarde sonó. Jodie se levantó y dio una palmada a Flora en el hombro.

"No te amargues con Gérard", dijo. "Como dicen en *Con faldas y a lo loco*, 'ningún hombre se lo merece'. Aparentemente, a Jodie se le había pasado el mal humor y estaba ofreciendo una ramita de olivo. Jess se sintió muy aliviada. Estaba bien volver a retomar el contacto con el yo alegre de Jodie.

Flora, en cambio, estaban tan deprimida que apenas podía hablar o andar. Se levantó a trancas y barrancas del banco y caminó con desgana hacia el aula de Matemáticas. En circunstancias normales, habría trotado alegremente hacia la clase, como un perrito al que se va a sacar de paseo.

Después de las Matemáticas, tuvieron clase de Historia, y luego regresaron juntas a casa. Durante una parte del trayecto, Flora estuvo llorando en silencio. Cuando se aproximaron a su casa, se secó las lágrimas con un pañuelo.

"Anda, Jess, ven conmigo", la rogó. "Le diré a mi madre que he llorado porque me daba pena que ejecutaran a Carlos I". Era lo que habían dado en Historia. Había sido una tarde bastante divertida.

La madre de Flora había ido a la peluquería, así que no hizo falta contar una trola. Subieron al cuarto de Flora, que enseguida encendió su ordenador portátil y miró el correo. Nada.

"Hace más de cinco días que Gérard no me envía ni un correo ni un mensaje", dijo. Estaba muy pálida y tenía los ojos dilatados y vidriosos. "Le he mandado mensajes todos los días. ¿No se habrá matado en un accidente o algo así?".

Jess se dio cuenta de que había llegado la hora. Hasta entonces no había querido contarle la verdad a Flora, porque no quería acabar con su felicidad. Pero ahora *tenía* que decírselo, ya que al menos había una pequeña posibilidad de que aquello acabara con su *in*felicidad.

"En fin", dijo Jess. "Creo que ya va siendo hora de que sepas algo".

40

"Gérard es un ligón y un don Juan de mierda", dijo Jess. Lo dijo rápidamente, pensando que así le haría menos daño. Flora la miró conmocionada, aterrorizada. Luego, frunció el ceño y sus ojos lanzaron chispas.

"*¿Qué?*", dijo.

"Justo antes de que se enrollara contigo durante la acampada, estuvo cogiéndome de la mano y diciéndome lo maravillosa que era", dijo Jess. "No dije nada cuando los dos os liasteis porque no quería darte un disgusto. Se te veía tan ilusionada que, bueno, pensé que a lo mejor él había cambiado de idea".

Se notaba que Flora estaba bastante turbada y que un torbellino de ideas le estaba pasando en ese momento por la cabeza. Pero no dijo nada, y sus ojos tenían una expresión hostil.

"Pero luego", prosiguió Jess, "cuando nos despedimos el sábado, me susurró una ordinariez al oído y luego me dio su tarjeta y me pidió que le escribiera".

"¿Una ordinariez?", exhaló Flora. "¿Qué te dijo?".

Jess se lo contó. Flora se encogió y se puso pálida, pero ya no tenía un aspecto tan trágico. Su gesto seguía siendo hostil, pero ahora el objetivo era Gérard, no Jess.

"No llores", dijo Jess. "Jodie tenía razón en una cosa: no se lo merece".

"¡Quién narices va a llorar!", dijo Flora, aunque seguía teniendo la palidez de un cadáver. Cogió la chaqueta que acababa de quitarse y se la volvió a poner. "Necesito salir a dar un paseo", dijo. "Sola, durante un rato. Discúlpame".

"¡Tranquila, no hay problema!", dijo Jess. "De todos modos, ya tenía que irme a casa. Tengo un montón de cosas que hacer".

Lo primero que hizo Jess al llegar a casa, fue vaciarse los bolsillos. Encontró la tarjeta que le había dado Gérard. Al dorso había escrito, *A mi querida Jess. Con amor, Gérard.* Luego, había puesto equis, que equivalían a tres besos. Jess la contempló pensativamente durante un par de segundos y, luego, muy ceremoniosamente, la puso en un platito y la quemó.

"Adiós para siempre, petardo", dijo. "Ni siquiera eres digno de besarme la culera de mis enormes bragas".

Al día siguiente, Flora era una persona nueva. Había recuperado su antiguo yo. Compró un bocadillo gigantesco y le dio un mordisco enorme.

"¡Dios, qué alivio haber recuperado mi apetito de siempre!", dijo con la boca llena de huevo con mayonesa.

"Y es fantástico que otra vez podamos comunicarnos como Dios manda", dijo Jess. "Quiero decir que, durante la acampada, no pude comunicarme contigo. Fue horrible".

"De veras que lo siento" dijo Flora pensativamente. "Es extraño cómo han ocurrido las cosas".

"Bueno, mi vida siempre es así", dijo Jess. "No puedo hablar de mi padre con mi madre. No puedo mencionar a mi madre cuando hablo con mi padre, mi madre y mi padre no pueden hablarse y mi abuela habla con los muertos".

"Yo tampoco puedo hablar con mi padre", dijo Flora. "Tengo que ensayarlo todo mentalmente antes de dirigirle la palabra".

"Y durante dos semanas, he estado encerrada con un hobbit que solo sabía hablar elfo", dijo Jess. "Tú al menos tenías la suerte de tener a Marie-Louise. Es estupenda. ¿Has tenido noticias suyas?".

"Sí", dijo Flora. "Al parecer, su novio no le estaba poniendo los cuernos. Aunque me parece que todavía no las tiene todas consigo. Me da la impresión de que ese tío no es muy de fiar".

“¡Hombres!”, dijo Jess. “No tienen remedio. Ni saben ni quieren hablar”.

En ese momento, Fred pasó corriendo a su lado e hizo como si se quitase un sombrero para saludarlas, imitando a un personaje de una peli de los años 40.

“¡Buenos días, señoritas!”, dijo. “¡No puedo parar! Tengo que salvar el mundo antes de las 2:30”.

“Siempre nos queda Fred”, dijo Flora. “Él no para de hablar”.

“Ya, claro, Fred”, dijo Jess. “Con él sí que me puedo comunicar. Pero es tan excéntrico. Es un caso único en su género”.

Se produjo un silencio mientras seguían comiéndose sus bocadillos. El de Jess era de queso con pepinillos. Sentía cómo bajaba por su garganta y se le iba instalando en las caderas.

“¿Sigues sin tener noticias de Gérard?”, preguntó Jess. “¿O es una pregunta sin sentido?”.

“Oh, no”, dijo amargamente Flora. “Y espero no tenerlas nunca. No le trago. Y es estupendo. Me siento como libre, ¿sabes? Pero también me siento un poco culpable por ti, Jess. Pensar que me tiró los tejos cuando antes te los había tirado a ti y que tú no dijiste nada... No sé, debes de haber estado absolutamente rebotada conmigo. Debiste de pensar que te había robado el novio”.

“Oh, bueno, tampoco fue para tanto”, dijo Jess. “No es que se me hubiera declarado ni nada por el estilo. Y si no hablé de ello, fue porque no quería herirte. Aunque, para serte sincera, hubo momentos en que pensé en asesinarte, de una forma indolora, por supuesto".

"Eres la mejor amiga de toda la galaxia", dijo Flora. "Que me arranquen las uñas una a una si alguna vez vuelvo a hacerte una faena".

"Mientras no dejemos nunca de hablar las cosas, nada de esto tiene por qué volver a ocurrir", dijo Jess. Un par de meses más tarde, Jess tendría ocasión de recordar aquella conversación.

"Vale", dijo Flora. "Trato hecho. Ahora que ya pasamos de los hombres vivos, creo que me voy a pillar por alguno que esté muerto. Kurt Cobain, quizás. O si no, River Phoenix. Digo yo que un muerto no podrá ponerte los cuernos, ¿no? ¿Por quién te vas a pillar tú?".

Un rostro divino apareció en la imaginación de Jess. Oyó en la lejanía el rugido atronador de unos hinchas de fútbol, vio una sonrisa tímida, unos cabellos rubios increíbles tipo vigilante de la playa y un par de ojos tan azules como los de un bebé. El corazón le dio un vuelvo de la emoción, como si fuera un gerbo que pegara un salto para atrapar un trozo de queso.

"Es un secreto", dijo, sonriendo para sus adentros. Sin embargo, algo le decía que su coladura secreta por Ben Jones no tardaría en convertirse en un melodrama de proporciones colosales.

Pero antes, tenía que acabarse su bocadillo.

